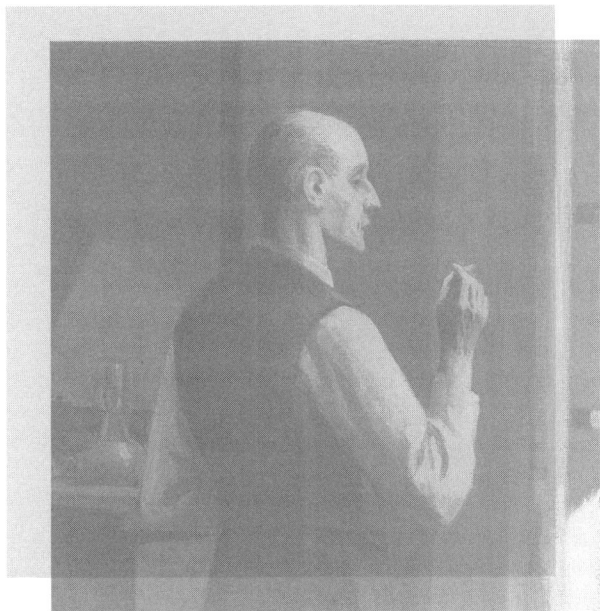

祝先生的爱情

於可训

著

百花洲文艺出版社
BAIHUAZHOU LITERATURE AND ART PRESS

图书在版编目（CIP）数据

祝先生的爱情 / 於可训著. — 南昌：百花洲文艺出版社，2024.5
ISBN 978-7-5500-5382-3

Ⅰ.①祝… Ⅱ.①於… Ⅲ.①中篇小说—小说集—中国—当代
②短篇小说 - 小说集 - 中国 - 当代 Ⅳ.①I247.7

中国国家版本馆CIP数据核字（2023）第236516号

祝先生的爱情
ZHU XIANSHENG DE AIQING

於可训　著

出 版 人	陈　波	
策划编辑	程　玥	
责任编辑	杨　洁　程昌敏	
特约编辑	黄博文	
书籍设计	方　方	
制　　作	周璐敏	
出版发行	百花洲文艺出版社	
社　　址	南昌市红谷滩区世贸路898号博能中心一期A座20楼	
邮　　编	330038	
经　　销	全国新华书店	
印　　刷	江西千叶彩印有限公司	
开　　本	787 mm×1092 mm 1/16　　印张 17.75	
版　　次	2024年5月第1版	
印　　次	2024年5月第1次印刷	
字　　数	220千字	
书　　号	ISBN 978-7-5500-5382-3	
定　　价	45.00元	

赣版权登字 05-2023-409

邮购联系　0791-86895108
网　址　http://www.bhzwy.com
图书若有印装错误，影响阅读，可向承印厂联系调换。

目录

山上来了只小狐狸

这几天，上山散步的人，都在寻找一只狐狸。

段教授坐在自家的阳台上，静静地看着环山道上的行人，看他们一边走，一边转着脑袋四处张望，就等着某一个瞬间，那只狐狸会出现在自己的视线之内。有的还拿出了手机，做好了随时拍照的准备；好奇心强的，干脆钻进路边的树林，到山上去寻找狐狸的踪迹。

山上发现狐狸的事，段教授早几天就听说了。

校园的小山上发现野物，这不是头一回。好多年前，有个同事看见了一只狼，又有一个同事看见了一头野猪，据说都是从湖那边的山上跑过来的。

有人说，狐狸也是从湖那边的山上跑过来的，段教授不相信。

狐狸会不会游泳，段教授不知道。就算它会游泳，这么大的一片湖水，要游过来，也不容易；再说，不是为了求学，也没有这个必要。说它是从环湖公路过来的，更不可能，路上车水马龙，行人如织，狐狸再怎么小巧灵活，也难在人流车流中钻空子。

根据以往的经历，段教授断定，这狐狸必是校园内的自产之物。

三十多年前，段教授就跟这山上的狐狸打过交道。

校园里的这座山不大，也不高，但风景秀丽，历史悠久，很早以前，是跟湖那边的山连在一起的，后来湖水上涨了，就把这联系给切断了。

空间上的联系是切断了，却切不断精神上的联系，湖那边山林间孕育的那点野性，在校园内的这座小山上，还有存留。所以多少年来，也就少不了常有野物出没，虽然这些野物，大多是如狐狸这般的小兽，狼和野猪并不多见，却也表明，这座被圈禁起来的小山，还没有完全被充斥于校园的现代文明异化。

段教授住的这栋小楼，是学校的早期建筑，建房的时候，这地方还是荒郊野外，所以几栋小楼，就能占一片山水。建筑师的头脑里，似乎也有些风水意识，所以今人看这几栋小楼，背山面水，便如洛阳龙门石窟的坐佛，很有点法相庄严的意思。

三十多年前，段教授搬进这栋小楼住的时候，这一带很是荒凉，属于学校的边鄙之地。因为在东边，人称东北利亚。学生来谈个论文，请教个问题，还得翻山越岭，从林间小道上下。

段教授的夫人就笑问段教授，这算是归隐哪，还是算流放。

段教授笑着回答夫人说，你怎么想都行，归隐和流放都不妨碍你课徒。隐士藏在深山，也有人上门求教，苏轼流放到哪儿，都能教出好学生。

段教授的夫人凌教授和段教授同在中文系，都是古代汉语专业的教师。

住在这样的地方，也有个好处，就是有时在生活上可以讨些方便。比如说下课回家，从山上经过，顺手捡几根枯枝，采一把蘑菇，到家后，架起同样从山上捡来的破缸做的缸灶，点上枯枝，洗净蘑菇，就可以打一锅鲜美的蘑菇鸡蛋汤。更不用说种菜养鸡的方便了，段教授家里就种了两分菜地，养了一群鸡。

段教授和他夫人住进这栋小楼的时候，正当中年，就像当时一部名叫《人到中年》的电影里写的那群知识分子那样，都是单位的业务骨干。

他们所在的教研室，那时候正参与编撰一部大型字典。这项工作很重要，是一项造福子孙万代的文化工程，上上下下都很重视，外省外地也有人参加。各单位派出的，都是些精兵强将，段教授和他夫人，也是这个队伍中的成员。

编字典是一项艰苦细致的工作，有人说是在语言的大海上造船编舟，段教授觉得这个比喻太文雅，也有点大而空。前两年，他在网上看过一部日本电影《编舟记》，写的就是编字典的故事，大概是因为这部电影里编的字典名叫《大渡海》，所以编剧和导演就让这群演员去编舟。

段教授生在农村，长在农村，见过家里养的鸡在墙根下觅食：一边顺着屋檐下的滴水沟细心地寻找，一边对啄到嘴上的东西，认真地进行甄别取舍，不需要的摆摆头甩掉，需要的才点点头吞下，日复一日，年复一年，不论晴天雨天，也不管墙根下有食无食。看它们那种锲而不舍的样子，段教授常常心生感动。

段教授觉得他们这些编字典的，就是这群墙根下觅食的鸡，细心地搜索寻找，认真地区分鉴别，而后在恒河沙数的字料中，择其有用者，条分缕析，编辑成书。

两个编字典的人，生活在同一个屋檐下，日子的枯燥乏味，可想而知。段教授的夫人从小身体就弱，年轻时本不打算结婚成家，上大学以后，架不住段教授死缠烂打的追求，才答应了跟他恋爱，但在结婚之前，仍有一个约定，婚后不要孩子。所以现在教研室的同龄人都是儿女绕膝，他俩依旧是大眼瞪小眼，相看两不厌，只有吾与尔。

日子像这样过下去，倒也岁月静好。只是日积月累的伏案劳作，在浩如烟海的典籍中，鸡捉虫子一样地搜寻扒剔，使段教授夫人本来就病弱不堪的身体，变得越来越弱。

段教授夫人得的病，也不是这癌那癌之类的绝症，而是常见的肺病，也就是以前说的肺痨。这种病说重不重，说轻不轻，下不得猛药，也不可掉以轻心，靠的是平时的休息静养。

偏偏她干的这项工作，就没得休息，更不能静养，加上段教授夫人性子又急，若每天给自己定好的工作任务没有完成，连吃饭睡觉都不能守时。

那时节又不像现在，有条件吃点好的，或买些补品，增加点营养，一日三餐，就干啃那点大米白面，白菜豆腐。

做饭的事，虽然是由段教授承担下来，但他那点本事，能把生的弄熟，已经不错了，要想把这些家常饭菜做出点营养来，着实也难。

唯一能让段教授聊以自慰，也感到自豪的，是他会炖鸡汤。

鸡汤有营养，他是知道的，对肺病患者来说，有清热润肺止咳化痰益气活血之效，他也听人说过。刚好家里又养了一群鸡，不用花钱到菜场去买，所以段教授对这群鸡就格外珍惜，尤其是其中几只养了几年的老母鸡，更是他的笼中至宝，每日早晚都要认真清点一下，看看有没有发生意外或自己走失。

有一天，有只老母鸡黄昏时节尚未归埘，段教授就放下饭碗满山去找。天黑路滑，他不小心摔了一跤，挂破了衣服，扭伤了脚踝，手掌也擦出血来，结果鸡还是没有找到，让段教授心疼了数日。

见丈夫这样惜鸡如命，段教授夫人感慨万千。喝了丈夫亲手炖的鸡汤，她也觉得自己的身体有些起色，就感叹说，人说书生手无缚鸡之力，你这个书生居然操刀杀鸡，都是我连带你作孽。

段教授说，你也不要这样说，小时候我在家里看母亲福年鸡，一边福，一边还要念念有词地说，鸡呀鸡呀你莫怪，你是人间一碗菜。乡下过年杀鸡，不叫杀，叫福，大约是说，鸡本来就是供人享受齿牙口舌之福的，是造福于人的。

段教授夫人说，你这样说，我还是于心不安，毕竟也是生命，何来命命相残。

段教授见夫人死守着佛家这点执念，就说，像上次那只老母鸡那样，被山上的野物吃了，该多可惜，你吃了有气力编字典，总是好事。

段教授夫人这才轻轻地叹了口气，一声不吭地望着段教授。

这天深夜，段教授夫人正埋头写一个字的义项，突然发现这个字在佛教典籍中的一个用法，在别的文献中似乎没有见到，就想增补进去，于是起身到书架上去查资料。

查完了资料，回到书桌前，正要弯腰坐下，忽然发现窗外的树丛中，有两点荧光，在忽闪忽闪。段教授夫人胆小，看着有点紧张，就唤段教授过来看看。

段教授和夫人共着一个书房，书房很小，段教授把靠窗的一面，给夫人摆放书桌，自己的书桌靠墙。段教授笑言这种摆法是对山面壁，都是僧家的苦修之状，只不过夫人的那一面，窗外的春花秋月，冬虫夏草，多少有些禅意，有时还可以拿来掺个话头，所以段教授在工作累了的时候，也时常到夫人这边来看看窗外的风景，说几句闲话，夫妻俩把这个当成很好的休息。

见夫人招手唤他，段教授以为她又发现了什么好的景致，就起身来到她身后，扶着椅背向窗外观望。

正是子夜时分，天上的一轮明月，把窗外的景物，照得格外分明。树林深处，弥漫着幽幽的蓝光，像清晨的雾气，看上去比白日里显得神秘。

段教授顺着夫人手指的方向看过去，见窗外灌木丛中，有一块磨盘大的石头，石头上，似乎蹲坐着只小动物。它面对着天上的月亮，一动不动地在那里凝神观望。段教授夫人看到的那两点荧光，似乎就是从这个小东西的眼睛里反射出来的。

段教授的目力比他夫人的好，对乡野之物的见识，也比他夫人多。他就盯着这小东西仔细琢磨，一边琢磨，一边嘀咕，像要听听他夫人的看法，又像是在自言自语。

只听他口中念念有词地说，你说像猫吧，好像不是猫，你说像狗吧，又好像不是狗，再说，似乎也没听说猫狗有深夜望月的习惯哪，既像猫狗，又不是猫狗，那是什么呢？

段教授望着他夫人，他夫人望着段教授，两人差不多同时说出来两个字，狐狸。

既认定是狐狸，两人就调动有关狐狸的知识，来印证眼前的形象。

大尾巴，尖耳朵，长条脸，这些特征，都符合，只是这只狐狸不是常见的黄棕灰黑红，或诸色相间的杂色，而是一只白狐。

明朗的月光把这只白狐照得通体透亮，像有人安放在石头上的一尊玉雕，两眼的反光，也像嵌上去的宝石的光亮，时不时要迎着月光忽闪几下。

段教授和他夫人本来就很少见到狐狸，见到白狐就更为稀罕。虽说已过夜半，两人都很兴奋。

段教授说，在我们乡下，总听老人说狐狸拜月、狐狸拜月，却从来没有亲眼得见，今天算是开了眼界了，想不到狐狸真的像人一样，还会望月朝拜。

段教授夫人说，狐狸是有灵性的，要不古代那么多文学作品要写狐狸变幻成人呢，难不成这只狐狸也想得道升仙，变幻成人。

段教授就笑笑说，这只狐狸要是真的得道升仙，变幻成人，一定会跟你结拜姊妹，你就可以用这个故事，再写一部《聊斋》了。

段教授夫人说，我要是跟狐狸结拜姊妹，你就成了狐狸的妹夫或者姐夫哥了。

又说，还不知道是男是女，要是男的，就只有跟你结拜了。

段教授正要说，那你就去问问它吧，扭头向窗外一看，忽然发现，就在他们说笑之间，那只狐狸已不知去向。两人望着那块空空的石头，对着夜色惆怅了半天。

有了这天晚上的邂逅，段教授夫人心里就老惦记着这只狐狸，以后有事无事，时不时都要朝窗外看看，就像电影里热恋中的少女，等待着恋人的身影出现在窗口一样。

遇到雨雪天气，或夜半电闪雷鸣，段教授大人会想，它的洞穴会不会被大水冲垮，会不会被暴雪覆盖呀？雷电连山上的大树都击倒了，它会不会有生命危险呀？有时想得半天睡不着觉，有几次白天工作时想走了神，连笔下的字都写错了。

像这样日夜挂念，放心不下，段教授夫人自己也觉得奇怪。又不是你的亲儿子亲闺女，你管得着吗？一想到自己没有儿女，又禁不住哑然失笑。

自从那夜以后，段教授夫人就再也没有看见过那只白狐望月朝拜了。平常日子，倒也看见它出来过几次，每次都是蹲坐在那块磨盘大的石头上，有时也朝段教授夫人的窗户这边望望，有几次还跟段教授夫人望了个对眼。段教授夫人觉得那眼睛里有一股奇异的光芒，跟与人对望的感觉，完全不一样。

这些经验和想法，段教授夫人都不好意思跟段教授说，原因不是别的，而是段教授最近正在采取各种措施，对这只狐狸可能对他养的那些鸡造成的伤害，严加防范。

与夫人相反，那天晚上的新奇感和兴奋劲儿过去之后，第二天早上，段教授在清点鸡群时，就恢复了理智。

狐狸是鸡的天敌，这是他很早就接受了的观念，也从不少文学作品中读到过这类描写。在这类描写中，狐狸不是冲进鸡群公开咬杀，就是趁着夜色靠近鸡笼偷袭，要不，就是花言巧语地骗小鸡上当，而后吃了小鸡。

在段教授的记忆中，狐狸和鸡成为朋友，只有一次，那还是一个邮票上的故事。有一次饭后散步，段教授跟他夫人讲了这个故事。

说是五六十年代，中苏关系还很友好的时候，中国的中学生，时兴和苏联的中学生交朋友。交友的方法，是由学校通过上面统一联系，找到对口的学校，然后中国学生起一个俄文名字，苏联学生起一个中文名字，双方就开始通信。信写好以后就交到学校，是怎么邮寄的，学生并不清楚，但收到信的时候，信封上确实贴了盖有双方邮戳的邮票，这邮票就成了学生的珍藏。

有一年，段教授所在的中学突然召集通信的学生开会，说是最近有位同学收到的一封信上，有一张苏联邮票，上面印的是狐狸和公鸡在一起友好相处。学校的领导说，这是典型的修正主义思想，公鸡怎么能跟自己的敌人和平共处呢？然后叫同学们不要中毒。又过了一段日子，和苏联中学生的通信也就不了了之了。

讲完了这个故事，段教授笑着对夫人说，看来，对这只狐狸，我们也不能放松警惕，不管它怎么望月朝拜，想得道升仙，终究不能跟我们家的鸡和平共处，弄不好，我们家的鸡就会成为它的口中之食。

段教授甚至怀疑上次丢失的那只老母鸡，就是被它吃了。

对于自己丈夫这种过度警惕和无端怀疑，段教授夫人很不以为然，就笑段教授的头脑里，阶级斗争的弦绷得太紧，还没有从那个年代走出来。说要是照你这样想，狐狸就只能永远当坏蛋，永远也摆脱不了残忍狡诈的骂名。要知道，狐狸无论是在文学史上，还是在现实生活中，都有美好的一面：中世纪西方文学中的列那狐，就是代表新兴市民阶级的文学形象；中国古代文学作品中，除了个别像妲己那样的害人精，由狐狸变幻的，大多是美丽善良的女性形象；今天，狐狸在动物园里，也很受人喜爱，还有人把狐狸养在家里，跟狐狸处得像家人一样。你能说，这样的狐狸，也要对它保持高度警惕，也不能与它和平共处吗？

段教授知道夫人读的书多，熟知中外文学典故，别看她平时说话慢条斯理细声细气，一旦与人发生争论，或要发表不同意见，则如江河奔流，一泻千里，滔滔不绝。所以在日常生活中，夫妻俩要是有什么事发生争执，段教授总是有意让着她。

段教授知道夫人不愿意玷污这只白狐纯洁美好的形象，就语带和解之意地说，好、好、好，我不跟你争，我不跟你争，等你的鸡进了狐狸的肚子，你就知道了。

想不到段教授一语成谶，这以后一连几日，段教授在傍晚清点鸡笼时，都发现少了一只鸡。

段教授认定是那只狐狸所为，段教授夫人起先还将信将疑，一日晚饭后出门倾倒垃圾，忽然看见鸡笼那边一个白影一闪，转眼就没了踪影。

再走近鸡笼一看，发现段教授刚才清点鸡笼时关上的笼门，不知怎么被打开了，里面的鸡正挤成一团，蜷缩在最里边的角落里。

段教授夫人的心顿时往下一沉，就像亲眼看见自家的孩子偷拿了人家的糖果一样。

终于有一天，清早起来，段教授去开笼放鸡时，发现鸡笼的门又被打开了，等他探头往里一看，出现在他眼前的景象，就像电影里刚刚遭遇过一场大屠杀的场面，血迹斑斑，尸横遍野。

段教授取过夫人晒衣服用的一根带钩的长杆，把这些被屠杀的大鸡小鸡公鸡母鸡，都扒拉出来了。仔细一看，发现这些鸡的伤口都在脖子上，好像被老虎钳夹断了喉管，只剩一点皮毛挂着脑袋，再一点数目，竟然只少了一只。

段教授正感到纳闷，正好夫人端着食盆出来喂鸡，见到这个场面，顿时目瞪口呆，半天说不出话来。

收拾好现场后，夫妻俩就坐在书房里琢磨，这究竟是何物所为，又缘何如此。说是野物偷吃吧，为何独取一只而舍其他？既舍其他又为何悉数杀死片甲不留？难不成是寻仇报复，但我等又未与山中野物结仇，纵使偶有得罪，不过是吆喝吆喝驱赶驱赶，也不至于结下这样的深仇大恨，要迁怒于仇家的鸡群，像这样斩尽杀绝。

两人正百思不得其解，段教授忽然想起他的朋友唐教授。

唐教授是生物学系教授，祖孙三代都在这所大学从事动物学研究。为便于称呼，有人学着以前的一部电影《大李老李和小李》，分称他们祖孙三代为大唐老唐和小唐。老唐已经过世，大唐刚退休不久，只有小唐还留在岗位上。所以全校上下，但凡遇到与动物有关的问题，都要去请教小唐教授，小唐教授也就被人戏称为唐动物。

唐教授是个热心人，接到段教授打来的电话，就在那边哈哈大笑说，杀过，杀过，典型的杀过现象。

段教授不知杀过是何意，就要唐教授跟他解释一下。

唐教授说，亏你还是中文系教授，还编字典教人认字，"过"字有过头过分的意思是不是，杀过也就是杀过头了杀过分了，有的也叫过杀，都是一个意思，狐狸就有这种杀过的嗜好。

段教授又问，杀一只偷去吃了也就罢了，为何要殃及池鱼，滥杀无辜。

唐教授说，狐狸的杀过，怪就怪在这里，只带走一只，却要杀了全体。有的动物杀过之后，还要把受害者的尸体摆得整整齐齐，像有意恶心主人，向主人挑战似的。

又说，至于为什么有这种杀过现象，有的说是动物嗜杀的本性使然，有的说是饿久了饿急了贪食，也有的说是因为受害者的反抗或环境的刺激引起的，到现在也没个定论。

段教授说，这也太残忍了吧，可惜了的，我辛辛苦苦养的一笼鸡，竟杀得一只不剩。

唐教授就在电话里笑，说，别急别急，好在鸡身都在，省得你动手去杀，你们吃不完，我来帮你们吃，保证最后吃得一只不剩。

段教授说，哪有你这样安慰人的，像你这样幸灾乐祸，我宁可喂了狐狸，也不给你吃。

经过这件事以后，段教授夫妇对这只狐狸的态度，都发生了变化。

以前，段教授对这只狐狸可能造成的危害，只做一般性防范。这次新养了一窝鸡雏之后，就变成了严防死守。

段教授的鸡笼，本来是依山而建的。原本是住在山上的工友挖的一个储物的洞穴，段教授在洞口加了一道竹栅子门，就做了鸡笼。这次他又在竹栅门外，布上了亲手编的铁丝网，看上去就像战场上的地堡一样。

段教授夫人原来的分工，只是给鸡喂食，但她现在也加入了防卫的行列，有事无事，一天都要去巡视几遍。就算是在书房里亲眼看见了那只狐狸蹲坐在石头上，也不放心，生怕它声东击西，或有分身之术，一半在石头上坐着，一半到鸡笼去偷鸡吃，偶尔见到它望月朝拜，也不觉得神乎其神，心里想着的还是那一笼正在成长着的鸡雏。

段教授夫妇和这只狐狸的紧张关系，就这样一直持续到了这年秋天。

这年秋天，段教授夫妇参与的大字典编撰工作，到了全面收官的阶段，审核字头义项，复查征引资料，增删润色文字，订正体例格式，包括定稿的初校，等等，千头万绪，林林总总，一字一句，一义一例，都不能马虎，都得像挑针绣花一样用心，否则，便前功尽弃。或如俗语所言，让一粒老鼠屎，坏了一锅羹，说轻了是对工作不负责任，说重了便是贻害子孙，要留下千古骂名的。

这样的重担压在肩上，段教授夫妇自然都不敢掉以轻心。更何况这部字典编到这个份上，就像自家的孩子，一把屎一把尿把他拉扯大，眼看就要成人，总不能让他毁在一些诸如睡觉捂死、吃饭噎死之类不该发生的事情上。

段教授夫人本来就是个心重的人，她总说自己有严重的心理强迫症，平时做事老怀疑自己出错，对已经做过的事，只要有一丁点怀疑，就要重头来过，即便已经做得很好了的，有时也无端地要再做一遍。

放在平时，这倒也无关紧要，无非是锁了的门打开再锁一遍，关了的煤气灶，打开再关一次。但放在编字典这种事上，问题就大了，尤其是到了最后定稿阶段，都要杀青成书了，你还在那里疑神疑鬼，怀疑前面编的这也不是，那也不是，这也不好，那也不够完美，那就真像编舟渡海，历尽千难万险，好不容易到达彼岸，你却觉得这一路走来，对付那些惊涛骇浪，还可以有更好的办法，还想再改进改进，或者换个法子试试，想把这条路再走一遍，这不是存心去履危涉险，想让自己葬身鱼腹吗?

段教授夫人也觉得这样不好,但就是没办法克服。这件事,她本来越往后做,疑心就越重,到了最后这个阶段,简直就是疑窦丛生,觉得哪哪都是问题,都要重新来过。

背着这么重的心理包袱,加上定稿时间紧,任务重,内外交加,身心俱疲,段教授夫人已渐觉支撑不住。

这几天,背着段教授,她已经连着吐了好几口血。现在,人虽然还像平时一样,坐在书桌前伏案工作;实际上,感觉内在的精血已经耗尽,只剩下一具空壳。

她本想让丈夫帮她把剩下的这一点工作做完,这样,纵使最后油尽灯枯,一命呜呼,她死也瞑目。但回头一看,见丈夫案头待定的初稿也堆积如山,只好硬撑着自己干下去。

这天晚上,窗外渐渐沥沥地下着小雨。已近深秋,天气逐渐转凉,段教授见夫人咳得厉害,就去卧室抱了一床薄被过来,把她的下半身包裹起来,又在她背上加披了一件夹衣,才回到自己的书桌边坐下。

山上的房屋潮湿阴冷,没条件安装暖气。生个火炉,又嫌太早,火炉的烟气,夫人也受不了,段教授只好用这个土方法帮夫人取暖。

夜半时分,雨渐渐停了,灰暗的云层隙开了大块小块的裂缝,云层背后的月光,把这些大块小块的裂缝,镶上了灰边,整个天空碎成了一个青花大龙盘。

段教授好一阵没听见夫人咳嗽,以为他的土方法保暖起了效果。就问,怎么样,感觉好些了吗?

夫人没有回答。段教授又说,不早了,都大半夜了,今天就歇了吧。

夫人依旧没有应声,却放下笔,轻轻地叹了一口气说,也不知道楼下的鸡怎么样了。

一听说楼下的鸡,段教授刚刚舒缓的神经,突然又紧绷了起来,于是赶紧起身，下楼去检查鸡笼，一边走一边还不忘回头叮嘱夫人说，你收拾东西准备睡觉，我去去就来。

为了摸清狐狸的生活习性和为害方式，前些时候，段教授特地去请教了唐教授，还问了不少家在山区的同事，又查了一些报刊资料。如今他对狐狸出入的规律，已有了初步的了解，知道狐狸有昼伏夜出的习惯，尤其喜欢在夜深人静的时候，或雨雪天气出来觅食。唐教授说，这时候出来，一是为了避人，二是因为狐狸尾巴下面释放的一种臊气，老远就能闻得到，容易暴露目标。

段教授一边走一边吸着鼻子，想嗅一嗅空气中有没有狐臊气。心想，此刻正值夜深人静，又碰上下雨天气，正是狐狸习惯出来觅食的时候，千万不能大意。

检查完鸡笼，段教授就上楼去照顾夫人睡觉。他一进书房，见夫人趴在桌子上一动不动，段教授以为夫人太累，来不及进房，就趴在桌子上睡着了，于是放轻脚步，蹑手蹑脚地走到夫人身边，轻轻地拍了拍夫人的肩膀，一边拍一边小声地说，走，我扶你到床上去睡，这样睡容易着凉。

见夫人没有反应，段教授只好轻轻地把夫人的半边肩膀从书桌边扳转过来，这才发现，夫人的脸已经成了酱紫色，嘴角还有一块血痕，再一摸脉搏，一探鼻孔，声息全无。他知道就在自己下楼检查鸡笼的时候，夫人已经走了。

段教授轻轻地把夫人的座椅移开，从椅子上把夫人抱起来，紧紧地搂在怀里，就像当年抱着她进洞房一样。

在离开书桌的那一瞬间，段教授听到啪的一声钝响，低头一看，是夫人手中的钢笔掉到了地板上，再一看书桌，摊开的稿纸上，还留着斑斑点点的血迹。

大约是被一口血痰呛着了，段教授想。随后抱着夫人慢慢地走出了书房。

窗外，有一只夜鸟哇地叫了一声，扑棱着翅膀飞走了，那块磨盘大的石头上，段教授日夜提防的那个小东西，正抖擞着身子，想抖落毛上沾着的雨水，雨水的微粒飞散在周遭的灌木丛中，没有半点儿声响。

夫人去世以后，段教授就坐到夫人的位置上工作。窗外四时风景依旧，段教授却无意欣赏，偶尔瞥见那只白狐蹲坐在那块石头上，段教授也视而不见。不用养鸡了，段教授也不必担心它的危害，不过，在内心深处，段教授还认为它是宿敌，暂时还不想跟它和解，到底不是人，用不着跟它讲什么一笑泯恩仇的大度。

忽一日，段教授接到唐教授一个电话，唐教授在电话中说，昨天环湖公路上，一台轿车轧死了一只狐狸，学校保卫部让我去验明正身，我去看了一下，应该就是你家屋后的那只白狐。

不管是不是他家屋后的那只白狐，从此以后，段教授就再也没有看到过那只白狐的踪影。

遇到雨雪天气，或夜深人静之时，段教授偶尔会想起楼下的鸡笼。这时候，他常常会情不自禁地把目光投向窗外的那块石头，石头上只有飘落的雨雪和晃动的树影，什么活物也看不到，只在一个月光皎洁的晚上，他恍惚又看见那只白狐在望月朝拜，只是白狐周遭的光晕太过强烈，混沌如一团雾气，看不真切。

编字典的工作完成后，段教授就临近退休了，系里的领导和学校房管部门都劝他从山上搬下来，说一个人住在山上太过孤单，不方便，也不安全，段教授却执意不搬。

又过了几年，学校在环山道旁的山坡上，修建了几栋新楼，说是为引进人才准备的。建房那几年，人喧车闹，机器轰响，段教授觉得有点吵。房子建好了，人才住进来了，进进出出，上山下山的人多起来了。

此后，山上发现野物的次数渐少，好多年都没听人说起过。他每天面山而坐，也没见有什么动静，段教授就想，大约它们也跟我一样，怕吵。

一晃三十多年过去了，校园的小山依旧，山上的树木却越来越密，风景也越来越好。就又不断听到有人说起在山上发现野物的事，有时是一只狼，有时是一头野猪，跟三十年前听到的一样，大约湖那边的山林间，只有狼和野猪家族熟悉到学校来的路。

这时候，段教授就免不了要想到屋后小山上的白狐。白狐不是石猴，不会是从石头缝里蹦出来的，它也应该有一个繁衍子孙的家族，或许三十年前它就是这个家族的长男长女，只是当时忙于防范，无心考究罢了。

终于有一天，又听见环山道上散步的人嚷嚷说发现了狐狸，起先是一只，后来说是一个四口之家。

就有人开始辨析这些家庭成员的身份和子女的性别，说这是爹，这是妈，这是姐姐，这是弟弟，都给它们起了符合各自身份的名字。

有的为它们拍了全家福，有的把追拍到的照片，做成美篇，有画面，有音乐，还配上文字说明。一时间，山上发现狐狸的事，成了学校的热点新闻。

这些信息，段教授都是从微信群和朋友圈里看到的。退休的老同事都说，他住在山上，最有条件也最有可能看到狐狸，段教授却从来不去凑这个热闹，只在自家的阳台上旁观。

三十年前，他就和山上的狐狸做了了断，他不想再引发旧事，惹自己伤心。所以，这段时间饭后散步，他不上环山道，只往树林深处走。

这天傍晚，段教授正走在屋后的一条上山的小路上。忽然从身边的草丛中跑出一只小动物，段教授定睛一看，狐狸，又是狐狸，心想，这些时日都跟狐狸杠上了。

再仔细一看，认出来了，就是微信群的照片上拍的，那个四口之家的小弟。

小弟长着一身好看的毛发，黄棕灰黑红相间，在身体的各个部位，搭配得十分匀称，额头的正中，还有一块白毛，把周身的杂色衬托得更加分明。

段教授觉得这小弟着实可爱，难怪人们这么喜欢。他也禁不住从荷包里掏出手机，想给它拍张照片。

谁知段教授的手机刚刚对准小弟，小弟却扭头跑开了，跑了几步，就钻到一块石头下面，不见了。

再看这块石头，原来就是自己屋后的那块磨盘石。

段教授觉得奇怪，就低下头去，用一根树棍拨弄石头下面的杂草，发现在草丛中，竟藏着一个黑黢黢的洞口。

大概这就是小弟的家，是这座小山上世代绵延的狐狸家族的老屋。

放下树棍，段教授就想，我们比邻而居，几十年了，怎么就没有发现这个秘密呢。亏得夫人生前总说，我们这些编字典的人，心细如发，我看未必。

一只狐狸引发的故事

近年来，在我工作的武汉大学的珞珈山上，经常发现狐狸，最先是一只，后来是两只，再后来是一个四口之家。

这件事惊动了很多人，都纷纷到山上去寻找狐狸的踪迹。有的把手机拿在手上，时刻准备着为狐狸拍照；有的还带上自认为是狐狸爱吃的食物，放在发现狐狸的路边上；也有人看见出来觅食的狐狸叼起路边上的食物，转身就藏到树丛里。看见了狐狸的人，把狐狸的形象和做派描述得活灵活现，有的还把拍到的照片挂到网上，发到群里，跟大家分享。无缘得见的，就把这些传闻作为茶余饭后的谈资，一时间，珞珈山上的狐狸竟成了网上的热搜话题。

我有傍晚转山的习惯，就是晚饭时分，沿着珞珈山的环山道走一圈，算是一种锻炼。珞珈山上发现狐狸后，我并没有刻意去寻找，却常常在不经意间碰到它们，有时是那只小白狐，有时是那只小黄狐，也有时是杂色的，我分不清谁是谁，不像有些细心人那样，辨得清他们的家庭成员。有一次，我爬到珞珈山顶上，在密密的树林间，碰到一只年龄大一点的狐狸，它朝我看着，我朝它看着，我们就这样朝着对方互看了好一阵，它才转身走开。我想，它一定是想向我打听点什么，诸如问我见到它贪玩的孩子没有，见我无动于衷，它一定很失望。

珞珈山是一座有灵性的山，珞珈山上的动物也有灵性。

我每次见到狐狸都给它们拍照，它们也很配合，既不躲闪，也不忸怩作态，就好像我是它们的熟人朋友一般。我把我拍的照片发到一个小群里，与我的学生分享，我的学生都说我与狐狸有缘，有的竟劝我向蒲松龄学习，把这些狐狸写成小说。有一天，心血来潮，我真的就写了这篇小说。

我不想当蒲松龄，也不想让这些可爱的狐狸得道成仙，我想起了在发现狐狸的这条山道旁，曾经住过的我的一些老师。我不知道他们当年是否见过这山上的狐狸，我想，这山上当年如果有狐狸，一定见过他们，他们匆忙进出的身影，他们写书备课的灯光，他们扛米爬坡，拉煤上山，他们种菜养鸡，烧火做饭，辗转病榻，颐养天年。它们一定都见过的。

就是它们见过的这些人，教过我们，写过很多书留给后人，包括小说中那部有名的大字典。

猫　墙

我每天上山散步的路上，有一堵猫墙。

说是墙，其实是为了防止山体滑坡而砌的一道砖围子。围子不高，抬手就可以往上面搁东西，像摆在路边的一个长长的吧台。

叫它猫墙，是因为这儿常有猫群聚集。如今的大学生喜欢养猫，许多大学还有专门的猫网。学生宿舍不准养宠物，养猫的大学生就把自己养的猫挂上名牌，写明习性，都放到猫墙上，定时喂养。这些猫有时三五成群，有时拖家带口，有时也散落在草丛之中，依着山坡横躺竖卧，舔短髭，伸蛮腰，旁若无人，活脱脱一派名士风度。也有那喜跑好动的，就着墙边的矮树，呼朋引伴，上蹿下跳，蹦跶累了，便找个枝杈匍匐下来。一时间，树上便这里一坨那里一坨的，像结了满树的菠萝蜜果。

有这样一堵猫墙，自然会吸引路人的注意。能停下来驻足观看的，大半是退了休的教职工，或有空接送孩子上下学的年轻父母。那些开着车上下班的，自然不敢停留，但在倏忽而过的那一瞬间，却也有意无意地放慢了速度，结果身后便嘀声一片，引得那些看猫的人，也禁不住转过身来，满怀同情地看着这些开车族恋恋不舍地加速离开。

我是猫墙的常客，每天散步，必从猫墙前经过。每经过猫墙，必用手机给猫拍照。有时是单猫个照，有时是群猫合影，有时也抓拍些面部或动作特写镜头。我把我拍的这些猫照发到我门下的学生群里，跟我的学生一起分享。拍猫照成了我每天散步必修的功课。看我拍的猫照，也成了群里的学生们晚饭后的一道茶点。学生劝我给这些猫照编一个相册，说这是校园里一道亮丽的风景。

渐渐地，我发现，给猫墙上的猫拍照，不是我一个人的兴趣，而是猫墙前的看客共同的爱好，连一些牵在手上的孩子也吵着闹着要拍一张试试。

拍照多半用的是随身带的手机，也有较专业的长枪短炮。用手机的只想靠近靠前，持相机的就要找个拍摄的角度。这样一来，前进的，后退的，斜穿的，平移的，有时候就免不了你碰着了我的身子，我踩着了你的脚。加上那些被拍的猫，也不是个个都能配合，那些静躺着不动的，任你怎么拍，连眼睛都不眨一下。那些喜欢到处走动上蹿下跳的，就引得拍照的人也跟着它用各种姿势追拍，弯腰低头，俯仰推拉，像一群晨练的人在玩着各种自编的健身体操。

只有一个时间点猫墙前的看客是较少的，这个时间点便是晚饭后的一段时间。具体也说不清是从几点到几点，看多半人的样子，是从教室或图书馆出来，在猫墙前逗留片刻，便去进餐。进餐后，虽也有再次从猫墙前经过的，但已无意多作停留，就各忙各的去了。

这天晚饭后，我正在给猫墙上的一只猫拍照。这只猫通体纯白，只在眉心处有一撮黑毛，像点燃的蜡烛的火焰，煞是好看。因为白毛的映衬，毛发稀疏处的鼻尖耳轮眼睑和上下唇的肉色，就显得格外分明，像刻意涂了一层桃色的粉底。

给这只猫拍照很难。它既不是那种好动的，也不是那种好静的，而是动静结合，寓动于静。它那四条本该好动的腿，总是蜷缩在身子底下，一动不动，却把那条不属于运动器官，不承担运动功能的尾巴，不停地摆动，同样不是运动器官，不承担运动功能的脑袋，也蜷缩在两条前腿之间，像一个失意的人在沉思默想。面对这样一副摆相，别说拍一个全须全影的个照，就是拍一个局部的特写也难。拍头见不着脸，拍尾尾乱摇，拍个无头无尾的身子，又成了一棵剥去了绿叶的大白菜。

我就这么端着手机跟这只猫耗着，总想冷不丁在某个瞬间逮着一个机会，抓拍一个多少有点动感或活气的镜头。只是无论我费了多少心思，等了多长时间，它却始终不给我这个机会。本想上前去赶它起来走动，却见旁边也有人在等着给这只猫拍照。看着人家的那份虔诚和耐心，又只好作罢。

像我一样等着给猫拍照的，是两个学生，看上去像一对情侣。那男生见我这样狗咬刺猬，不知从何下手，急得抓耳挠腮的样子，就说，您赶它起来也没用，它一眨眼就跑得不见了影子。就算您再找到它，换了一个地方，它还在睡觉，还不如就在这儿等下去。

站在旁边的女生赶紧补充说，您真要等它醒来了，那一瞬间给它拍照是最美的。它张开嘴打个哈欠，像裂开的石榴。它站起来伸个懒腰，像运动员在做柔软体操。这时候头也抬起来了，尾巴也不乱摆了，昂头曳尾的，像只小老虎。

见这女生说得这么有诗意，我便随口问了一句说，你是中文系的？

那女生便笑，说，不是。

又说，我知道您是中文系的。

我说，你怎么知道呢，我脸上写着吗。

那男生插话进来说，我们还知道您就是那个七十多岁写小说，说要搞"筛眼变法"的老先生。

没等我反应过来，那女生却扑哧一声笑了起来。又推了那男生一把说，都瞎说些什么呀，那叫"衰年变法"好不好，"筛眼变法"，还箩筐变法哟。

那男生说，我知道"衰年变法"，不就是说老了换个活法呗，我这不是开个玩笑吗。

我觉得这对年轻人十分可爱，就一边等猫醒来，一边有一搭没一搭地跟他们闲聊。我说，看样子，你们对这只猫很熟悉，知道它的脾气习性，还知道它睡醒了是个什么样子。

那男生不无夸张地回答说，那是。

又指指那女生说，你叫她说，她跟这只猫最熟，她是这只猫的专职摄影师。

那女生横了那男生一眼，说，别听他瞎说，我这都是给石教授拍的。

学校姓石的教授很多，我正想问石教授是谁，那男生突然指着那只睡猫说，醒了醒了。一边推着那女生的手说，快拍快拍。

那女生就拿起手机，对准那只猫，飞快地拍下了几个镜头。

果然是那女生说的样子，那猫先是睁眼抬头，张开嘴巴打了个哈欠。那哈欠真美，三瓣厚唇张开来，露出红舌白牙和上下唇侧，像裂开的石榴包裹着籽粒和果肉。唇尖上粉红的鼻子像石榴的果蒂，俏皮地歪长着，仿佛就等着你去把它提拉起来。而后便伸出前爪，翘起后臀，伸了个懒腰。那懒腰也美，真是那女生说的，像个专业运动员在做柔软体操。不过，这动作定格的时间不长，只一瞬间，猫便一个箭步冲出去，跑得无踪无影。

我见这两个学生收起手机，没有追赶的意思，就也收起手机准备离开。这时候，那女生走到我面前说，老师，能加个微信吗，我看您也喜欢这只猫，什么时候它再在这儿，我就通知您。

我说，它不是每天都在这儿吗。

那女生说，不。

又指指那男生说，它要是天天在这儿就好了，也不用他费力到处去找。

我顿时来了兴致，就要她跟我说说是怎么回事。

那女生说，下次吧，我们还要赶去看石教授。

加完微信，他俩就匆匆地离开了。

这微信名好怪，一个叫拍拍，一个叫找找。我知道现在有些年轻人喜欢搞怪，就摇头笑笑，心里还是很感谢他们的一片热情。

我喜欢给猫拍照的事，很多人都知道。学校离退休教职工群里的老同志就要我把拍的猫照，也放在群里晒晒，与大家分享。我于是就把每天晚饭后拍的猫照，也给他们转发一份。群里的老同志看到后都纷纷点赞。有的还留言说，可惜他们家的猫不在猫墙上面，否则，也能从我的照片里看到它们的靓影。我知道这些老同志中有很多人爱猫，有的落单后就与猫为伴，把猫看得跟自己的儿女一样重。

有一天，老友罗乾坤给我发了一条微信，说他每天也在群里看我发的猫照。说了几句赞扬的话之后，就问我最近有没有时间，能不能到康复中心去坐坐，说他觉得无聊，要跟我唠唠。我说，有，现在就可以造访。

我和老罗都是恢复高考那年考进中文系的，我比他要大十几岁。他后来改学美术，退休前在本校艺术系当教授，专攻国画，尤其擅长画猫。他画的猫形态毕真，活灵活现，见了的都说好。有那爱猫又怕养猫的亲友同事，就把老罗画的墨猫要一张回去，裱好了挂在墙上，求一个心理上的满足。

老罗画猫，也爱猫。我以前常去他家喝酒聊天，一进门便见过道两边，有群猫列队欢迎。进门之后，客厅书房厨房卧室，沙发书架茶几地毯，乃至楼梯厕间，但凡能蹲伏的地方，无处不猫，看上去，就像佛教壁画里山间林下倨立蹲伏着的众多罗汉一样。

老罗家的客厅有一面猫墙，墙上镶嵌着各种形状的笼子和搁板支架。老罗画画的时候，就在上面放些猫食，或吹声口哨，群猫便纵身上墙，各就其位，或蹲踞，或伏卧，或顾盼，或舔食，有时也伸伸懒腰，理理须毛，总之是各尽其态，尽着老罗着意摹画。老罗便拣那些姿态和表情都很特别的，一一描画下来，作教学科研之用。老罗因此带出了许多擅画墨猫的学生，同事都戏称老罗的师门为猫门。

老罗的夫人也爱猫，只是爱法与老罗不同。老罗是泛爱，老罗的夫人是独宠。老罗广收校园里的流浪猫，老罗的夫人永远只守着她五十大寿时，远在国外的女儿回来时送给她的一只生日猫。这只猫深藏在老罗夫人的琴房里面，除了她的学生，常人难得一见。我有时想进她的琴房一睹芳容，老罗的夫人总是笑眯眯地把我推出来，说，她不见你们这些抽烟喝酒的俗人，好像真的在深闺里养着一位千金大小姐一样。

老罗的夫人是艺术系的钢琴教授，生活趣味也像她教的钢琴艺术一样高雅。老罗总说她不食人间烟火，我说那要看什么时候，现在的人间就缺少这种不食烟火的人。我和老罗的夫人也是多年的老朋友，她知道这样推我出来我不会见怪。

老罗画画的时候，也是他夫人弹琴的时候。夫妻俩带着各自的研究生，一个在客厅，一个在琴房，一个赋形，一个造声，分头作业，互不相扰。他们喜欢在家里上课，说这样更有气氛。老罗画累了的时候，也站起身来，让学生自己练习，他自己则蹑手蹑脚探头探脑地走近夫人的琴房，想透过门上的玻璃，看看那只小白猫的动静。但见夫人的学生侍立琴侧，看着导师一边指点一边弹奏，那只小白猫蹲伏在钢琴的顶盖角上，好像睡着了一样，细细一看，又似乎并未睡着，而是眯缝着眼，盯着夫人的手指在键盘上跳动，身子也随着夫人弹出的节奏在微微颤动。这时候，老罗就想，自己的猫墙上就缺这只猫，那毛色和神态，那风度和气质，就该是群猫的灵魂。只是夫人平时也不轻易让他接近她的猫，更不用说让他一边叼着烟一把着酒壶一边画她的猫。

有一次，有个画家朋友看到老罗家的猫墙，就撺掇他把整面猫墙都画下来。说现在养猫的人都时兴在家里建猫墙，你画的猫墙一定有观赏效应，而且这种构图方式，也是一种艺术创新。

老罗听了朋友的话，就集中一个学期的精力，把整面猫墙都画了下来。画下来的猫墙果然非同一般，以前老罗画猫，大多是单个猫的形象，逼真固然逼真，看久了不免孤单。猫墙上的猫不同，不但个个栩栩如生，而且有一种整体气象，仿佛千佛洞里的雕像，满墙的菩萨都在张口说法，你能听得见群猫的合唱。在学校艺术博物馆展出的时候，老罗也拉我去凑热闹。观赏者不论外行内行，个个交口称赞。我也祝贺老罗猫艺大长，说他已跻身墨猫宗师行列。老罗说，近代以来，擅画墨猫的宗师巨匠不少，我不过是把他们画的猫集中到一面墙上罢了，说实话，我总觉得里面还缺点什么。

老罗退休的前一年，他夫人因病去世。他自己的身体本来也不好，一时情急，竟突发脑血管意外，结果便落得半身瘫痪，行动不便，不能画画，只能靠一部轮椅在室内活动，一直在学校的附属医院康复中心治疗。

我们都很痛心，也为老罗惋惜。事业如日中天，突然遭此变故，我担心他此后会一蹶不振，不能在画坛再展雄风。再说，他和他夫人的两个关门弟子还有一年才能毕业，他和他夫人一辈子从事艺术教育，想在晚年把毕生所学，都悉数传授给这两个学生，如今半途而废，又如何是好。

在老罗的病房坐定，说了一会儿闲话，就说到他的猫宝贝身上了。我说，你现在这样，你的那些宝贝怎么办呢。

老罗说，开头一段时间，我还请了一个钟点工来定时喂食铲屎。后来，那个钟点工说，侍候你家的猫比侍候人的工作量还大，也比侍候人麻烦，就辞工不干了。没办法，最后只得忍痛割爱，让我的学生动员他们的同学到我家来领养。我的学生告诉我，因为学生宿舍不能养宠物，同学领养后，有一部分又转送给了别人，剩下的挂上名牌，写明领养人，都送到猫墙上了。所以你拍的猫，有很多都是从我们家流落出去的猫，虽然他们有了新的名字，我还是一眼就能认得出来。

见老罗说得伤感，我就不忍心再问他夫人的那只猫。老罗好像看出了我的心思，就笑笑说，你是不是想问我夫人的那只猫到哪里去了，没事的，都过去了，告诉你也无妨。

他顿了顿，又说，其实，你见过的。

我吃了一惊，以为老罗在开玩笑。就说，你夫人的那只猫当初是养在深闺人难识，我什么时候见过。

老罗依旧笑着说，我说你见过你就见过，你拍过一只小白猫是不是，眉心有一撮黑毛，像蜡烛的火焰。

我说，是呀，拍过呀，这是我见过的最漂亮最高贵的一只猫，难道是它。

老罗说，是呀，不是它，还能是谁，你现在该知道我夫人当初为何不让它接近我们这些俗人了吧。

我说，你怎么也舍得把它放出去呢。

老罗说，不放又能怎样，我夫人在世时，它娇生惯养，她走后，能有口吃的给它就不错了，与其跟着我受苦，不如像鲁迅先生说的，放它到光明宽阔的地方去吧，就让我们的两个研究生领走了。

我说，你和你夫人的这两个研究生，是一男一女对吧，女生叫拍拍，男生叫找找，我不知道他们的本名，只知道他们的微信名。

老罗并不吃惊，只笑着问我是怎么知道的。

我说，那还不是拜你夫人的小白猫所赐，就把我认识拍拍和找找的经过跟他说了一遍。

老罗叹了一口气说，当初让学生领走它的时候，就像剜了我心头上的一块肉，疼得我几个晚上都睡不着觉。学生见我痛苦不堪，就每天过来向我报告小白猫的活动情况。见我还不满足，学生就用手机拍了一些照片转发给我。我听他们说，有一次，在拍照时碰到了一位老先生，说这位老先生也很爱这只小白猫。我一听他们说衰年变法，就知道是你。

我说，他们一口一个石教授的，原来你就是石教授哇。

老罗说，人家不知道我的笔名叫石峰，你也不知道吗。我以笔名行世，叫我本名的，除了我的家人，只有你们这些老同学老朋友。

我说，有这样两个好学生，你也该知足了。你把你夫人的爱猫交给他们，也可以放心。你不知道，你夫人的这只猫虽然养在深闺，秘不示人，但一放出闺门，却是顽习不改，野性未泯，时而静如处子，时而动如脱兔。你这两个弟子每天为了拍照给你看，一个拍，一个找，跑遍了校园，真是不容易。

老罗说，这两个学生也是跟我们有缘，那男生跟着我学画，那女生跟着我夫人学琴。两人在我家进进出出，日久生情，后来竟成了一对恋人。

我就笑他说，这也是有师传的呀，你俩当初不就是这样吗，一个跟着师父学画，一个跟着师母学琴，学着学着，就学到一起去了。

老罗在轮椅上动了动身子说，要说这也可以师传的话，他们恋爱，还真受了我和夫人的影响，当然还有猫。于是我们就八卦了一段这对年轻人的爱情故事。

老罗说，跟他学画的男生叫刘小俊，跟他夫人学琴的女生叫丁灵灵。虽然都是艺术学院的学生，但因为隔着专业，原先并不相熟。读研究生之前，都有各自的女友和男友。

丁灵灵爱猫，每次跟男友见面，怀里总抱着一只小白猫。偏偏她男友说他从小怕猫，见了猫就心里打战。每次见面，她男友一见她抱着猫，就不敢靠近。这种隔着距离的恋爱没谈多久，她男友就下了最后通牒，说我和猫，你只能选一个。她只好忍痛割爱，把她的小白猫送给了别的系的一个女同学。后来她男友移情别恋，她想要回她的小白猫，可是那女同学已经毕业，她的小白猫也不知去向。

失去了男友，丁灵灵就想找回她的小白猫。找遍了校园的猫群，就是不见小白猫的踪影。又想，过了这些时候，小白猫该有变化了，怕碰见它认不出来，就把在校园里见到的小白猫都拍成照片，拿回来跟以往的照片比照。比照的结果，仍分辨不清。正好这时，她碰上了找猫的刘小俊。刘小俊说，我也在找猫，你留个微信，我帮你留心。

刘小俊找的也是一只小白猫。刘小俊的女友爱猫如命，刘小俊也喜欢猫，只是不愿意养，怕自己养不好，但他却喜欢收留流浪猫送人，老罗家的猫大半都是他送来的。

有一年暑假回家，刘小俊的女友临走前把她养的一只小白猫托付给刘小俊，叫他照顾一下。刘小俊这时正收留了几只流浪猫准备送人，就暂时把它们都跟小白猫关在一个笼子里，一不留神，竟让领养的人把这只小白猫也抱走了。刘小俊的女友开学后就不依不饶地找刘小俊吵闹，刘小俊只好骑着电瓶车满校园地寻找。找不到小白猫，无法向女友交代，最后只好与怒气未消的女友分手。

听他八卦，我觉得有趣，就问，这两个人最后又是怎么走到一起的呢。

老罗又在轮椅上动了动身子，笑笑说，后来，这两个同病相怜的人一聊，发觉竟是一个学院的同学，就相约毕业后一起考各自专业的研究生，又知道我和我夫人一个教国画，一个教钢琴，觉得很浪漫，这样，他俩就做了我和我夫人的及门弟子。

我说，现在的年轻人也真够洒脱，谈恋爱像过家家，说合就合，说分就分。

老罗说，现在看来，他俩倒真有那么一点琴瑟和谐的意思。

我说，这也是你罗门的师传啊。

老罗说，是石门啊，我以笔名行世，说罗门没人知道。

这以后，我出国探亲，在国外一住就是半年，再见到丁灵灵和刘小俊，已是半年以后。一见面，他们就告诉我，石教授已双目失明，原因是在康复期间，又发生了一次脑血管意外，影响到了视神经，先是斜视，后来是视力模糊，再后来是一只眼睛看不到东西，最后连另一只眼睛也不管用了。

我立即想到了他的猫，就问，他这样两眼一抹黑的，怎么看你们给他拍的猫照呢。

丁灵灵就说，您还说呢，那只小白猫好像跟石教授有心灵感应似的，知道石教授的眼睛看不见它了，有一天竟跑得不见了踪影，刘小俊骑着电瓶车找遍了校园也没有找到。我们没法跟石教授交代，又怕惹石教授伤心，就编着瞎话，每天向石教授汇报小白猫的饮食活动情况。石教授听了只是点头微笑，也不多问，我们才稍稍觉得心安一点。

我说，他这是不想戳穿你们的把戏，你们的这一套骗得了别人，骗不了你们的石教授。要知道，你们的石教授跟我一样，是学文学出身的，他早就读过都德的《柏林之围》，知道作品中的小姑娘是怎么编造法军节节胜利的战报，欺骗她的祖父，那个拿破仑时代的老军人的。他不揭穿你们，是怕毁了他的幻象，也怕毁了你们的好心。

过了几天，我倒过时差就赶到康复中心去看老罗。老罗依旧乐观，坐在轮椅上跟我说，你来看我，我不能看你，只能听你，你小心点儿，你的表情和动作，有一点嫌弃我，我都听得出来。

我说，你这是哪吒再世啊，还是得道成仙，说得吓人。

老罗说，眼睛看不见了以后，我就靠这双耳朵看这个世界，黑格尔说，眼睛和耳朵是两个审美器官，幸好上天给我保留了一个，我还不算全瞎。

我说，哪能呢，听你的学生说，你现在的头脑更灵敏，想象力更丰富。

老罗就笑，说，老子说，五色令人目盲，看不到五光十色，你的眼睛反而变得更加明亮。

我说，你都快成哲学家了，看来你这是在有意使自己目盲，以避免五色的刺激。

老罗说，不讨论这个了，这个问题很复杂，我跟你说说我最近的一些想法吧。

老罗说，你还记得我画的那个猫墙吧。

我说，怎么不记得呢，展出时那叫一个轰动，真是锣鼓喧天，鞭炮齐鸣，红旗招展，人山人海。

老罗说，跟你说正经的，少贫。

我说，那在下就洗耳恭听。

老罗果然一本正经地说，我当时就觉得那幅画少了点什么，只是说不清到底少了什么。现在我算明白了，那幅画客厅气太重，少了点人间烟火和山林野性。

我跟老罗平时玩笑惯了，见他这么一本正经地说话，我一时还不适应，就笑嘻嘻地问他，你这是怎么突然悟出来的呢？

老罗依旧一本正经地说，我眼睛看不见了以后，不能看丁灵灵拍的照片，他们就每天跟我讲小白猫的情况。开始我还信以为真，后来就发现他们是在瞎编。听出他们瞎编，我就知道小白猫一定有事。虽然心里很不好受，但转念一想，猫也像人一样，有自己的命运和归宿。人有人的故事，猫有猫的故事，人和猫之间，也有各自的故事，就让他们继续编下去，顺便也听他们说些猫墙上的情况。我一边听，一边想象小白猫和猫墙上群猫玩闹的细节。忽然有一天，我发现那道猫墙突然在我的脑海里活了起来，变成崇山峻岭，峡谷深涧，猫墙背后的山林，也变得神秘幽深，跟着就看见群猫出没山间，爬岩上树，捕蛇擒鼠，喧呼嬉戏，像花果山上的猴群一样。

我说，你这说的是野猫还未驯化时的景象。

老罗说，是呀，要是那只小白猫和猫墙上的猫要像这样该多好啊。

我说，你这是想得走火入魔了，要那样，就没有文明发展，生物进化了。

老罗说，为什么文明发展，生物进化，就不能保留一点原初的景象，就要灭绝生物的原始本性呢。

我知道一个人在病房里关久了，容易胡思乱想，尤其是像老罗这样的艺术家。就不再跟他争辩，只顺着他的意思说，你要这样想也行，反正你们搞艺术的，就爱天马行空地瞎想。

老罗并不理会我的嘲讽，依旧执拗地说，我要是还能画画，就按我现在的想象，把那幅猫墙重画一遍，把猫身上尚存的这一点野性画出来。

又说，猫比狗驯化得晚，身上保留了更多的原始野性。人喜欢狗，是因为它忠诚；人喜欢猫，是因为它率性。

我见他这样执着，就说，这有何难，你不能画，你的弟子可以代你完成这个心愿。

老罗说，是呀，我把我的想法也跟小俊说过，让他作为毕业创作的课题。他现在正在构思酝酿，每天都到学校的猫墙前写生，希望到时候能画出一幅没有客厅气的猫墙来。

转眼就到了毕业季，艺术学院照例要搞一个毕业设计展。刘小俊参展的作品，就是他画的国画猫墙。展出那天，我应邀参加。刘小俊的猫墙，别出心裁地配上了音乐。是丁灵灵在旁边弹奏的钢琴曲，我不知道乐曲的名称，大约也是丁灵灵的毕业作品吧。

在林林总总的作品中，刘小俊的这幅猫墙格外引人注目。我站在猫墙前，听来宾指指点点地议论。有的说像学校路边的猫墙，有的说不像，有的说上面画的是野猫，有的说家猫也有这样的。说像的说不像的，说像野猫的说像家猫的，都免不了要带上一句，那只飞越山涧的小白猫画得真好。

我注视着那只小白猫，它丝毫没有老罗向我描述过的，他夫人弹琴时的那副似睡非睡的模样，也不是我见过的，在猫墙上整日伏卧的状态。画上的猫墙，是一面峭壁，峭壁上趴满了形态各异的猫。峭壁上有一棵树，伸出到山涧上面。峭壁那边，那只小白猫正从一片密林中穿行出来，纵身越过深涧。快贴近峭壁的时候，突然下坠。下坠的小白猫用前爪抓住伸出来的树枝，奋力挣扎。眉心的那一撮黑毛飞舞起来，像山谷中炸开的一团黑色的闪电。

钢琴轰鸣，夹杂着群猫的叫声，山谷上下，响成一片。

关于猫事的一点想法

《江花》上发表过我的一篇《山上来了只小狐狸》，引起过一些读者的关注。关注它，不是因为我写得多么好，而是因为这是发生在我们身边的一件趣事，我只不过在里面加了一点意思罢了。这篇《猫墙》，记录的也是发生在校园里的日常生活趣事，都是有迹可循的。写的时候，我在里面也加了一点意思。这点意思就是身边的猫事引发的我的一些想法。

我现在不养猫，但我以前养过。记得我曾养过的一只小白猫，在我伏案写作的时候，常常蹲伏在我的书桌上，目不转睛地看着我的笔尖在纸上划动。有时会突然伸出前爪，向我发动袭击。但这也只是一种姿态，并不会造成伤害。我想，多半是它看得无聊了，想跟我开个玩笑，让我放松一下。冬天，它常常喜欢钻进我的裤筒取暖，有时爬到膝盖以上，窝在那里不动，顿时让我觉得自己的大腿似乎粗壮了起来。后来，这只小白猫长大了，就不黏我了，而是爱攀爬我的书架，在书架的空隙间游动。有时还动手翻书，撕扯书页，大有绝韦编而破万卷之势。我实在忍受不了这种破坏，就把它送给我的一个朋友调教，从此再也没有养过猫。

最近几十年来，养猫的人越来越多，猫成了宠物。宠猫的方式各种各样，到商场买猫砂猫粮，是吃喝拉撒方面的宠；在客厅里建猫墙，是日常活动方面的宠；进宠物医院，是生老病死方面的宠。最近，听说上海有一条街的墙面，都画上了萌猫，引发全社会的人宠爱。由此，我便想到了小时候乡下养的猫，我养过的书房的那只小白猫，以及我每天散步经过的学校的猫墙上的猫。我觉得离自然的生存环境越远，猫就越受宠。直到它被称为宠物，已然不是原初的模样。

然而猫并不邀宠，它率性任真，我行我素，该捕鼠时捕鼠，该偷食时偷食，该温顺时温顺，该龇牙时龇牙，顽时爬墙上树，怠时懒睡终日，还有人说它不眷恋旧家，不忠于人事。有研究说，狗的驯化是人类优选它的顺从基因，猫的驯化则是人类迁就它的自然本性。不管这些说法可不可靠，我只希望猫永远保持它尚存的那一点本性。

于是我写了三种猫墙，一种是我拍照的猫墙，一种是老罗家客厅的猫墙，一种是刘小俊作品中的猫墙。我拍照的猫墙是现实的，老罗家客厅的猫墙是想象的，但却有现实根据，刘小俊作品中的猫墙则纯粹是想象。但我希望这想象不会被看作全是虚幻，而是在猫成为宠物的时代，对猫的自然本性应存的一点念想。

太阳鱼

到多伦多探亲，住在女儿家，整日无事，就迷上了钓鱼。大大小小的鱼钓了不少，也收获了喜悦和经验，我印象最深的，是钓太阳鱼的经历。

加拿大水多，尤其是加东地区，有著名的五大湖分布在美加边境，就已经是汪洋恣肆了，流进这些大湖和从这些大湖流出的大小河流，又开辟出许多宽宽窄窄的水道，在这些水道上，像打绳结一样进一步生出许多大小不一形态各异的湖泊，大湖连小湖，大湖套小湖，加东地区因而称得上是水网密布。地处加东的安大略省，按咱们中国的说法，也就成了千湖之省。

多伦多是安大略省的首府，周边地区垂钓的资源自然就十分丰富。

加拿大钓鱼的名堂多，钓鱼要持鱼牌，也就是钓鱼的执照或证件，申领鱼牌并不难，但对钓鱼的要求却很多。哪里能钓，哪里不能钓，什么时段钓什么鱼，钓到的鱼哪些可以带走，哪些不能带走，允许带走的鱼，持哪种鱼牌的能带走几条，等等，都有严格的规定，执行起来也很较真。管这事的有专门的渔警，渔警带枪执法，警服警徽，手铐电棍一应俱全，看上去还真有点吓人。

我小时候在家乡钓过鱼，鱼竿是从菜园里砍来的小竹竿，鱼线用的是缝衣裳的棉线，或纳鞋底的细麻索，鱼钩是自己用缝衣针或大头针弯制的，鱼饵是从水沟边或屋檐下挖的小蚯蚓。

夏天的中午，找个有树荫的地方，把鱼钩甩下去，就躺在树杈上，或靠在树荫下，一边听着树上的蝉叫，一边等着鱼儿上钩。

也有裸钓的，就是什么饵也不用，只把鱼钩甩下去，就有鱼来咬钩。那多半是浮在水面上的小鲹子，饿急了，不择食。这样的鲹子鱼虽然小，但一竿子一条，比等鱼上钩更过瘾。

后来上学了，工作了，就再也没有钓鱼了，虽然也听说过城里人钓鱼的种种花样和讲究，但钓鱼在我的记忆里，还是乡村儿童的这种原始状态。

在加拿大，钓鱼是一项全民的运动，爱好钓鱼的人很多，花在钓鱼上的钱也很多，钓鱼的工具、装备、设施都很齐全，到处都有卖渔具和鱼饵的小商店，也有专卖各种钓鱼工具和装备器械的大型超市。想在附近钓，寻个有水又能钓的地方便是，想到远处钓，到湖边租个小木屋住上几天，划条小船下湖或在屋门前的码头上钓都行，湖边树林里到处都有这样的小木屋，专供人钓鱼休闲。

加拿大的钓鱼爱好者和专业的钓手，还常常举行钓鱼比赛，比赛很正规，很隆重，有时还有国外的选手，包括中国的钓鱼爱好者参加。看到有关赛事的各种报道，听到有关赛事的各种传闻，这时候，你才真正觉得，钓鱼在加拿大是一项运动。

在加拿大钓鱼，对我来说，纯粹是消磨时间，再加一点意思，就是放松身心。所以我钓鱼，也就没有多少讲究，钓鱼的行头也因陋就简，虽然该有的装备也算齐全，但明眼人一看，就知道不是行家里手，对那些常钓的和专业的钓手来说，充其量也就是个玩票的，而且还称不上票友，用现今流行的话说，就是个菜鸟。

像我这样的菜鸟，也有个好处，就是混迹于各色钓友之间，不显山不露水，既不招人注意，自己也不觉得尴尬。渔警盯的是常钓的和行家里手，常钓的和行家里手边上，往往围满了抢旺地钻空子的钓手，钓了超量的怕渔警执法，钓累了想歇口气方便方便，又怕好不容易找到的旺地被人抢走，总之是内外都不太自在。

像我这样的菜鸟就没有这些困扰，想到哪里钓怎么钓，都很自由。执法的渔警知道你钓不了多少，到你面前，往你的鱼篓或水桶里瞄一眼就过去了，何况对我这样的老人，往往会网开一面，以示宽容；别的钓友对你的存在更熟视无睹，就算你把钩甩到了人家的钓域内，人家也不计较，都以为是你手法不精，找不准方向，有的还要朝你点头笑笑。

除了独钓、船钓、冰钓和一些专业的钓场，公共的钓场大都是这种新手和老手混杂在一起的状况，我去的大多是这样的钓场。

离我女儿家不远处有个水闸，是一个湖的上下两部分的分界，湖水的落差很大，从闸孔中流出来的水，就像水库大坝泄洪，波翻浪卷，汹涌澎湃，发出的响声在几里路外都能听得见。

因为主流的水势很大，水流很急，从闸孔里冲出来后，落到一个平缓的湖面，就像一股旋风落地，在周边搅起一个一个的漩涡，也留下了一块块搅不到的死角。这些不同情势的水域，既是一些鱼类追波逐浪之地，也是另一些鱼类悠游藏身之所，熟谙鱼性的钓手，往往各尽所能，各取所需，择地施钓，想钓个头大点的，尽管在急流处下钩，只能钓寻常大小的，就在回水湾里守候。

我后来虽然也能钓些个头大点的，开始却只能钓寻常大小的鱼类。太阳鱼论个头，就属于那种寻常大小的鱼类，在鱼类分类学中，太阳鱼属于小体型鱼种，拿中国的淡水鱼作比，很有点像华中地区常见的鲫鱼，或从国外进口的罗非鱼，只是体形稍圆，鳞片蓝绿相间，色彩艳丽，也因为这圆而艳，才被人叫作太阳鱼。

十年前，我有过几次钓太阳鱼的经历，都是在一个峡谷口上，湍急的水流从峡谷里冲出来，在峡谷口形成了许多涡流，峡谷口宽敞平缓，这些像披肩卷发一样的涡流掀不起浪花，只在一些大大小小的石头间转悠。这些石头的间隙中，有一种鱼，个头不大，很自在地在里面巡游，阳光透过清澈的水面，照到鱼身上，鳞甲鳍尾都看得清清楚楚，连嘴巴的张合都看得见。

这就是太阳鱼，加拿大最普通也最常见的淡水鱼。在我的印象中，有水的地方，就有太阳鱼，就像有天空的地方，就有太阳一样。

这几次钓太阳鱼的经历，让我得出的一个结论是，太阳鱼好钓。站在任意一块石头上，不用甩钩，只需把鱼饵垂放到它的嘴巴附近，它就会咬钩，咬的时候也很随意，就像一个人走到一棵结满樱桃的树下，嘴巴不经意碰到了一颗樱桃，就随口咬下一样。有时候还可以等它在吞吐呼吸时把嘴巴张开了，趁机把带饵的鱼钩塞进它的嘴巴里，就像在家里给不好好吃饭的孩子喂饭一样。这样的钓法，只能说明一个问题，被钓的鱼懒。

在我十年前的印象中，太阳鱼就是这样的一种懒鱼，这回到水闸边钓鱼，以我这样的资质，钓太阳鱼自然是我的首选。

我在水闸下找到一个长方形的水池，水池的水是从水闸大坝的接缝处泄漏下来的，水量不大，就像山里常见的那种涓涓细流贴着山体流淌，水池的下部是敞开的，连着平缓开阔的湖面，大约当年是大坝的一个阶梯样的衬体，淹水了，就成了一个水池。

水池不深，一眼就可以看到水泥的池底，从水池下面的湖水里游上来的太阳鱼，像鱼缸里的金鱼一样，逍遥自在地游着。钓鱼的人在水池的护栏边站成一排，把鱼竿朝水平方向伸出去，让鱼线垂直于水面上，像摆弄提线木偶一样上下扯动。太阳鱼依旧懒洋洋地随意咬钩，钓上一条的，便到旁边去把鱼摘下来，又转身下钩。

虽然好钓，但也不是一下钩就有鱼上钩，也不是人人都有收获。但凡到这个水池边来钓太阳鱼的，多半是像我这样的新手，不是浮子调得太高，就是鱼线放得太长，浮子调高了钩下得太深，鱼线放长了难得收回来，要不就是性子太急，鱼不咬钩就提线，鱼饵老在水面上蹦蹦跳跳，鱼没有反应过来饵就走了，跟太阳鱼的慢性子不协调。

我身边有个钓友，就是这样的新手，这人个头不高，穿着一件草绿色的防晒服，防晒服很旧，遮着头脸，看不清面相，从瘦小的身材和走路的姿态看，是个女性。

这女子来钓鱼的时候，一上水闸，就直奔水池边的护栏，到护栏边放下手里提的塑料水桶，从布袋里抽出鱼竿，就往水池里抛钩，只是她每次抛钩，不是卡线的杯环忘了打开，就是放了线以后杯环又忘了关上，结果不是线抛不出去，就是抛出去太长，鱼咬了钩还不知道，有时鱼线又被线轮缠住了，半天解不开，总之是一上阵便手忙脚乱。

我身边另有一位钓友，是我新认得的一个华人，祖籍在广东新会，我跟他混熟了，就叫他小广东。小广东住在水闸附近的一个小镇上，开着一家小型的渔具店，卖渔具也卖鱼饵，冰箱里还养着活蚯蚓，也是卖给人做鱼饵的，钓太阳鱼一般要用活蚯蚓作鱼饵，假饵不太管用，我常到店里去买蚯蚓，就结识了小广东。

小广东为人热情，乐于助人，常在水闸边钓鱼的，大都得过他的帮助，有时临时需要买点什么，跟他说一声，他就乐颠颠地跑回店里去取过来，送到你手中，他因此很得这些人喜欢。

他开渔具店，好像不光是为了卖渔具鱼饵，同时还要为像我这样的新手处理疑难杂症。有时候在他店里买渔具鱼饵，会聊到钓鱼的事，聊着聊着，说不清楚了，就顺手操起一根竿子，说，走，我跟你去，到现场就跟我们操练开了，他因此也成了我们这些新手的义务教练，像穿防晒服这样的女子，自然是他的重点帮扶对象。

这女子不常来，也不定时，但只要她一到护栏边站定，小广东就侧过身子，眼光越过我，眼睛一眨不眨地看着那女子取竿上饵抛钩提线，时不时还要摇摇头啧啧两声，就像看着人把一件谁都会做的事做错了一样，实在看不过去了，干脆放下自己的钓竿，三步并作两步跑过去，帮她把该做的都做了，才回到自己的位置上，一边钓，一边还要朝那边看上几眼。

渐渐地，我发现不论小广东如何耳提面命，言传身教，那女子却进步不大，依旧手忙脚乱，不得要领。这样打乱仗，自然也谈不上有什么收获，偶尔钓上一条，摘下鱼放进身边的塑料桶里后，她不是像别人那样立即换饵下钩，而是提起水桶就往不远处的小树林里跑。

我顺着她跑的方向看过去，发现小树林里有几个孩子，大的看上去不过四五岁，小的还在草地上歪歪扭扭地学步，那女子走近这些孩子，蹲下身子，就把刚钓上来的鱼从水桶里捉起来给这些孩子看，孩子们看到鱼，又是叫又是跳，那女子也跟着孩子们欢叫。这时候，我才明白，原来她来钓鱼是为逗孩子玩的，难怪怎么教都学不会。

小广东好像看出了我的意思，不用我问，就自顾自地说起来，也不易，一个女人，拖着一群孩子，住在一个旧房车里，就靠在镇上打点零工过日子，看着都让人着急。

这回便轮到我问小广东是怎么回事了。小广东说，我也不清楚，都是人家的隐私，也不好问，先前还看见有个男人跟她在一起，也不知道是她丈夫还是什么关系，后来这个男人突然不见了，就剩下她和几个孩子住在旧房车里。

小广东说，就连这旧房车，也是别人的，又用手一指不远处的一个坐轮椅垂钓的老人说，喏，就是那位狄更斯先生，他先前酷爱户外活动，开着房车带着一家人到处露营，后来老了，孩子成家了，老伴也走了，他的房车也就成了流浪家庭的临时住所，十几年前，我父亲带着我们到小镇落脚的时候，就住过这个旧房车，后来镇上的人帮我父亲开了个渔具店，挣了点钱，我们才有了自己的住房。

这天，我又到小广东的店里买蚯蚓，小广东指着不远处一个小公园的角落说，喏，那就是我说的那个旧房车，她一家人就住在那里面。

我顺着小广东手指的方向看过去，公园的角落里果然有一辆房车，房车很旧，已经看不出当初的颜色，裸露的金属车皮上覆盖着一层厚厚的泥灰，泥灰上长满了苔藓和杂草，看上去像湖边树林里一间搁置已久的小木屋。

房车后是一座高耸入云的教堂，房车前是一片绿茵茵的草地，草地上支着几个简陋的晒衣架，上面挂满了各色衣物，五彩斑斓的，像舰船上挂的万国旗，那个穿防晒服的女人正跟她的孩子们在草地上玩耍，玩的游戏好像也与钓鱼有关，只是钓的不是鱼，而是自己扎的纸鸢。

跟钓太阳鱼相比，那女人钓纸鸢时称得上身手矫健，她举着一根细长的竹竿在空中挥舞，竹竿上系着一根长线，线头上有一个像鱼钩那样的圆环，竹竿挥动的时候，圆环在空中飞舞，她的儿女们一人手里举着一个纸鸢在草地上跑动，跑着跑着，手里的纸鸢不知什么时候就被空中的圆环套走了，孩子们就追着被套走的纸鸢围在妈妈身边又叫又跳，这叫声伴着教堂的钟声和树上的鸟叫声，在小镇上空久久回荡。

转眼间就过了水量丰沛的季节，水闸上游的湖水下落，压力骤减，水坝接缝处的涓涓细流消失不见了，水池蓄不住水了，就恢复了原来的衬体模样，没有了水池，原来在水池边钓太阳鱼的队伍自然就风消云散，各寻各的钓场。

我起先在水闸口的急流中试了试，也想钓几条个头大点的鱼，结果很不理想。小广东看我使不上劲，就带着我在水闸下游到处寻找合适的钓场，找了几个来回，也试钓了不少地方，终于在一片林子边的铁路桥下，找到了一个能钓太阳鱼的回水湾。这个回水湾很小，不过一个篮球场大，靠着铁路桥一端的桥头堡，像巨人的长袍上缀的一个小荷包，回水湾的水不深，看得见水下的苔藓和水草，从闸口出来的水流把不习惯中流击水的太阳鱼撇到这儿就随大流走了，留下的太阳鱼贴着苔藓和草皮游走，站在桥头堡边，看不见太阳鱼的身影，只见水下的苔藓和绿草杂在一起，青幽幽的一片。

与我以前印象里的太阳鱼相反，也与水池里的太阳鱼不同，这里的太阳鱼不但性子急，咬钩快，而且反应敏捷，动作迅速，咬住钩就左冲右突，四处奔走，结果自然是反应越快，被钩住得越快，挣扎越久，吃钩越深，最后几乎是一落钩就有鱼咬，一咬钩便如囊中取物，手到擒来，一会儿工夫，我的收获就比在水池边钓大半天还多。

我问小广东是什么原因，小广东说，其实太阳鱼并不懒，也不笨，就看处在什么样的环境，你说的峡谷口岩石间，水流平缓，水清见底，鱼饵下去，它以为是碎石沙砾，碰到嘴巴上了，并不在意，偶尔咬住了，算是你的运气；闸口的水池也是这样，投钓的人多，钩乱饵杂，鱼不知道咬哪个才好，钓上一条也不容易；这儿就不同了，回水湾的水流虽然不急，从旁边经过的水流却像磨盘一样，推着水流不停地转动，太阳鱼在回水湾中不能像在峡谷口和水池的静水中那样，慢慢悠悠地找食，一旦见有鱼饵投放下来，不管三七二十一，就咬住不放，拖了便走，生怕饵从口里跑脱了，所以你才觉得钓起来又快又准。

我不知道小广东讲的是否有理，反正这片回水湾后来就成了我一段时间内钓太阳鱼的固定场所，每次到水闸边来钓鱼，就直奔这块钓场，每次来钓，必收获满满。因为地方隐蔽，别的钓手没有发现这块钓场，这块钓场暂时也就归我一个人独享。

小广东有时候来看我，也陪我甩几竿子，但我看他钓鱼时心不在焉，不是左顾右盼，就是朝背后的林子里望望，好像怕有人来把这块旺地抢走似的。

这天，我正钓得起劲，忽然听见小镇教堂的钟声响了，一会儿，就听见身后的树林里籁籁作响，果然有人来了。我回头一看，就见那件熟悉的防晒服在我眼前一闪，紧接着就是几个孩子的笑闹声冲出树林，原来是她来了，这正是下班时间，我想，该是小广东跟她约好了的，不会是误打误撞。

果然，小广东见她来了，就对我使了一个眼色说，不早了，你也该回去了，今天又是一个丰收日，明早再来，我还陪你钓。

我收起鱼竿，提起吊在水里的鱼篓，就跟小广东一起走了。鱼篓沉甸甸的，五颜六色的太阳鱼在鱼篓里欢蹦乱跳，我心里也暗暗祝愿她今天也有这样的收获。

在岸边钓了一段时间太阳鱼，积累了钓太阳鱼的经验，也有了信心，就嫌岸边钓的太阳鱼太小了，想到湖中间去钓大一点的。听小广东说，湖里的太阳鱼比闸口水池和桥下回水湾的都大，湖中间的水深，水下长满了各种水草，太阳鱼藏在里边，有吃有住，钓的人少，又很安全，所以长得肥大，一条抵得上岸边的两三条。

见我有这个念头，有一天，小广东就跟我说，哪天我带你到湖上去钓。他说，他这几天正忙着进货，镇上最近要举办一个钓鱼运动会，到时候会有很多人来参加，他得准备些渔具鱼饵。

过了两天，小广东忙完了店里的事，就邀我到湖上去钓太阳鱼。

水闸下游的湖面很开阔，小广东从店里扛来一条小船，小船两头尖尖，船身很窄，像中国南方采莲蓬的小划子，我和小广东面对面坐着，把船划到一片水面，就开始甩钩。

小广东会拖钓，就是鱼线上不系浮子，把鱼钩甩到水下以后，手里不停地转动线轮，让鱼钩在水下拖行。我试了一下，钩不是被树根绊住了，被水草缠住了，就是夹到石缝土坎中间，扯不出来，只好故伎重演，系上浮子甩钩。

这天我们收获不小，我俩钓了十几条又肥又大的太阳鱼，小广东还钓到了一条嘴尖身长样子的凶猛的狗鱼。我跟小广东开玩笑说，想不到太阳鱼还敢跟这样的"强人"做邻居，也不怕别人把它吞吃了。小广东说，别看太阳鱼样子和善，其实也很凶猛，吞吃比它小的鱼类，毫不嘴软，不赶尽杀绝，决不罢口，像中国常见的鳑鲏这类小鱼，更是它喜爱的美食，所以中国人也叫它鳑鲏杀手。在中国，太阳鱼是一种危害性很大的入侵鱼种，有这样的生存能力，难怪在加拿大，有湖水处就有太阳鱼。

傍黑儿时分，我们划着小船，向湖岸靠拢，远远地就看见桥头堡下的回水湾边，有人烧起了一堆篝火，火光熊熊，映红了湖水，照亮了树林，湖风中飘散着一股淡淡的鱼汤的香气。透过篝火的光亮，我看见一个瘦小的身影在篝火边忙碌，那件防晒服在火光的照耀下色彩分明，分外耀眼，她的孩子们围坐在篝火旁边，像除夕围着灶火守岁的中国孩子在等待分吃糖果。

小广东说，大约她今天收获不小，想烧堆篝火，煮锅鱼汤，让她的孩子们美餐一顿，太阳鱼肉质细嫩，味道鲜美，小时候，我父亲常常钓回来煮鱼汤，说我们兄弟姊妹几个正长身体，要给我们增加营养，几条肥嫩的太阳鱼，配上从华人超市买来的中国豆腐，熬出白生生的汤汁，再撒上一点葱花，真是神仙也尝不到的美味。

我们把船划到铁路桥那边，从桥头堡的那边登上铁路桥。站在桥上，朝下一望，就见那堆篝火在晚风中忽闪忽闪，像湖边亮着的一座灯塔。我请教过专家，专家说在有湖水的树林边烧篝火守夜，可能是印第安人留下的习俗，篝火可以驱邪避兽，守在篝火边，等待捕鱼打猎的亲人归来，在篝火上烧烤食物，祈祷平安，庆祝丰收，等待新的一天太阳重新照耀大地。我想，这个古老的习俗也该给这个女人带来这样的愿景。

几天后，小镇上的钓鱼运动会如期举行，小镇上举办的钓鱼运动会，不像正规的大型赛事，其实就是一个鱼集，不光有湖上的钓鱼比赛，还有镇上小店摊点的易市活动和与渔事有关的图文展览民俗表演。从四面八方来的游客和专程来赶鱼集的钓鱼爱好者摩肩接踵，人头攒动，小店和摊点的主人守着各自的店铺和摊位，笑容满面地看着来往的游人，时不时挥动手里的三角旗和鱼形吉祥物，向游人示意，也有跟面前的游人搭讪的，便听见一阵阵笑声，像爆米花一样，从人流中突然爆发出来。

小广东很忙，不好意思打扰他，我就一个人在鱼集上瞎逛，哪儿人多就往哪儿去，哪里热闹就往哪里凑。在小教堂附近，我看到草地上支了一个大帐篷，走进去一看，帐篷里搭了一个高台，台上正有人在表演，表演者模拟着各种钓鱼活动，钓者手持长竿，鱼钩鱼饵一应俱全，鱼的扮演者，戴着各种鱼形模具，在台上四处游走。钓者钓住了一条，鱼扮演者身上的模具就被钩走，露出穿着花花绿绿内衣的男男女女，有老有少，有高有矮，有胖有瘦，台下的观众便笑成一团。

看了一会儿，我笑得下巴发酸，就想离开，正要转身，忽然听见台上一阵喇叭声响起，紧接着便见那个穿防晒服的女人，举着钓竿，领着一群"太阳鱼"出现在舞台上，只是这群"太阳鱼"不戴鱼形模具，而是满身纹了彩鳞，蓝绿相间，色彩艳丽。这群"太阳鱼"一上台便去抓那女人手里的鱼竿，抓住了便拽住不放，那女人也作拉扯状，台上便东扯西拉地乱作一团，台下的观众也趁着兴子又喊又叫，掌声笑声口哨声此起彼伏，差不多要把帐篷掀翻了。

看完了表演，走出帐篷，已是傍晚时分，草地上正在给钓鱼比赛的获胜者颁奖，组织者把大大小小的奖牌挂到获奖者身上。满天晚霞照着绿茵茵的草地，照着颁奖现场五颜六色的彩旗，照着房车前的衣架上花花绿绿的衣物，像一湖太阳鱼的鳞片在阳光照射的湖水中熠熠闪光。

小镇运动会过后，我到海洋三省去转了一圈，回来的时候已是深秋时分，就想到再过些时日，湖上结冰了，也可以让小广东带我去试试冰钓。这天就来到小广东的渔具店，打算添置几样冰钓的行头。

小广东的渔具店旁边有个中等超市，超市旁有个食品银行，常有一些生活条件好的人，把自家的食品打包，送到这里，供一些低收入家庭取用。

这天，食品银行前排着长队，有送食品的，也有取食品的。在队伍中，我又看到了那个熟悉的身影，我看见她从一个食品柜中取出一包食品，又把她手里拿的另一包食品放了进去，走近一看，她放进去的那包食品的包装盒上写着 sunfish 几个英文字母。

太阳鱼在英语中的通俗叫法，就是 sunfish，另有一种喜欢翻转肚皮浮在海面上晒太阳的翻车鱼，也叫 sunfish，但这个 sunfish，不是我在这篇文章里写的 sunfish。

小镇的一缕阳光

去年到加拿大探亲，在女儿家住了些时日，好几年没出国了，国外的生活依旧是"好寂寞"，就在写作之余，接受孩子们的建议，买了钓鱼的家伙，也去学着钓鱼。

想不到在加拿大，钓鱼是一件这么流行的事，说像中国人打麻将可能有点夸张，说像中国大妈跳广场舞庶几相近。在中国，有广场的地方，就有广场舞，在加拿大，有水的地方，就有人钓鱼。

钓鱼不光让我学到了一项生活技能，也让我结识了一些人，经历了一些事。这些人和事，都给我带来了一些新鲜的感受，也引发了我的一些思考，我想到在这个开放的世界上，人跟人的接触越来越频繁，交往越来越多，人与人之间的相互影响也越来越深，越来越细，如加拿大这样的移民国家。在这里，你不但可以看到不同文化的交流，不同文明的互鉴，也可以看到不同个体的相互依存，不同生活样态的相互映照。这些交流、互鉴、依存、映照，都显示了人类命运的共通之处，对一个写作者来说，都是一些值得珍视的人生体验，于是，在我笔下，就出现了小广东和那个穿防晒服的女人。

在加拿大，像小广东这样融入移民社会的华人越来越多，他们没有历史上流落海外的华人那样的自卑感和弱族意识，而是凭借自己的生活本领在异国他乡的土地上充满自信地生活，在生活中，也把中国人的生活理念和中国文化所特有的待人接物的传统，通过日常生活细节，传导给他人。我写的小广东，在日常生活中，几乎是他生活的那个小镇的活雷锋，他性格开朗，待人热诚，心地善良，乐于助人，在小镇生活中，到处都可以看到他的身影，到处都可以听到他的笑声，像太阳鱼的名字一样，他也是小镇生活中的一缕阳光。

在写小广东的同时，我也写了那个穿防晒服的女人，我没有把她写成一个仅仅需要同情和怜悯的对象，也没有写她的生活困境和人生尴尬，而是写她在这困境和尴尬中的生活态度和生存状态。她和她的孩子们，也是小镇生活的阳光，也许你不理解她的快乐，但我们的老祖宗早就说过，"子非鱼，安知鱼之乐"，这种生活态度除了个体的原因，必定也是来自一种文明的传承，必定也是一种文化的产物，我没有硬性地给她贴上一个文化的标签，甚至也没有给她一个姓名和国族的标志，文化交流文明互鉴的前提，也许就是平等和尊重，以平等的眼光看待他人的生活，尊重他人的生活选择和生活态度。

少 年 行

少小无端惯放狂，骟骑沙牯战牛郎。

探得湖山开洞府，便教人鬼捉迷藏。

——定场诗

一、下湖路上

川儿一趴上他家那条水牯的背，小卵子就硌得生疼。

人家的牛走起路来，像戏台上的县官，四平八稳；川儿家的水牯一出村，就一路疯跑。

走得快一点的肉猪，被它吓得哼哼乱叫，也跟着疯跑。拖儿带女，慢悠悠地走着的猪娘，怕她的儿女被踩着了，只好带着队伍往路边避让。还有那避让不及，腾挪不开的，就像下饺子一样，扑扑啦啦地都掉到路边的秧田里去了。

秧田里的头季稻正在灌浆，就要成熟。掉下去的猪儿晕头晕脑，不辨方向，往秧田中间冲了一段，见猪娘还在岸上，又挣扎着想爬回去，田里的青秧顿时倒伏一片。

就听见下湖的队伍里有人开骂，骂么事，谁也没听清楚，无非是骂川儿没把自家的牛看好，再就是骂川儿家的水牯发疯，骂完了人就骂畜生。村里的男人女人，哪个不是张口就骂，骂人是一日三餐，家常便饭。

再说，骂的人也不是认真生气，都知道这样倒伏的秧，很快又会长回来，何况这秧田又不是自家的，骂几句就图个嘴巴快活。闭了一夜的嘴，都闭臭了，这一开一合，吸几口凉气，也是蛮舒服的。

川儿也不理会，只顾在牛背上调整自己的姿势。

水牯的背宽，川儿的腿短，除了一根牛索，又没个抓挠，调整起来十分困难。

眼见得脚下的大猪小猪纷纷乱窜，耳边的骂声叫声此起彼伏，自家的水牯，却像杀红了眼的李逵，只顾挥动板斧劈头砍去，挺起双角一路狂奔，哪管得了脚下磕着谁了碰着谁了。

川儿想，像这样下去，只怕自己的卵袋子要被颠破。他只好张开双臂，紧紧抱住水牯的脖颈，又用胸口牢牢贴着水牯的前脊，再把下半身抬起来，像倒立的蜻蜓，跷起双腿，随着牛背的起伏上下簸动，死活不让张开的裤裆碰着牛背了。

终于赶上了元贞家的母牛。

一靠近母牛，川儿家的水牯就迫不及待地抬起两条前腿，搭上母牛的后背。紧接着，元贞的身后，就发生了一阵剧烈的冲撞，等骑在牛背上的元贞回过头来，才发现川儿家的水牯正在跟自家的水沙（母牛）爬骚。

元贞就冲着川儿大喊，下来，下来，快下来，水沙一颠屁股，就要把你摔死。

川儿往下一看，自己已被上半身挺立着的水牯悬在半空当中，上不得上，下不得下。

水牯的身子不停地耸动，川儿抱不紧也贴不住，只好闭上眼睛，死死地拽着那根救命的牛索不放。

谁知这一拽，竟把水牯的脑袋从水沙背上拽弯了过来，正在兴头上的水牯突然哞地叫了一声，一甩脑袋，川儿被牛索带着，就像一粒泥丸一样，从半空中被抛到秧田里面，半天爬不起来。

元贞见状，也从自家的牛背上往下跳，冲过去把川儿从泥水里拉起来，一边拉一边埋怨川儿说，叫你跳，你不跳，你看险不险，要是掉到水牯的胯裆下面，公的母的，手忙脚乱，踩也要把你踩死，没听老人说吗，宁挨千刀万刀，不惹公母爬骚。

末了还要补上一句说，你家的水牯真骚。

川儿说，你不撩，它也骚不起来。

元贞就笑，说，你说清楚啊，我没撩，是我家水沙撩。

两人就这样站在路边，你一句我一句地等着这一公一母把那事做完，才又骑上各自的牛背，相跟着朝湖堤那边走去。

被堵成一条长龙的下湖的队伍，也开始缓缓移动，像后河的积水打开了闸门。

二、骑在牛背上打仗

翻过湖堤，是一片湖滩。

湖滩很大，像画上画的草原。

湖滩外面，是一片湖水，水面更大，像书上说的海洋。

湖水一半是从后河顺流下来的山洪，一半是从长港倒灌进来的江水。

湖滩被流过的后河切成两半，一半在东，一半在西。

东边有一段湖堤，叫东坝；西边也有一段湖堤，叫西坝。

住在东坝的人和住在西坝的人，世世代代守着这片湖水和湖滩过日子，睦邻友好，相安无事。两边的人，还有许多谁也说不清楚的亲套亲友绊友的关系，平日里来往频繁，不分彼此。

只是每次淹了大水之后，为了重新划定湖滩的边界，东坝和西坝都会有一次抢滩的争斗，那是祖辈留下来的规矩，慢慢地就成了一种习俗。

就是抢滩的时候，两姓人也顾着面子，都用长裤反包着头脸，从上面剪两个洞看人，像电影里的三 K 党。俗话说，人怕抵面，树怕剥皮，反正也不知道对方是谁，就是姑爷娘舅，也敢放手争抢，这就叫翻脸。翻脸不认人，抢起来才尽兴。

虽然在抢滩的时候，有时也会发生一些意外，却从来也没有伤着和气。抢完了，又各自守着新的边界捕捞放牧，直到下一次淹水之后。

到了川儿和元贞他们长大的时候，已不兴抢滩，说那是宗族械斗，严令禁止。但各家大人却喜欢把抢滩的故事当作饭桌上的谈资。

有那参加过抢滩的老人，或见过抢滩的父辈，更是这个故事的主角。抢滩的过程和细节，由他们添油加醋地说得天花乱坠，这其中，自然也免不了要夸大自己的本领和作用，让这帮小辈子一听就想起说书的猪娘嘴说的，燕人张翼德，常山赵子龙。

不论真假，除了恨自己晚生了几年，这帮听故事的小辈子，都只能张着嘴巴点头，心悦诚服地拜倒在这些英雄脚下。

也有那不满足于听故事的，也想像大人那样过一下抢滩的瘾，东西坝都有这样的孩子。

不知从什么时候开始，东西坝骑牛下湖的孩子，过了湖堤之后，都不解牛鼻券，也不收牛索，都把自家的牛当战马，要骑在牛背上打一仗，才把牛放开。

打赢了的，就是这天的大王，要坐金銮殿，让打输了的下跪磕头。

仗打完了以后，不论输赢，还是以湖滩中间流过的后河为界，各到各的半边湖滩放猪放牛，打草挖菜，就像大人抢滩过后一样。

堤下面正好有一片空场，堤坝上有防洪时筑的几座土牛，参差排列，错落有致，显得峰回路转，山峦起伏，看上去，就像连环画上画的战场一样。

要打仗，总得有个领兵的头儿，东坝的孩子就公推国梁。

国梁是个哑巴，听说是小时候生病吃错了朱砂。在东坝这群孩子中，国梁最大，辈分最高，川儿和元贞他们都管他叫叔。

国梁不光年龄大、辈分高，而且讲义气、胆子大，村里的孩子，有什么事，都是他出头。有时候，大人有些事，也要找他，都说他认哑理，没有人争得过他。

其实，这只是村里人的一个说道，国梁连话都不会说，还能跟人争个么事，村里人主要是看中了他那个一根筋认死理的脾气，他答应了的事，就没见有办不到的，不达目的，决不罢休。

有一次，有人差元贞的爹卖猪儿的钱不给，元贞的爹找到国梁。国梁就天天跟在那人背后讨要，那人走到哪，他就跟到哪，最后竟坐在那人家门口不走，直到这家人觉得实在丢不起这个脸，才给了钱打发他走人。

事后，村里人都说，这就叫哑人讲哑理，也只有用这种哑法子，才能治得了这种人。国梁于是名声大振。

国梁带的东坝的队伍，有十多头牛，下了湖堤之后，就在湖堤下边的空场子上，一字儿排开，等着西坝的孩子骑牛过来。一会儿，西坝的牛队果然也排成一字朝这边走来。

看着两支牛队将要靠近，国梁举起手中的木棍一挥，就带着队伍冲了上去。

往日接上火以后，就是一场混战，不分兵将，也不讲打法，只是各自骑在牛背上，挥动手中的棍棒竹片，在对方阵中横冲直撞，挡不住的一方，就往后退，退到湖水边上了，就得认输。

东坝的孩子因为经常占着上风，从来没把西坝的牛队放在眼里，往往不到一泡尿的工夫，西坝的牛队就溃不成军，一败涂地。

这天的架势跟往常一样，国梁在前，川儿和元贞紧随其后，其他孩子依次呈楔形展开，跟着他们朝西坝的牛队冲去。

西坝的孩子看他们冲过来了，并不迎战，而是掉转牛头，望后便走。

东坝的孩子以为他们抵挡不住，便像往常一样，在后面紧紧追赶，想把他们一口气追到湖水边上。

谁知他们没追出多远，就看见前面不远处升起一股浓烟，瞬间就有一条火龙擦着地面朝这边滚来。

国梁见状，赶紧勒住牛索，指挥队伍后退。西坝的孩子却趁势掩杀过来，东坝的牛队顿时阵脚大乱，没等西坝的孩子追到水边，都纷纷跳下牛背，束手就擒。

西坝的孩子终于得了一次胜利，就要东坝的孩子下跪磕头。

东坝的孩子说，这个不算，你们用了计谋。

西坝的孩子就笑，说，哪有打仗不用计谋的，打仗不用计谋，要诸葛亮搞么事。

两边正吵得不可开交，国梁突然冲过去，把西坝的孩子一个一个拉到土牛边上，把他们扶在土牛上一一坐定，然后纳头便拜。

东坝的孩子见国梁拜了，只好跟着下跪。

西坝的孩子乐得在土牛上跳起来欢呼，一点儿也没有想到，现在他们是大王，正坐在金銮殿上。

拜过了，川儿就问西坝的一个孩子，这主意是哪个出的。

西坝这孩子就用手一指不远处站着的一个瘦瘦的男孩说，哪个？除了他，还有哪个，就他的鬼点子多。

川儿说，他这摆的是火龙阵哪，我听猪娘嘴说书说过，火龙阵就是这样摆的。

那孩子就不作声。

川儿见那孩子不说话，以为他觉得赢得不光彩。又说，说实话，不是他，你们也赢不了，他真是你们的智多星哪。

谁知那孩子听了，嘴巴一撇，鼻子一哼说，还智多星呢，狗屁，我看是个害人精。

见川儿满脸疑惑地看着他，又把嘴巴往西坝那边一挑，说，你自己去看吧，把人家挖了半个月的霸路根，烧了个精光，人家攒在那里，今天正要一起拉回去，这下好了，又要害得人家挨打饿饭。

川儿就顺着他指的方向看过去，就见那边的堤坝下面，刚燃过的火龙，正冒着青烟，周边的草地，已烧成一片灰烬。灰烬场上，似乎有个人正在扒拉着什么，就拉起身边站着的元贞说，走，看看去。

两人就相跟着朝那边跑过去。

三、挖霸路根的女孩

在灰烬场上扒拉东西的，是个女孩。这女孩名叫玉霞，是元贞的表妹。

元贞的姆妈是西坝人，玉霞的爹是元贞的亲舅。元贞小时候，跟他姆妈去他舅家走亲戚，常跟玉霞在一起玩耍。

后来，玉霞的姆妈死了，她爹又给她找了个后姆妈。玉霞的后姆妈带了个男孩过来，她只爱自己的儿子，不爱玉霞，动不动就打她骂她，有时候还不给她饭吃。

玉霞的爹心疼女儿，但老婆太恶，他也没有办法。

有这样一个恶嫂子，元贞的姆妈就很少上门，元贞也就有好几年没见着玉霞了。

元贞最后一次见到玉霞的时候，玉霞还只有五岁。玉霞的姆妈就是那年得病死的。

元贞跟着他姆妈去他舅家吊丧的时候，玉霞吓得像只受惊的小兔子，躲在房门背后不敢出来，元贞的姆妈要走的时候，才在房门背后找到她，元贞的姆妈一把把她拉到怀里，哭得连元贞的眼泪都掉下来了。

按元贞的年龄算，玉霞也该有十来岁了，要不是她眉心的那颗美人痣，元贞差点就认不出她来了。

看到眼前这番景象，不用问，元贞和川儿就知道么回事。

元贞和川儿都听元贞的姆妈说过，玉霞的后姆妈是从后山嫁过来的，烧惯了山柴，嫌稻草煮饭不熬火，就要玉霞到坝上去挖霸路根。

霸路根紧贴着湖堤河坝生长，细长的根须像铁丝一样，扎在湖堤河坝深处，上面的茎叶也硬如铁线，细如丝网，密密麻麻地覆盖着路面，除了经常有人畜过往的地方，所有的路面都被它霸占了。

湖区的人都知道霸路根熬火经烧，就是挖起来费力，锄头铁锹都使不上劲。得用铁扒先把泥沙扒开，让细长的根须露出一截来，再用木棍绕住，像纳鞋底一样，用力往外拉扯，有时候扯断了，还要伸出手去，绕在手腕上帮忙扯。扯多了，玉霞的手腕上就留下了道道血印子。

夏天上晒下烤，冬天趴冰卧雪，过路的人看着都心疼，知情人没人不骂那个狠心的后姆妈。

元贞心疼他表妹，就说，你为么事要让他烧，他又不是你的亲弟，你这样惯着他，迟早他也不把你当人。

元贞说的那个不是玉霞的亲弟的孩子，就是西坝的孩子指给他看的那个瘦瘦的男孩，这男孩叫春树，是玉霞的后姆妈带来的。

玉霞说，也不能怪他，总是你们赢，他好不容易想出这个赢你们的法子，你们也让他们赢一回。

元贞只好摇头说，好好好好，你说得也在理，就让他们赢一回。

又放心不下地说，你好不容易挖了半个月的霸路根，都让他烧了，你回去么样交代。

玉霞若无其事地说，就再挨一顿打，饿几餐饭呗。说完，又用手上的铁扒在面前的草灰中乱扒。

元贞就问她扒么事。玉霞说，我早上没吃饭就出来了，刚才看见一个烧熟了的野蒿芭，我想看看还有没有，他们烧的，不光是我挖的霸路根，还有平时从湖里扯上来的蒿芭秧。

元贞实在看不下去了，就把身上带的吃食都拿了出来，交给玉霞。

又问川儿，带了吗？

川儿说，带了。也把自己的吃食拿出来，给了玉霞。

下湖的孩子中午都要在外面吃一餐，大部分是湖里的出产，有时候也从家里带点吃食出来。

回到自己的队伍那边，东西坝的孩子都散了。牛也野放了，都在湖滩上自由自在地吃草。

元贞和川儿就把刚才见到的，都跟东坝的孩子说了，东坝的孩子都很气愤，有的就想去把那个瘦猴揍一顿，帮元贞的表妹出口气。

元贞也想趁机教训教训这个拖油瓶，省得他以后欺负玉霞。湖滩上找个没人的地方，打了算鬼打的，谁也不晓得。

国梁是后天的哑巴，人哑心不哑。元贞他们的话，他都听明白了，当下就连连摇头，表示不可，又指指画画地用手比了半天，意思是我们回去拿铁扒来，帮玉霞挖霸路根。

大家你望望我，我望望你，觉得还是国梁的这个主意实在，能够救急，暂时就饶了瘦猴，日后有的是机会收拾他。

湖滩离村子不远，东坝的孩子很快就从各家取来了铁扒木棍，在湖堤上摆开架势开挖。

西坝的孩子起先不知道东坝的孩子在玩么事鬼把戏，等到他们看明白了，也跑回家去，拿来铁扒木棍帮忙。

傍晚时分，东西坝的孩子把挖好的霸路根打成捆，送到玉霞身边。

春树过来帮忙把一捆一捆的霸路根都绑到自家的牛背上，又把玉霞扶上牛背，让她骑在牛背上，自己牵着牛索在下面走，就像玉霞的跟班一样。

川儿说，这还像个弟弟。

元贞说，狗屁，他这是怕挨打，做给我们看的。

川儿说，你也不要把人想得太坏了，他姆妈对玉霞不好，未见得他也对玉霞不好，我看玉霞这个瘦猴弟弟还不错。

四、元贞跟春树成了好朋友

元贞不喜欢春树，他舅喜欢。

玉霞的姆妈只生了玉霞，她爹早就想要个男孩，现在有了个现成的儿子，就把他当宝贝，出出进进，走到哪里都带着他。

元贞的三哥结婚，玉霞的爹过来吃喜酒，也带着春树。

东西坝离得又不远，吃完了喜酒，玉霞的爹还要和春树留在元贞家过夜。

元贞家有个木楼，元贞的姆妈就要春树跟元贞在楼上睡。元贞不愿意，元贞的姆妈就拿眼睛横他，元贞只好带着春树上楼。

楼上只有一张大竹床，元贞本来打算一人睡一头，后来又怕闻春树的臭脚，就挤在一头睡了。

元贞家的房子很老，撑房子的列架都是黑的。湖区的房子都有列架，列架就像人身上的骨架，把皮肉撑起来，列架也撑着做房子的砖瓦。

湖区常发大水，大水来的时候，用木桩和铁丝把列架固定，只把屋顶盖的布瓦揭下来，把墙上砌的石砖拆下来，等大水过去之后依样还原。

年数长的列架，像年纪大的人一样，身上有很多故事。说半夜里听见列架里风吹浪打，那是常事；说听见有人呼叫的，也不在少数。

到了该换列架的时候，换列架的人家从拆下的旧列架里发现的东西，就更加稀奇古怪了：列架的柱脚里，是黄鳝泥鳅乌龟王八理想的藏身之所；列架的缝隙中，也常有蛇蝎蜈蚣蝼蚁蜂虫出没；高处的梁柱，低处的榫头间，说不定就勾住了几样随水漂下来的金银首饰丝绦玉挂。后山的富人多，山洪来了，只顾逃命，这些平时的宝爱之物，也就任其随水飘散，流落寻常人家。

元贞最怕在列架里做窝的老鼠，平时一个人睡在木楼的竹床上，半夜里醒来，突然看见一双眼睛，在枕头边上直愣愣地盯着他，把他的魂都吓掉了。有时候，这些小东西还把元贞的脑袋当成油壶灯盏，在油壶灯盏上没舔够，就到元贞的脸上舔，害得元贞不论春夏秋冬，睡觉都用被子蒙着头。

这天早晨，天蒙蒙亮，屋顶上一块暗黄的亮瓦，向木楼里透着微光。元贞正想起来拉泡尿，再睡个回笼觉，眼睛还未睁开，就感到有个凉丝丝的东西，从额头上滑过，元贞以为又是那些小东西在作怪。心想，天都亮了，你也吓不倒我，就想翻身起来，哪知他刚一侧过脑袋，就看见枕头边上，一个长条的东西，嗖的一下卷成一个小饼，窝在那里一动不动，再定睛一看，原来是一条拇指粗的花蛇，刚才从自己的额头上滑过的，就是它。

元贞大气也不敢出，一边直挺挺地躺着身子，一边在被子底下轻轻地推了春树一下，春树正好是侧面朝着元贞睡的，眼睛一睁，就看见了蛇饼。

元贞正要叫他小心，却见春树从被窝里一跃而起，伸手就抓向那块蛇饼。没等元贞反应过来，蛇尾巴已到了春树手里，蛇被他倒提着，抖成了一根直直的面线。

元贞长出了一口气，也翻身起来，想下楼去拿把火钳，把蛇夹了丢出去。

春树说，莫丢，莫丢，这是一条家蛇，就让它在你家待着吧，你不是怕老鼠吗，家蛇专门捉老鼠，吃老鼠，比猫还厉害。

又把已经被抖晕的那条蛇，顺手挂到屋梁上，说，它一会儿就醒了，醒了就让它自己回窝吧。

元贞觉得奇怪，自己怕都怕不过来，春树还说要放家里养着。你就不怕它哪天咬你一口吗？虽说水蛇咬个疱，一边走一边消，但蛇终归是蛇，养在家里总有点吓人。

见元贞觉得奇怪，春树就说，我们后山，家家都养家蛇，有的还不止养一条，家蛇不用喂食，有几条是几条，你不赶它走就行，家蛇也不咬人，跟人很亲热，像这样卷成个饼，在你枕头边上睡觉，是常事，闻惯了你的气味，还不愿意换人，就像你老婆一样。

又嘻嘻一笑说，你身上沾了蛇气，到哪里都有蛇找你，我猜你家这条蛇是来找我的，我怕吓着你，才把它抖晕了，它醒了还要怪我太不讲客气。

经过这件事，元贞便对春树刮目相看，以后春树再到他家来，无论有事无事，都要留他过夜，也不用他姆妈叫，就拉着春树上楼睡觉，两人渐渐地就成了好朋友。

元贞对那条小花蛇又怕又爱，心里一直想着那条小花蛇，但后来却一直没有见着它，有一次就问春树是么回事。

春树说，它一定是见了我的怪了。

五、春树带元贞钻山洞

湖边的孩子都没进过山，只会玩水，不敢钻山。

湖中间有一座山，不高，也不大。秋冬季节，落水的时候，看上去像一座山。春夏季节，涨水的时候，远远望去，就像菜盘子里摆的一条听话鱼，一点山的样子也没有。

元贞和春树成了好朋友，春树就带元贞去山上玩。

这天上午，元贞摇着自家的小船，和春树来到小山脚下。

元贞从来没有靠近过小山，以为小山就像一棵树，根长在水底下，身子露在水面上，只要靠近它，就可以攀住树上的枝杈往上爬，就像平时上树翻老鸹窝一样。

到了小山脚下，他才发现，小山是漂在水面上的，就像自己划的小船一样，只不过底下多了一个托盘。这个托盘就是山脚下的一圈沙滩，沙滩上铺了一层白色的细沙，像过年蒸粑时蒸锅外沿围着的一圈白布。

从船上下来，踏上这片沙滩，元贞就感到脚底下麻痒痒的，像踩着了稻场上的谷子。很快就听到春树在喊，山洞，山洞，走，到洞里去看看。

顺着春树手指的方向看过去，元贞果然看见山脚下有个洞口，两人就一前一后朝洞口跑过去。

进了山洞，春树才发现，这个山洞和他们后山的山洞不一样。后山的洞里，石头都是黑色的，这里的石头都是白色的和黄色的；后山的山洞里，石头是卡在山缝里的，这里的石头是吊在半空中的；后山的山洞里没有水，这里到处都是水淋淋的；后山的山洞空荡荡的，像一间大房子，这里的山洞挂满了石头，密密麻麻，七歪八扭，像连环画上妖怪的迷宫。这些石头长得也怪，有的像山上长的笋，有的像庙里挂的钟，有的像猪马牛羊，有的像男人女人，也有的像柱子，像镰刀，像葫芦，像麻花，外面有什么，这里就像什么，好像照着长得一样。

春树觉得新奇，元贞是第一次钻洞，更感觉新奇。两人相跟着在洞里转悠，这儿拍拍，那儿摸摸，石头上光溜溜的，滑腻腻的，像抓着无鳞的黄鳝和泥鳅一样。

洞里光线很差，靠近洞口的地方，还有一些光亮，再往里走就看不到路了，一不小心就要撞到吊着的石头上。春树就对元贞说，你等等我，我去去就来。说完这话，春树就不见了人影。

不一会儿工夫，春树回来了，手里还举着两支火把。元贞问他在哪儿弄的。春树笑笑说，山里的孩子都会扎火把，山上有庙，在菩萨面前的油灯上点着就行了。

两人举着火把就朝黑魆魆的山洞里头走去。

走过了一段羊肠小道，又爬上了一个高坡，从高坡上下来，沿着一条水沟走了一阵，过了水沟，又是一些岔道。春树拉着元贞走了一条石柱不那么多的小道，走到尽头，忽然发现面前有一块空地。这块空地有村里的稻场那么大，元贞抬头一看，上面是一个圆顶，顶上不停有水珠子往下落，像家里的破茅屋正在漏雨，周围像被水冲过的烂泥墙，疤疤癞癞的，跟癞蛤蟆的背一个样。

元贞正想着从哪儿穿过这片空地，突然听见春树在喊，快来看，快来看，这里有个地窖。

元贞跑过去一看，原来这块空地的尽头有一个大坑，坑很深，里面黑洞洞的，什么也看不清，好像还有呼呼的风声和哗哗的水流声。春树用火把一照，才发现坑里乱七八糟地堆满了东西，像家里堆杂物的柴房一样。

元贞正想从旁边的一个斜坡下去看看，春树突然指着远处的暗影说，鬼火，鬼火，快别下去，下面有鬼。

元贞一向怕鬼，听春树这样一叫，就停住了脚步。抬头一看，果然见远处的暗影中，有麻麻匝匝的光亮在忽忽闪动。元贞见过鬼火，清明前后，放牛回来晚了，从畈上的坟地经过，总有星星点点的鬼火像萤火虫一样四处飘荡，元贞便赶上自家的牛，一路飞跑，真像有个恶鬼在后面追着。

春树说下面有鬼，元贞就不敢停留，赶紧招呼春树快走，两人就沿着来路往回飞奔。没跑出多远，元贞就听见身后有呼呼风响，好像有一群恶鬼从坑里跳出来了，正在他们后面拼命追赶。鬼群带着阴风，凉飕飕的，吹着他们的后背，差点把他们手中的火把吹熄了，元贞好像还听见这些鬼一边跑，一边在恶狠狠地叫着，吃了你，吃了你。

好不容易跑出了山洞，元贞呼的一下扑倒在沙滩上，口里还不停地喊着，我的个姆妈呀，吓死我了，吓死我了。

叫了半天，见身边没有动静，元贞好生奇怪，就撑起身子四面查看，这才发现春树没有出来。明明是跟我一起往外跑的，跑得比我还快，怎么就不见了呢，莫不是跑迷了路，找不到洞口，要不就是被鬼抓住了，拖回到坑里去了，元贞越想越怕，禁不住哇的一声哭了起来。

哭了一会儿，天快黑了，元贞怕春树真的出了事，回去不好交代，就捡起火把想进洞去找。还没到洞口，又感到害怕，只好在洞口晃动火把，想给洞里的春树打个信号。

过了一会儿，春树果然从洞里出来了，不跑也不跳，不哭也不叫，就这么呆呆地往外走，手里的火把也不见了，见了元贞，也不打招呼，就像没看见他一样，径直从他身边朝停在沙滩边的小船走去。

元贞以为春树生他的气，就跟在春树后边不停地解释。春树也不理他，自己到船上坐下了，元贞只好操起双桨，把小船划到湖岸边，带着发呆的春树回到了自己的家。

六、山洞的故事

春树到家后就病倒了，起先是不想吃饭，只想睡觉，睡了一会儿，就开始发烧，烧到半夜，就说胡话，说的什么，也听不清楚。元贞的姆妈就有点着急，担心她弟和弟媳怪罪，她和这个新弟媳的关系本来就有点疙疙瘩瘩，弄不好会伤了两家人的和气。

元贞的爹说，不怕，冇得事，他这是受了惊吓。

又到畈上去扯了些安魂草，煎水让春树喝了。第二天，春树的烧就退了，只是身上没劲，元贞的爹就让他躺在床上不要起来。正好天下雨，田里没事，他就坐在春树的床边跟他讲故事。

元贞的爹讲的，就是这个山洞的故事。

说是很久很久以前，这里都是山，没有湖，也没有东坝和西坝。东坝和西坝是两个山尖尖，湖是两山中间的一个大山洼，另外还有一座小山，就长在这个山洼的中间。

后来江水改道了，把山洼冲成了一片湖，慢慢地也削平了这些山尖尖。东边和西边的两座山，就剩下一些高台子，再后来在高台子上就筑了防水的堤坝，就是今天的东坝和西坝。

山洼中间的那座山本来也该削平了的，奇怪的是两边的山都变成了防水坝，这座山却站在湖中间纹丝不动，只是个子比以前矮了许多，就像一个人站在齐胸深的水里，只有肩膀和脑袋露在外面。

有人说，这是神仙有意留下的，好在过湖的时候踏个脚；有的说这座山的山神土地很厉害，湖里的龙王斗不过他们；也有的说这座山下面有很多洞，水都从这些洞里穿过去了，就没有伤着山的身子。

直到有一年发山洪，后山的村村寨寨大集小镇被冲得七零八落，一些富户人家的房梁屋架、箱笼桌柜、金银珠宝，有的都沿着后河飘到湖里。山洪过后，一些富户就打发人到湖里来打捞，打捞的人很快就发现，这些从后山冲下来的东西，多半都在山洞里搁住了，山洞是个回水湾，吸水又吸风，里面高坡低坎，坑坑洼洼，冲下来的东西，进去了就出不来。据说也有些富户真的在里面找到了一些财物，至于这些财物是不是自家的，就说不定了。

再后来，附近的村民也想发点外财，就成群结队地进洞捡落。只是后来又传出话来，说洞里有鬼，有人听见鬼叫，有人看见鬼火，有人面对面跟鬼撞了个正着，却看不清鬼的样子，像撞着了一个人影子，也有的说，这些鬼还吃人，有人带进洞去的孩子，不明不白地就不见了。

再再后来，就没有人敢进洞了。有那大胆的孩子想进洞去玩，大人就吓唬他说，洞里有猫胡子，小心吃了你。

春树就问，猫胡子是个什么东西。

元贞的爹接着说，猫胡子本来该叫麻胡子，我们这地方的土话麻猫不分，麻胡子就叫成了猫胡子。

春树又问，麻胡子又是个什么东西。

元贞的爹到下江去卖过猪儿，听扬州人讲过麻胡子的故事。就笑着说，麻胡子是个人，不是个东西。

说是隋炀帝修运河的时候，有个管事的将军叫麻叔谋，麻叔谋长了一脸大胡子，所以人家又叫他麻胡子。这麻胡子有一次得了一种病，要小羊羔的肉做药引子，当地的小羊羔都被他吃完了也不见好，巴结他的人就动了别的歪心思。有个财主为保自家在河道上的祖坟不被搬迁，就偷了一个小孩杀了当羊肉煮给麻叔谋吃，麻叔谋并不知情，却觉得这个财主献的羊肉，味道鲜美无比，此后就专门要吃这种羊肉，老百姓只好把孩子藏起来。当地找不到孩子，他手下就到别的地方去偷，结果闹得远近皆知，人心惶惶，后来大人就拿麻胡子来吓唬爱哭闹的小孩，说你再要哭闹，小心麻胡子来了，把你抓去吃了。

见春树和在旁边听着的元贞都有点紧张，元贞的爹就笑了笑说，莫怕，莫怕，这都是前朝后代的事，离我们都很远，我们这地方的人忌讳说猫，因为猫是吃鱼的，下湖打鱼的人见到猫是不吉利的，有人对下湖打鱼的人说猫，那是他在咒你，说山洞里有猫胡子，既吓了小孩，也挡了大人，所以东坝西坝的人平时都不敢单独进洞，你们好大的胆子，竟敢进洞去玩，也不怕猫胡子把你们抓着吃了。

元贞的爹正这么数落着，春树突然冒出一句话说，我见到猫胡子了。

元贞的爹一听，就吼了春树一嘴说，莫瞎说，这伢烧糊涂了，尽说胡话。

七、东西坝的孩子都想去山洞捉迷藏

元贞和春树进山洞的事，东西坝的孩子很快就都知道了。下湖的时候，打完了仗，两边的牛都野放了，孩子们就围坐在湖滩上，要元贞和春树讲讲是么回事。

元贞起先死活都不肯讲，因为他想起来还有点后怕。东西坝的孩子就说他是裤裆包的，见不得人也见不得鬼，又用激将法激他，说山洞里哪有么事鬼，自己是个胆小鬼，还要说被鬼追着跑。

元贞经不住东西坝的孩子冷嘲热讽，软磨硬泡，终于说出了那天他和春树见鬼的经过，说完了，又要春树做证。春树却淡淡地说，我没见到鬼，只晓得被鬼追着跑。

东西坝的孩子原来都想听元贞说说，鬼到底是个什么样子。见他说了半天，不过是山洞么样大，洞里么样暗，石头么样多，么样怪，洞里的坑么样深，坑里的鬼火么样闪，阴风么样响，么样冷，他和春树么样被鬼追着跑。说来说去，还是不晓得鬼是个什么样子，东西坝的孩子都很失望，都说他在瞎吹牛，瞎骗人。

元贞还想分辩，坐在一旁的川儿却说，这还不简单，进洞去看看不就晓得了，鬼住在山洞里，又不会跑，元贞碰得到，我们也碰得到。

说到进洞，东西坝的孩子都有些害怕，刚才还叽叽喳喳地在发议论，这时候突然都不作声了。

川儿又说，鬼怕人多，两个人，鬼敢追，人多了，鬼就不敢追了。我妈说鬼就是个影子，转不了身也弯不了腰，我们躲起来，他就抓不到我们了，我们就在洞里跟鬼捉迷藏。

说到捉迷藏，东西坝的孩子顿时又来了兴致。以前，他们也玩过捉迷藏，多半是在湖荡里。夏天，荷叶芦苇长起来了，一望无涯，铺天盖地，他们就钻进这绿叶丛中，躲的躲，藏的藏，寻的寻，找的找，有时直到天黑了，才出来拴上自己的牛骑着回家。

在湖荡里捉迷藏有个好处，就是随时随地都能找到吃的，水面是莲蓬菱角，水下是芦根藕带，无论是藏的还是找的，嘴都不会闲着；坏处就是藏的人容易被发现，动作稍大一点，就会带动荷叶芦苇，找的人抬头一望便知。

想到要到山洞里去捉迷藏，鬼不鬼的先不说，就是元贞说的山洞里的那些怪石深坑，迷宫暗河，也让东西坝的孩子感到好奇，激动不已。大伙儿当下就议定了一个日子，到时候邀上想去的孩子，摇上两条小船，先后出发，进洞后，老规矩，西坝的孩子藏，东坝的孩子找。

一直在一旁听着不出声的国梁，这时候却站起来，伸出两手比比画画，嘴里还噢噢叫着配合两手的动作。听了半天，大家都明白了，原来他要大家都带上干粮，洞里不是湖荡，什么吃的都没有，玩的时间长了要挨饿，又要大家带上棍子和绳子，见到鬼就用棍子打，捉到鬼就用绳子捆。

带点吃的进洞，大家都觉得国梁说得有理，想得周到，至于用棍子打鬼，用绳子捆鬼，东西坝的孩子都没有这个胆量。不过国梁的话还是让他们觉得胆壮，敢不敢打鬼捆鬼是一回事，洞里七弯八绕，爬坡上坎的，带上棍子绳子，到时候说不定还能派上用场。

商议停当之后，东西坝的孩子都不约而同地把目光投向一直坐在圈子外面的玉霞。元贞说鬼，儿伢们嚷嚷的时候，玉霞一直没有作声，但她那双漂亮的眼睛却一刻也没有闲着，一时紧张、一时惊恐、一时兴奋、一时期待，脸上的表情也在随着变化，儿伢们嚷得越起劲，玉霞脸上的表情变化得越快，就像湖面上跑过一场阵头雨，大大小小的雨点激起一片密密麻麻的水花。

玉霞虽然是个女伢，但东西坝孩子们平日里的活动却少不了她，骑牛比赛的时候，她是挥舞布帘子的司令官；轮到打仗的时候，她又成了宣布胜负的裁判员；捉迷藏的时候，两边都迷失了方向，只要穿着红大布褂子的玉霞从绿叶丛中站起身来，东西坝的孩子就找到了自己的方位。这时候的玉霞，就是万绿丛中一朵鲜艳的荷花，乡下的孩子不知道女神这个说法，玉霞就是他们心中的女神，所以平日里，无论有事无事都护着她，帮着她，玉霞的姆妈去世后，玉霞更成了东西坝的孩子眼里的观音菩萨。

见东西坝的孩子都拿眼睛看着她，玉霞就朝他们轻轻地一点头，这些孩子就像挨了一炮铳，顿时从地上跳起来，发出一阵杂乱的欢呼。

八、山洞里的迷藏（一）

听说要到山洞里捉迷藏，西坝有个孩子就自告奋勇地要求当向导打头阵，说他爹进过山洞，知道一个容易藏人的地方，这地方进不好进，出不好出，从外边看不到进口，也找不到出口，躲在里面，别说是人，老鼠也难找得到，他晓得这地方在哪儿，愿意在前面带路。

这孩子的大名叫祖光，另有一个外号叫二糊（读瓠），叫祖光没人知道，叫二糊无人不知无人不晓。盖因他做的浑事实在太多，比如把人家的窗户纸捅个洞，上人家的屋顶揭片瓦，在人家的牛屁眼里塞一个草把子，等等，称得上是"无恶不作"，但他也有一个好处，就是胆子大，遇到难事敢出头，所以村里的大人虽然烦死了他，但在孩子堆里，关键时刻却少不了他。

当下，西坝的孩子就驾起一条小船，招呼东坝的孩子随后出发。按约定，是西坝的孩子先进洞，半个时辰以后，等西坝的孩子藏好了，东坝的孩子再进洞去找。

那几日，天气闷热，听说后山已下了几场暴雨，有几股大大小小的山洪，已顺着后河呼啸而下，却没有带来丝毫凉意。只是湖水见涨，西坝的小船到达山脚下的时候，湖水已把山下的沙滩淹了一大半。

二糊说的好藏人的地方，在山洞的一条岔道边上。临出发前，他爹告诉了他一个大致的方位，说他在那儿留了一个记号，这记号就是在一个人形的石头上，用一根绳子套住了人形石的脖子，把绳子的另一头拴在上面的一块石头上，看上去就像一个人正在上吊。他爹称他留的这个记号叫吊颈鬼，说你找到了吊颈鬼，就找到了要找的地方。

吊颈鬼并不难找，进洞后没走多久，绕几个弯子，就上了那条岔道，在岔道边上，果然看见一个人，头悬石脚踏地地吊在那里。听春树说山洞里的光线很暗，这次西坝的孩子就没有让他去扎火把，而是有备而来，临出发前，带了几盏马灯，马灯的光亮照在吊颈鬼身上，忽闪忽闪的，照出了许多疤疤癫癫的暗影，像一条剃了毛的癞皮狗。

西坝的孩子都有些害怕。二糊说，莫怕，莫怕，吊颈鬼是假的，又用手指着旁边的一条水沟说，你们看，水沟那边是不是有张嘴，看得见上嘴唇，看不到下嘴唇，上嘴唇露在水面上，下嘴唇藏在水下面，像含着一口水，不吞也不吐。

西坝的孩子一看，和二糊说的确实是像。就有个孩子说，像又么样，嘴里又不能躲人。春树插进来说，我晓得了，从嘴里钻进去，里面一定是个大洞，躲进洞里就找不到了，二糊于是就招呼大家进洞。

洞前的水沟不宽，水流虽然很急，水却不很深，儿伢们都脱得精光，把衣服和吃食顶在头上蹚水过沟。玉霞不能脱衣服，春树也不好意思脱衣服，就一手顶着吃食，一手拉着玉霞的手，跟着过沟。

沟那边的水下，果然有一个高台，踏上高台，低头从露在水面的上嘴唇下进去，爬一个坡，就是一片空场，空场很大，上面石柱林立，撑着一个比空场更大的石顶，像草台班子搭的戏台下面立着的密密麻麻的木桩子。

进了这片空场，西坝的孩子就像孙大圣带着他的那群猴子猴孙进了水帘洞一样，眨眼工夫，就四散开来，跑得不见人影。难怪二糊的爹说这地方好藏人，别说不容易进来，就是进来了，要找到一个人，也不是那么容易。

说是空场，其实一点儿也不空，除了中间的石柱子，周围还有许多深深浅浅的水凼子，大大小小的石屋子，曲里拐弯的石弄子。西坝的孩子各取所好，各占一处，有的找个深水凼子玩水，有的躲在石屋子里吃东西，有的在石弄子里你追我赶，你藏我捉，在大迷藏里玩起了小迷藏。

春树和玉霞喜欢安静，在刚进来的大嘴旁边看见一处高台，就捡了几个石子，爬上高台，面对面地坐着抓石子。

只有二糊特别，不玩水，不吃东西，也不跟别的孩子打闹，却像一个跑到人家屋里的小贼一样，瞪着一双贼眼睛，四处瞎逛，连一些犄角旮旯儿都不放过，时不时还要用手里的木棍这儿戳戳，那儿敲敲。西坝的孩子都知道他这个怪种脾气，也不去理会，依旧各玩各的，任由他像游魂一样在山洞里晃荡。

九、大水冲来的财喜

二糊在山洞里晃荡，是找一样东西。这东西是一口棺材，棺材里面有不少金银珠宝，找到了，二糊他爹就能发一笔大财。

听说村里的孩子要去山洞里捉迷藏，一天晚上，二糊的爹把二糊叫到房里，关上房门，跟他说了这笔大水冲来的财喜。

说是解放前那几年，到处都很乱，后山有一股土匪占山为王，为首的名叫杨林，号称靠山王，这靠山王出身贫苦，年轻时在土匪捅破天手下当过小喽啰，后来又当了一个小头目，再后来捅破天死了，他就拉起队伍，自立山头，占山为王。趁着那几年乱，他打家劫舍，拦路抢掠，积聚了不少钱财。

解放了，大军进山剿匪，攻下了杨林的山寨，却让杨林一干人逃脱了，他抢来的那些财宝也不见了。他们几次三番派人进山明察暗访，也没个结果。

忽然有一天，有个乡民来报，说他的一个表哥，前些时被山上的残匪劫走了，劫匪还带走了他表哥的一个独生儿子，说要他表哥去帮忙做一件事，事成了就放他父子回家，不成，就杀了他的独子。

他表哥是个老实人，被逼无奈，只得答应下来。谁知这事答应起来容易，做起来却比登天还难，他表哥下山行事之前，特意到他家来告知原委，说万一他父子被害，年老的爹娘还要托他照顾。

这人问他表哥，这些土匪现在在何处。他表哥却连连摆手说，莫问，莫问，他们行踪不定，我也是被他们蒙着眼睛拉上山又送下山的，我儿子还在他们手里，万一走漏了风声，他的小命就没了。

接待的干部就问，土匪绑你表哥去，到底要他帮忙做么事。

那人说，说来话长，就把他表哥说的和从乡民那里听来的故事，拢了拢，说给接待干部听了。

原来解放以后，这杨林自知好景不长，剿匪大军攻破山寨是早晚的事，自己身首异处，也在所难免。既然干上了这一行，走了这条黑道，也就把脑袋吊在裤腰带子上了，掉不掉，么时候掉都由不得自己，只是可惜了那些钱财，好不容易东家抢西家夺地聚到一起，被拿走了实在于心不甘，虽说自己未必有命受用，留给弟兄们，也算他们没白在自己手下厮混一场，后人说起来，也不枉我做了这场山大王。于是就在山里找了一个木匠，让他用上好的楠木做了一口棺材，把这些金银珠宝都放进棺材里面，外面又用烂木做旧，看上去像埋在地下有些年头。事情完了以后，又把这木匠杀了灭口。

这事本来就这样完了，谁知天不遂人愿。棺材刚装好不久，还没来得及择地掩埋，有一日天降暴雨，下了一天之后，半夜里便惹发了山洪，突发的山洪把杨林藏身的山洞冲得个七零八落，杨林一干人等也被洪水卷走，不知去向。

洪水过后，剩下的头领想寻找杨林的尸首，无奈山林上下，沟底崖畔找了个遍，却不见踪影。有人就说，兴许顺着后河漂到下面的湖里去了，山洪过后到下面的湖里找东西，是常有的事，只是山下风声正紧，也不敢派人下山，这事就这样搁下来了。

找不到杨林的尸首，就想着那口棺材，这事儿本来就只有杨林信得过的几个头领知道。当下有个知情的头领便说，为今之计，只有找个水性好的人，顺着后河找下去，兴许能找到那口棺材，后河要是没有，就一定是漂到湖里去了，就是钻到湖底，把湖底的烂泥翻个个儿，也要把它找到。

大山里头，找个会爬山的容易，找个水性好的，却是难上加难，偏偏这头领的运气好，说找还就找到了，这人就是这个来报告的乡民被土匪绑去的表哥。

说来也巧，他表哥这天正在一口深潭下祭龙，祭龙是当地的一个习俗。后山虽然常发山洪，但没有山洪的日子，却常闹旱灾，旱灾来了，就靠发山洪时积聚的潭水浇地活人，所以当地对管水的龙王就格外巴结，每年都要在选定的日子下潭祭龙。这祭龙的法子，就是派一个水性好的后生，带上献祭的三牲，用渔网兜着，潜入潭底，把祭品送到潭底的龙宫供龙王享用，当地人称干这事的人为祭龙师。这人的表哥家世代都干这献祭的营生，练就了一身在水底下憋气换气的本领，在龙宫里一待就是半个时辰，直到上面的人磕头打拜完了，龙王收下了祭品才浮出水面。

这人的表哥这天刚浮出水面，就被在人群中看热闹的头领看了个正着，第二天便被绑上山了。

这事都是后来下山的土匪跟这人讲的，这支遭遇山洪的残匪被军队围困久了，断了粮草，又不敢下山，便零零碎碎地潜逃回家。这村里有跟这群土匪混过的人，便把这些事当故事讲给村里人听，这人听后，很为表哥的性命担忧，就跑来报告政府。

地方政府把这事转告部队以后，剿匪部队也派人顺着这人提供的线索，提审了在押的头领，又派人沿着后河河道找下去，还组织沿湖的渔民在湖中打捞，都没有结果。这人的表哥因而生死未卜，那一棺材的金银珠宝也下落不明。

剿匪部队搞了这么大的动静，自然会惊动当地的老百姓，沿湖的乡民便都去湖中寻宝，结果真像那个头领说的，把湖里的烂泥都翻了个个儿，也没有找到宝贝。有人就指着湖中间的那座小山说，没说的，就只能在山洞里了，山洞是个回水湾，后河漂下来的东西，八成都搁在山洞里，于是众人又一窝蜂地扑向山洞。

二糊的爹就这样也跟着进了山洞，众人很快便把山洞的犄角旮旯找了个遍，仍然不见棺材的踪影。

山洞中间有一条沟，水流很急。二糊的爹见众人都在干地上寻找，就想着棺材里的财宝多，分量重，兴许在这个回水湾里转着转着，就沉到了沟底，于是趁着众人不注意的时候，就跳进沟里摸索，想吃个独食。

二糊的爹下去只走了几步，就觉得头顶上有一股阴风掠过。侧身一看，见是一片断崖，样子像一个人张开大嘴，一半在崖面上，像半边嘴唇，用脚一探，水底下还有一半，那股阴风就是从这个大嘴里吐出来的。他就琢磨着，里面一定是个空洞，空洞的那头应该还有个口，不然不会兴出这股阴风，于是就踮起脚尖，把头伸进嘴里去看了一看。

这一看不打紧，二糊的爹从此便认定这口棺材藏在了这个大嘴之内，因为他在这个大嘴的另一边，果然看见了一个进口，像一座石门。对，那口棺材一定是从那儿漂进来，藏在这个大嘴里的什么地方，既然外面的洞里面找了个遍，都不见棺材的踪影，难不成它还能飞上天去不成，一定就在这没人知道的洞中洞里藏着。

二糊的爹本来想爬进嘴里去找一找，这时候却听见有人在大声喊叫，走了，走了，再不走，就要碰到鬼了。二糊的爹就想到在洞里看到的许多牲口和死人的尸骨，虽然带着马灯，暗处还是看得到麻麻匝匝的鬼火，也不敢久留，就从嘴里缩回头来，跟着众人走出山洞。

大嘴里的棺材从此就成了二糊他爹的一块心病。

十、山洞里的迷藏（二）

半个时辰以后，国梁带着东坝的孩子，划着一条小船，也到了山下。

湖水一直在涨，山洞前的沙滩，只剩下一片月牙，国梁的小船停靠的地方，已经到了洞口边上。

元贞进过洞，知道洞里的情况，就在洞口对同来的孩子作了分工，又说，洞里坡坡坎坎、坑坑洼洼很多，到处都是曲里拐弯的岔道，大家脚底下都要留点心。

知道同来的孩子跟他一样，怕鬼，就特别嘱咐说，莫怕，莫怕，鬼怕灯火，碰到鬼不要惊慌，把你手上的马灯举起来一照，他就吓跑了。

立马就有孩子说，你上次不是也有火把吗，怎么鬼还是追着你跑。

元贞就笑，说，那是我胆小，其实鬼早就吓跑了，是我自己吓自己，阴风追着我跑。

国梁见他们还在说话，就拉过元贞，指指洞口，又指指湖水，口里哇哇哇哇地叫着，显得很急的样子。

元贞知道国梁是担心湖水涨得太快，不赶快把西坝的孩子找到，湖水要是封了洞，到时候藏的人和找的人都出不来了。

元贞想想也是，就一挥手让大家进洞，赶快分头去找，不管找得到，找不到，湖水进洞了，听见喊叫，东西坝的孩子都要出来，这次捉迷藏的游戏就算打成平手。

平日里在湖荡里捉迷藏，东坝的孩子也是找人的一方，时间长了，就想出了一个在湖荡里找人的法子，这法子很简单，就是把自家的泥铳带出来，架在船头上，朝四面八方放上几铳，就能见到动静。

泥铳是打排铳时用于惊飞野鸭大雁的，排铳不能平射，平射打不中目标。先得想法子让停在水上的野鸭大雁起飞，在起飞的那一瞬间用排铳，才能打落一片。离野鸭大雁群近的时候，丢块泥巴石头；离得远了，就要用泥铳发送泥丸，泥丸虽然不能伤人，打在身上还是有点痛的，藏在荷叶芦苇丛中的孩子怕泥丸落到自己身上，听到铳响，就免不了会有点动静，东坝的孩子眼尖，摸上去就抓个十拿九稳。

这个法子在山洞里用不上，东坝的孩子就只有硬找。找了半天，都回说没有找到，元贞便重新分配人手，从不同的路线继续寻找，这一次不但没找到西坝的孩子，还丢了一个自己人，集合的时候，发现川儿不见了，元贞和东坝的孩子都很着急。

正在着急的时候，川儿却又自己跑回来了，元贞见他浑身水淋淋的，就问他跑到哪里去了。川儿这才上气不接下气地说，找到了，找到了，都在水沟那边。

听说找到了，元贞就问是么回事。

川儿说，他刚才找人的时候，不小心掉到了一个水沟里面，水沟的水很急，他还没有反应过来，就被大水冲着拐了几个弯，七拐八拐，就拐到一个石门面前，水流唰的一下，把他摔到了门边的一个石柱上面，他顺手抱住石柱，才从沟里爬了上来。

等他抱住石柱再往门里一看，原来里面是个空场，空场周围是一圈石壁，空场上白汪汪的都是水，水面翻着白花，像煮开的一锅米汤。周围的石壁上有一些人，有的抱着石柱，有的趴着石坎，有的蹲在高台上，像庙里的罗汉。

川儿觉得他们好像在喊叫，但水声太大，回音太强，又听不清他们在喊些么事。

原来西坝的孩子都躲在这里。洞里比洞外的地势低，一定是湖水进洞了，他们躲在这个洞中洞里不知道，等到水头涌进来了，水涨高了，又不敢迎着水头往外冲，就只好爬到石壁上暂避，他们嘴里一定是在喊救命。

听了川儿的话，元贞的第一反应便是救人。

国梁的耳朵不聋，见元贞在分派人手，就指指画画地要大家用随身带来的绳子拴上木棍，意思是救人的时候，让对方抓住木棍，再拽住绳头把人拖过来。

又带着东坝的孩子去洞里找了一些被洪水冲进来的破烂家具房梁屋椽门板树桩，拖的拖，抬的抬，扛的扛，跟着川儿来到了他先前落水的沟边。

沟里的水流果然很急，川儿把东坝的孩子带到他上岸的那个石门旁边，大水已封住了小半截石门，再往里面一看，就见有人正从石壁上面往水里跳着。

都在湖边长大，西坝的孩子水性也好。放在平时，这样跳下来，倒无大碍，站在水闸顶上比赛往下跳，是东西坝的孩子常玩的一个游戏，可眼下不同，石壁下不是一汪平静的湖水，而是翻着浊浪打着旋儿的洪涛，这一跳下去，不知深浅，没着没落的，说不定就被漩涡浪头卷到什么犄角旯旮里去，死了连个尸首都找不到。

见此情形，元贞和国梁就指挥东坝的孩子，推着抱着划着搜集来的废旧木器，从石门口顺水冲进水场，一边让石壁上跳下来的孩子，迅速向他们靠拢，抓住木棍，把他们拖上来，一边又招呼还没跳的孩子瞄准目标，尽量跳到靠近他们的地方。一时间，山洞里就像开水锅里下饺子，哗哗啦啦地砸得水花四溅。

东坝的孩子在救人的时候，元贞一直在搜寻春树和玉霞。玉霞会水，虽然是个女孩，他倒不太担心；春树却是个旱鸭子，别说跳水，就是不小心掉到水里，也必死无疑。

正在这时，国梁突然指着对面的一个高台，一边比画着，一边哇哇哇哇地要元贞快看。

顺着国梁手指的方向看过去，果然在一处高台上面，看到了春树和玉霞。

当下，元贞就对着高台大喊，叫他们在上面不要乱动，等他过来接他们下来。

元贞和国梁这时正把一个破衣柜当船划着，两人用手中的木棍边划边撑，还时不时要下水去推一推，拉一拉，转一转方向，好不容易到了高台边上，元贞就叫玉霞先跳到水里，再扒住衣柜拉她上来，然后把绑好绳子的木棍丢给春树，让他在上面找个石坎固定，自己再顺着绳子慢慢溜到衣柜上。

春树起先还有些害怕，但想想也无别的办法，就横下一条心，闭着眼睛，顺着固定好了的绳子手脚并用地往下溜。

高台下的水很急，从石门进来的水流，像撒开的一部旋网，沿着石壁转圈儿，冲得衣柜七颠八倒，想靠近石壁，却怎么也靠不稳。

国梁怕春树双脚踏空，就伸出双手，想把春树的下半身接住。正在这时，衣柜忽地一下翻了个个儿，把春树和国梁都掀了下去，元贞和刚爬上衣柜的玉霞也被掀到水里，不知从哪里跑出来的二糊正趴着翻过来的柜沿，吓得脸色煞白。

十一、玉霞说，快救春树，他不会划水

衣柜翻过来的时候，川儿正抱着一块门板在附近救人，看见春树和国梁他们落水，赶紧游了过来，抛出手中的木棍，想把他们从石壁旁边拉到空场中间来，空场中间水流不急，站住了，就可以救他们上来。

春树落水的时候，国梁正抱着他的下半身，卡在石坎中的木棍承不住两个人的重量，啪的一声断成两半，春树和国梁也就像汤锅里下油面，哧的一声都掉下来了。

国梁落水之后，就觉得自己的两条腿像被人抓住了，死命地往下拽，像要从脚底下把他拽出去。

国梁落水的地方，正在西坝的孩子从水沟进洞来的那张大嘴边上，平日里，沟里的水常从大嘴灌进洞里，洞里的水涨起来了，又通过大嘴往水沟里倒灌，拽他出去的，就是这股往水沟里倒灌的水流。

国梁见过后河的涵洞吸人，知道像这样被水吸着，脚底下不稳，就会被水吸走，这一瞬间，他想起了他爹教他的骑马桩。

国梁的爹是个教师爷，国梁跟他爹练过几天功夫，知道怎么站骑马桩，骑马桩稳当，桩子稳了，水流就难得拽动他的下半身。

就在国梁挫下身子，勾住脚趾，弓着膝盖，站成骑马桩想稳住下半身的时候，他的上半身突然被人猛拽了一下。等他抬头一看，才发现春树在那头抓着折断了的木棍，正被水流冲到大嘴正中，像一根鱼刺卡在上下嘴唇中间，被水流冲得呼呼啦啦地乱摆，他手里的木棍还连着国梁手中的绳头，那头一摆，这头也跟着摆了起来。

春树和国梁对摆的时候，川儿正在石壁旁边转着圈儿追赶玉霞。玉霞从高台上跳到水里，刚爬上衣柜，不想衣柜却突然翻了过来，当下就被卷进石壁边的漩涡里面，沿着石壁的边沿兜圈圈。川儿见状，赶紧推着门板去救玉霞，玉霞这时候也看到春树被卡在大嘴中间，就从漩涡中冒出头来，冲着川儿大喊，别管我，快去救春树，他不会划水。

玉霞正喊着的时候，春树被水流冲得站立不稳，下半身已被大嘴吞了进去，就在这千钧一发之际，国梁突然大吼一声，就着骑马桩的架势，上身往后一倒，想把春树从大嘴里拽将回来，哪知用力过猛，自己的脚下虚了势，竟被春树拽着，呼啦一下都从大嘴里被吐了出去。

川儿听见玉霞的喊声，正想转身去救春树，却见春树和国梁都被水流冲走了，就丢下门板，手脚并用地扑过去。

快到大嘴边上，他面前却忽地一下出现了一堵人墙，原来是二糊带着西坝的孩子赶了过来，扎成人墙，堵住了大嘴的出口，川儿撞到人墙上面，又被弹了回来。

这时候，被水流冲开的元贞也招呼东坝的一帮孩子，把扎好的一个木排推了过来。东坝的孩子进洞救人的时候，元贞就想把他们找到的废旧木料连在一起，扎成一个木排，一来方便救人，万一湖水一时间退不下去，还可以暂时在上面歇息一阵，就叫东坝的孩子一边救人，一边互相靠拢，等靠到一起了，又用手中的绳索木棍，捆的捆，绑的绑，扎成了晒筐大的一个木排。元贞听猪娘嘴说过赤壁大战的故事，知道曹操听了一个叫庞统的人的主意，把战船连成了一片，虽然后来被周瑜和诸葛亮烧了个精光，但庞统的这个主意此刻拿来救人，还是个好主意。

等东西坝的孩子纷纷爬上木排，就在一起商量出去的办法，有的主张推着木排从石门冲出去，有的又说，水流太急，石门太窄，只怕是冲不上去，冲上去也出去不了，万一把木排撞散了，都掉到水里，又会被冲得七零八落。

元贞这时候急的不是怎么出去，而是回去了怎么跟爹娘和舅舅舅娘交代，舅舅好不容易得了个儿子，把春树当成心肝宝贝，捧在手上怕摔了，含到口里怕化了。这下好，被他带出来玩丢了，生死未知，下落不明，他爹不要他偿命，也要把他打个半死。

玉霞爬上木排，一直在哭，两个大活人，一眨眼就不见了，她从没见过这样怕人的事，吓也把她的眼泪吓出来了。

又想到自己的弟弟就这样没了，她的眼泪更不打一处来，自己的这个弟弟虽然不是一个姆妈生的，却比一个姆妈生的对自己还要好：平时有点什么好吃的，总要背着他姆妈偷偷地给自己留一点；他姆妈要自己干的脏活重活，他都要找个借口抢过去；她挨打挨骂的时候，他总是护着她，站在她那一边帮她说话；有时候他姆妈不给饭她吃，他就把自己的饭端给她，自己宁可饿着肚子不吃。爹和他姆妈都宠着他，拿他也没有办法。

玉霞一边哭，一边想，越想越伤心，越哭越起劲，最后干脆扯开嗓子放声大哭。她这一哭，东西坝的孩子都乱了套。事情到了这个地步，东西坝有些孩子本来就是要哭不得嘴巴扁，玉霞的哭声就像点着了的炮引子，顿时引得哇哇一片。

只有川儿稍微冷静一点，他一边安慰玉霞和身边的孩子，一边观察水流的变化，他发现石壁边的漩涡突然不见了，先前像开闸放水的石门，现在水流也平缓了许多，再跳下木排用脚一探，竟踩到了地面，就招呼东西坝的孩子从木排上下来，手拉着手，蹚着膝盖深的水经过石门，攀着门边的石柱，爬上了沟那边的高地。

外面一片漆黑，借着剩下的几盏马灯微弱的光亮，勉强还能看得清出洞的路，东西坝的孩子就在元贞和川儿的带领下，走出山洞，摇起各自的小船回村去了。

十二、会动的棺材

第二天，东西坝的大人都提着马灯、举着火把到山洞里找人。

山洪来得快，去得也快，山洪一停，湖水就退下去了。人说山底下是空的，果然不假，水退了以后，洞里的地面都露出来了，只有沟里的水，还在哗哗地流淌。

村里人在干地上找了一遍，没有找到春树和国梁，便都集中到水沟边上，接着就有人说，一定是被沟里的水带走了。

沟那头石门里的空场，已经找过了，元贞还带着村里人到国梁和春树落水的地方，细说了事情的经过。

元贞没说二糊弄翻了衣柜的事，只说是不小心掉下去的。他知道二糊不是故意的，二糊后来告诉他，他从石壁上跳下来以后，被水流冲得晕头转向，突然发现面前有个衣柜，就扒住衣柜边沿想爬上去，谁知一使劲却弄翻了衣柜。

二糊回家跟他爹说了实情，他爹就觉得儿子欠了人家两条人命，心想，无论如何也要把春树和国梁找到，活要见人，死要见尸，就是豁出自己这条命去，也在所不惜。他虽然嘴上不说，找人的时候，却比谁都上心，也比谁都仔细。

在找人的队伍中，只有他知道这条沟的秘密。被大嘴吐出去的春树和国梁既然不像川儿那样，转了半圈又被冲到石门边上，那就只能是被冲进了一条岔道，他知道这条沟往石门方向，有好几条岔道，他那次从沟里上来，就是走的其中一条岔道，虽然当着众人的面，他不好意思说那次想吃独食的事，却是乌龟吃萤火虫，心里有数。

当下，二糊的爹就自告奋勇地跳进水沟，说要到一个岔道前面去找，东西坝的人从来没见二糊的爹对别人家的事这么上心，都十分感动，又叮嘱他小心，让他找不到赶快回来，别把自己也搞丢了。

正在众人七嘴八舌地朝二糊的爹嚷嚷的时候，二糊的爹却看见岔道的那头有一条船，正朝他这个方向逆水而来。他怀疑自己的眼睛看花了，这山洞里哪会有船呢，就算有船，船上没人撑篙划桨，也只能顺水漂流，走不了逆水，等他揉揉眼睛再仔细一看，原来不是船，而是一口棺材。

见到棺材，二糊的爹禁不住心中怦怦乱跳，就顺着水流朝棺材迎过去，走到近前一看，发现棺材盖是翻过来扣在棺材上的，棺材盖上躺着两个人，正是春树和国梁。

春树和国梁静静地躺在棺材盖上，身上盖着一张渔网，像睡着了一样。

二糊的爹正想招呼众人过来，没等他喊出声来，东西坝的人也看到了，便围了过来，像看天降异物一样，指着漂来的棺材不停地打喷嚏。那年，湖上起龙卷风，把别个地方的水车刮到自己村里，众人都觉得没这事稀奇。

二糊的爹见众人只顾着看稀奇，却忘了棺材盖上躺着的人，就招呼几个年轻的后生下来抬人，二糊的爹正想找根绳子把棺材固定，却发现棺材在众人围拢来的时候，已经停下了，好像约好了的，在等着他们抬人一样。

等众人七手八脚地把春树和国梁抬上干地，二糊的爹就想看看棺材盖底下，到底有些么事宝贝，等他用力掀开棺材盖子一看，却发现里面是个空洞，连棺材底也不知哪里去了。二糊的爹正觉得丧气，面前的棺材却忽地一下顺水冲了出去，眨眼工夫，便不见了踪影。

春树和国梁都捡回了一条命，国梁醒过来后，便对众人指指画画，意思是说，他落水后，就撞到了一块石头上，撞昏了，就么事也不晓得了。反正晓不晓得，他都说不清楚，众人便转向春树，问他是不是看到了么事。

春树便说，其实，我也跟国梁一样被石头撞昏了，后来好像有人给我喂水喝，又给我口里塞了点东西，我嚼了嚼，吞了下去，也试不到味道，再后来就睡着了，么事也不晓得了。

众人便觉得奇怪，春树和国梁肯定是被什么救了，但这救人的，到底是人是鬼，却说不好。说是鬼吧，鬼是漏下巴，不吃东西，也不喝水，自己不吃喝，哪来东西喂人呢？说是人吧，那这人也好生了得，救了人，又把人放在棺材上面，逆水送了回来，送回来后，又不露面，从水底下回去了，这一来一去的，都在水下行走，少说也有半个时辰，难不成这世上真有虾兵蟹将海底龙王？

就有人想起去年寻宝的事，说那次听部队上的人说，后山有个土匪头子叫靠山王杨林，杨林当土匪时攒下了一棺材财宝，却无福受用，连人带棺材都被山洪冲走了，他的手下咬定棺材沿后河冲了下来，就派一个水性极好的人下来寻找，说找不到就别回去，还把他的一个独生儿子扣在手上，空手回去也要把他儿子杀了。

这故事大家都听过了，讲的人无非是说，救人的人，就是土匪派下来寻宝的那个人，听说这人是个祭龙师，只有他，才有这么好的水性。

又有人说，这都解放一两年了，后山的土匪也剿干净了，听说这人的儿子也被解放军救出来了，找不到财宝，也没有土匪杀他，他也早该回去了。

二糊的爹突然说，回去个屁，他躲在山洞里，解放不解放，有没有土匪，也没人告诉他，他么样晓得能不能回去呢？他敢回去吗？要像土匪先前说的，他要是空手回去了，他跟他的宝贝儿子，都注定性命难保。

又自言自语地说，我就纳闷了，棺材里空空的，么事都冇得，那一棺材财宝都到哪里去了呢。

元贞的爹好像看透了他的心事，就走过去拍拍他的肩膀说，别想歪心思了，我晓得财宝到哪里去了，一定是打棺材的木匠知道土匪没安好心，打棺材的时候做了手脚，安了个机关，寻常时节，棺材盖是打不开的，除非把棺材砸了，才拿得到棺材里的东西，我听说过这种机关，后山的人都叫它鬼门关。

乡下人都晓得木匠下镇的事，但凡请到家里来做工的木匠师傅，若是菜饭没招呼好，或茶水有些怠慢，往往会在箱笼桌柜或房梁屋架上放个镇物，装个机关，轻则招灾惹病，重则房歪屋倒。

二糊的爹便说，照你这样说，难不成那人把棺材砸开了，取走了财宝？

元贞的爹说，那倒不是，钱财再贵，也贵不过他父子俩的性命，他若是拿了财宝，也会交给土匪，不敢自己独吞，一定是棺材从后河冲下来的时候，一路上磕磕碰碰，撞到石头上，砸开了机关，财宝都从棺材底下漏出去了。

二糊的爹说，要是这样，那就太可惜了。

元贞的爹读过几天私塾，就随口拽了句文词说，不义之财，得之何益。

十三、春树说，其实我见过那个人

这事过去之后，东西坝的人都为洞里的这个人操着心。就有上山捡柴的人，常常看见有人到庙里偷吃菩萨面前的供品，想跟上去看个究竟，一会儿又不见了人影。有一次，有人一直跟到了山洞里面，说是亲眼看见他跳进一个又大又深的水坑里面，半天没有出来。

再后来，就没有这个人的音讯了，有的说是死在洞里了，有的说是他老家有人找来了，把他接回去了。东西坝的人也就渐渐地忘了这件事。

再再后来，玉霞做了川儿的媳妇，元贞和春树都成了川儿家的亲戚，元贞是玉霞的老表，春树是川儿的小舅子。

川儿和玉霞结婚那天，春树又跟着他爹到东坝来喝喜酒，晚上睡在元贞家的竹床上，又说起那次捉迷藏的事，春树说，其实救我的人我见过。

元贞就问他，么时候见过。

春树说，你还记得我们第一次进洞吧，那天我跑失了方向，火把也搞丢了，在洞里兜来兜去，就是找不到洞口在哪边，正急得没法，突然听见有人在我耳边说，莫怕，跟我走。

洞里黑，看不清说话人的脸，只模模糊糊地见他戴着斗笠，穿着蓑衣，披着渔网，像个打鱼的。我不敢多话，就跟着他走，快到洞口，见到亮光了，那人一眨眼就不见了，我就昏昏沉沉地出来了。总听人说，鬼吓人，不现形，人吓人，吓掉魂，我那天就是被这人吓掉魂的。

元贞说，你当时怎么不说呢。

春树说，我当时哪晓得他是人是鬼呢，直到这次他救了我和国梁以后，又喂水，又喂东西吃，还把渔网盖在我和国梁身上，我才想起来，他一定是个人。

私奔记

我二姨父的一生，有两段私奔的历史。

第一次带着我二姨私奔，是在半个世纪以前。那时候，我外公一家正在逃难，落脚在后山一个叫栗树坡的村子。离栗树坡不远的地方，有一个金家小学，我妈和我二姨都在这所小学念书。

金家小学是县小，县城被日本人占了，县政府迁到山里以后，县小和县中都跟着到山里来找地方开学。县小收的学生很杂，像我妈和我二姨原来都在家里念私塾，来到这里以后，稍加测试，就被插入了不同的班级，我妈在六年级，我二姨在五年级，五六年级也就她们两个女生。

我妈和我二姨那时都是十五六岁的大姑娘，在私塾里跟着先生背了些半生不熟的古文，学了点半懂不懂的人生道理。到了新式的小学后，才发现有许多东西，都要重打锣鼓另开张，都得从头学起。

金家小学五、六年级的国文教员，是个新派先生，在家排行第二，大家都跟着他家里人叫他二先生。这二先生原来在京城一所有名的大学教书，是去年避难回乡的。听说他在外面名气很大，说他写了很多书，经常有一些文章登在报纸和杂志上。就连这兵荒马乱的年月，也常有邮差上门来取送他的文稿。又听说他脾气古怪，不穿西装，只穿长褂，不穿皮鞋，只穿布鞋。别的先生在大名之外，有字有号，有的还有别号，他连自己的名字也废去不要。还经常爱发一些别人听不懂的议论，说一些让人胆战心惊的怪话。又喜欢跟人争论问题，争急了就伸胳膊撸袖子的，像要动手打架。听说从前有一次为一个学问上的问题，跟他的一个好朋友意见不合，还真的扭在一起，打了一架。

这样一个脾气古怪爱认死理的教员，偏偏招学生喜欢。原因不是别的，而是无论课内课外，二先生都给他们带来了许多新东西。我妈说，我二姨和我二姨父就是被二先生的这些新东西迷住了。

我妈和我二姨上金家小学的时候，白话文已流行了二十多年，但县小和县中的语文课堂，还是古文的天下。原因是，想推行白话文的学校，苦于找不到能教白话文的先生，会教白话文的先生又苦于找不到合适的白话文教材，结果便不免一仍其旧。

金家小学请在家避难的二先生出山，就因为他二者兼备。他懂白话文，那是不消说的，要不写不了那么漂亮的白话文文章。听说他在大学读书的时候，教他的老师，就是最早提倡写白话文文章的新派人物。他老师有个兄长，写的白话文文章，更是名满天下，有点儿见识的人没有不知道的。

有这样的条件，找不到现成的白话文教材，二先生就自己动手编写。二先生编的教材中，有他自己新写的白话文文章，也有从他的老师、他老师的兄长那些新派人物的文章中，节选下来的片段。这些片段，有描写景致的，有发表议论的，有刻画人物的，此外，还有一些缩写的故事，但凡文章里写的，写文章用得上的，应有尽有。

二先生编选的这些文章，好读又好记，还可以照着上面的口气，练习写白话文，学生自然都很欢喜。二先生上课的方法，也很特别。除了教读课文，他还在课堂上讲故事。二先生讲的故事，有的是补充课本上选的片段，让学生听个足本；有的是抻开课本上的缩写，让学生听些具体生动的细节。这些故事大半都是那时候的白话文学中流行的，反对包办婚姻，追求恋爱自由之类的情节，正值妙龄的少男少女，听得都很入迷。

那时候的小学生，像我妈和我二姨那样，年龄普遍偏大，虽然多数还未谈婚论嫁，但都是情窦初开，禁不住怀春。他们被二先生讲的这些白话文学的故事，撩拨得神魂颠倒，寝食难安。就有那胆儿大的，不想吊着咸鱼吃淡饭，就这样听听而已，想就地取材在同学中找个合适的对象，身体力行地去操练一番。

这大胆的学生中，就有我二姨和我二姨父。

我二姨是我妈的堂妹，我妈还有一个堂妹，就是我以前写过的我三姨。按我妈的说法，我三姨老实，我二姨拐。"拐"在我们那儿，也就是不老实，也兼有坏的意思。我二姨的拐，跟别人的拐比较起来，又有点特别，别人是明倒拐，我二姨是阴倒拐，也就是表面上看起来很老实，实际上并不老实，坏事都是在背地里偷偷干的。我妈说，我二姨父就是被我二姨带拐的。

我二姨父的父亲是后山一个走门串户卖日用杂货的货郎，论家境，并不富裕，但却像富裕人家一样，怀着诗礼传家的理想，所以，对儿子读书这件事，就十分上心，宁肯冒着性命危险，到日本人占领的县城去进货，也不愿短了这个独生儿子的学费和吃穿用度。

说起来我二姨父也是个争气的孩子，知道父母送自己读书不易，在学校里不光学习用功，听老师的话，跟同学也相处得好，遇事总是让人，从不与人发生争吵。

我妈说，我二姨就是看中了我二姨父的这个好脾气，有事无事总要撩他一下，逗他一下，或在上课时使点小动作，用笔头戳一下他的后背，用脚尖踩住他的长袍下摆，让他起立时站不直身子。

我二姨父挨了捉弄，受了欺负，不但不生气，不着脑，还要让我二姨小心点，不要让老师看到了。

我二姨父的好脾气，让我二姨尝到了甜头，她那套捉弄人的小把戏，欺负人的恶作剧，就不免变本加厉，有时候竟连一点规矩也不讲，一点分寸也没有，弄得我二姨父不知道怎么办才好。

有一次，听完了二先生在课堂上讲的恋爱故事。我二姨下课后就偷偷地问我二姨父，有没有女人抱过你？我二姨父说，没有。我二姨又问，那你跟女人亲过嘴吗？我二姨父说，也没有。我二姨就说，你妈没抱过你吗？我二姨父说，抱过。我二姨又说，你妈没亲过你吗？我二姨父说，亲过。我二姨说，那就是噻，你还是被女人抱过，被女人亲过。我二姨父说，那你这样说，是有女人抱过我，亲过我。我二姨当时就笑了，又转过身来，当着满教室的同学说，林长生刚才说，有女人抱过他，亲过他。满教室的同学顿时鸦雀无声，像看怪物一样盯着面前的林长生。

我二姨父的大名叫林长生。

后来，我二姨父终于逮着了一个机会，要跟我二姨把这件事情说清楚。但说来说去，不是自己把自己绕进去了，就是让我二姨又逮着了新的错处。

我二姨说，林长生，你不消跟我辩的，你辩不过我。只要你妈是女人，她抱过你，亲过你，你就跑不脱。

又说，你说没有女人抱过你，亲过你，要得，那我现在就补给你，我来抱一下你，亲一下你，怎么样？说着，就冲上去抱住我二姨父，嘴对嘴地狠狠亲了他一下。我二姨父当时站在教室门前的一个田埂上，正挣扎着后退，我二姨手一松，他就掉到田埂下去了。

这件事过后，同学都晓得我二姨抱了我二姨父，亲了我二姨父。有那心大胆儿小，心野胆不壮的，就撺掇我二姨父，说，抱都抱了，亲都亲了，还等个么事呢？意思是叫我二姨父跟我二姨成了好事。

我二姨父虽然比我二姨大着两岁，但毕竟是个老实伢，觉得像这样就做那事，总有点不好。于是他就想到二先生讲的故事里，书上写的，自由恋爱的男女青年，都时兴约会，在一起谈点爱好，谈点理想，还要一起读点都喜欢的书，或者念一些白话的爱情诗，说一些彼此爱慕的话。像这样慢慢地喜欢上了，水到渠成，瓜熟蒂落，哪有一上来就干那事的。

我二姨父于是就照二先生的故事里说的，放学以后，经常找我二姨约会。两人夹着书包袱，有时也带点花生蚕豆之类的吃食，钻进小学后面的树林子里，找块空地面对面地坐下来，然后就开始读书或者念诗，遇到感兴趣的问题或搞不懂的事，就停下来议论一番，有时也发生争吵，吵完了就剥点花生蚕豆，一边嚼着一边顺着小路回家。

渐渐地，我二姨父发现，我二姨也不是那么蛮横，那么难缠，相反，有时候也很通情达理，还会体贴人。有一次约会，我二姨父来迟了，我二姨又不敢走，直等到天黑，我二姨父才气喘吁吁地赶来，说是家里一只生蛋的老母鸡不见了，他娘打发他去找，好不容易在人家的鸡窝里找到了，这才脱身出来。我二姨听了，一句话也没说，还问他跑饿了没有，又顺手从书包袱里摸出一块米泡糖塞到他手里，说，我娘亲手做的，加了芝麻和花生米，比别人家的好吃。

两人就这样一来二去地好上了。身边的同学都很羡慕，有的便也学着他们，大着胆子要试试。前面的乌龟爬出脚迹印，后面的乌龟照着脚迹印爬，一切如法炮制，金家小学于是就兴起了一股不大不小的恋爱风。

对这件事，学校的老师和学生的家长，有不同的看法：思想旧一点的老师，自然是站在保守的家长一边，说这样下去，有伤风化，要校长出面管一管；有点新思想的老师，就免不了要站在二先生一边，帮着学生说话，也劝慰家长说，伢们也都不小了，只当是课余时间抽空相亲，自己把对象找好了，省得娘老子操心，一打两就，有么事不好。爱操心的家长就说，好是好，就怕伢们不懂事，七搞八搞，把肚子搞大了，家里人都要跟着丢脸。二先生就说，不会，不会，恋爱又不是偷人养汉，不会搞大肚子的。放心，放心。

话是这样说，还是有几个伢把肚子搞大了。这就让我二姨父的爹娘十分担心。好在我二姨父胆小，自那次以后，后来跟我二姨虽然也亲过，抱过，但就是还没做到那一步。我二姨似乎也乐意停留在这个阶段，不想再做出更出格的事。两人在一起，最感兴趣的事还是读书念诗，觉得书上写的，诗里吟的恋爱，更有味道。

有一次，我二姨父正在跟我二姨念一首外国人写的诗，这人的名字叫彼得斐,诗是从二先生的老师那个名满天下的兄长的文章中抄下来的,二先生把它编在课本里面,又在课堂上跟他们讲了这首诗的来历和译者的故事。诗不长,就四句,生命诚宝贵,爱情价更高,若为自由故,两者皆可抛。

诗的大意两人都懂了,我二姨却用诗里面的另一个问题,刁难我二姨父,问我二姨父,你说生命和爱情,到底哪个更值钱?我二姨父被我二姨猛地一问,竟张口结舌,答不上来。我二姨就笑,说,这也不晓得,当然是生命更值钱,命都没有了,还谈么事爱情。我二姨父一想,也是啊,命都没了,拿什么去谈恋爱。又一想,那这个彼得斐为么事要这样写呢?就反问我二姨,要是拿生命和爱情让你选,你是要爱,还是要命。我二姨说,当然要命,难不成你真的为了爱情,连命也不要了。我二姨父就不作声。我二姨说,好了,好了,我跟你说着玩的,我知道你对我是一片真心。

我二姨和我二姨父说的话,被不远处的一个人听了个正着。这人是新四军民运工作队的队员,在附近的村里做了一天的民运工作后,趁着天黑前,这时候正躲在树林子里,整理当天的工作笔记。听他们谈得热闹,就凑过来说,对不起,你们说的话,我都听到了,不过不是偷听的,是它们自己跑到我的耳朵里来了。

又说,这位女同学说的,也有道理,不过,诗人不是为了比较生命和爱情,哪个更重要,而是为了说明,不管多么重要的东西,为了自由,都可以舍弃。当然啰,这个自由不光是指个人的自由,而是指许多人的自由,是全体人民的自由,不然的话,这位女同学又要说,命都没啦,还谈什么自由。

见来人是个女的,说话又这么和气,年龄也和他们相仿,我二姨和我二姨父就邀她一起说话。这女同志自称姓梅,看样子读过很多书,很有知识,坐下后,就从这首诗讲起,说自由之所以宝贵,值得舍弃生命和爱情去争取，是因为它关系到更多人的生命和生存，像眼下的中国，如果不从日本侵略者的铁蹄下获得解放，千千万万的中国人就不可能有生命的保障，也没有生存的自由，中华民族就可能走向灭亡。这首诗的作者和译者，之所以不惜牺牲生命和爱情，为争取自由而斗争，绝不是为了他们自己，而是为了自己的国家和民族。只有自己的国家和民族获得了自由，才有个人的自由，为了这个崇高的目标，牺牲个人的生命和爱情，都是值得的。

梅同志说话很有激情，说到激动处，突然从地上站起来，张开双臂，挥动拳头，就像在集会上领着群众喊口号一样。正是太阳下山的时分，一缕阳光透过树丛的缝隙，投射到她的脸上、身上，把她染成了一尊金色的雕像。

我二姨和我二姨父从来没见过这场面，真的像见了菩萨的金身一样，差一点当场就拜伏在地。梅同志又跟他们讲了许多自己个人的经历，说她是从一个封建大家庭里逃婚出来的，现在也像他们一样，正处在热恋当中。她的恋爱对象，是带她私奔的一个同乡青年，原来也是同学，现在都是革命队伍中的一员。他们一边干革命，一边谈恋爱，一起做民运工作，有时也参加零星的战斗。在工作中相互帮助，在战斗中一起冲锋。她觉得这样的人生，很有意义，他们愿意像彼得斐那样，为革命献出宝贵的生命，包括比生命更宝贵的爱情。

梅同志的一番话，我二姨听得目瞪口呆，我二姨父却感觉热血沸腾。二先生跟他们讲恋爱自由，他觉得那不过是男女之间卿卿我我，花前月下的那点事，没想到自由恋爱的男女在一起，还能干这样的大事，当下就禁不住抱住我二姨，当着梅同志的面狠狠地亲了一口。

自从那次遇见梅同志以后，我二姨父好像变了一个人。以后跟我二姨单独在一起的时候，就讲自由，讲解放，讲战斗，讲牺牲，好像明天就要出发上战场，跟日本侵略者拼命一样。我二姨知道他那股热火劲儿上来了，也不去理他，任他一个人手舞足蹈地讲得唾沫横飞。等他折腾够了，我二姨才冲他笑笑说，你真该到新四军的民运工作队去当个队员，窝在这山沟里读书真是屈才了，哪天再碰到梅同志，我一定要她把你带走。我二姨父就说，那你也要跟我一起走。我二姨说，你想得好，我暂时还不想跟你私奔呢。

我二姨跟我二姨父谈恋爱的事，一开始我外公就知道，本想出面制止，又碍着是自己的侄女，不便过多干预。想告诉我二外公，我二外公又是江湖中人，从来就不过问家事，他的两个女儿，也就是我二姨和我三姨，平素都是我外公在管着。我外公怕管过头了，弄出投河上吊的事，日后招我二外公埋怨，于是就想给我二姨找个人家，把婚事早早定下了，再有男人招惹她，自会有人过问，无需自己出面。主意已定，就托后山的亲戚朋友帮忙物色合适的对象。

最后选定的是开榨房的老马家。老马家有个儿子叫马占林，马占林上面有两个哥哥，一个叫马占山，一个叫马占河。开榨房一要进得好料，二要榨得好油，三要卖得好价。马家三兄弟于是就听他爹分派，把守三关，老大负责从农户进料，菜籽棉籽茶籽，花生芝麻黄豆，见好就收。老二负责往店铺送货，各色食油香油，油渣豆饼脚料，得价便卖。老三因为年轻，又生得膀大腰圆，就留在他爹身边打榨。

我二姨嘴馋，常到老马家的榨房买下脚料的熟花生吃，见过打榨的马占林，听说我外公要把她嫁给这个打起榨来浑身肉直抖的马占林，心里老大不情愿，就去找我二姨父商量么样办。谁知我二姨父连想都没想就说，么样办，好办哪，也像梅同志那样，私奔。我带你私奔，我俩都去投奔新四军，像梅同志和她的爱人一样，一边谈恋爱，一边干革命。我二姨一想，事到如今，也没有别的善法，两人于是就去打听新四军民运工作队的驻地，打听到了，就在放学之后连夜去找梅同志，除了随身带着的书包袱，什么行李都没带。

梅同志见到我二姨和我二姨父，自然十分高兴，又听说他们也像自己一样，是逃婚出来的，更佩服他们的勇气。但说到参军，梅同志却说，她做不了主，得请示上级领导。

在等待领导意见的过程中，梅同志留我二姨和我二姨父一起住在老乡家里，白天出去工作时也带上我二姨和我二姨父。我二姨和我二姨父除了上学，从来没离过家门，没见过这么多青年男女吃在一起，住在一起，在一起工作，在一起开会，有时还一起唱歌跳舞，觉得十分新鲜，没过几天，就跟工作队的队员混熟了，工作队的同志也没把他们当外人，觉得我二姨和我二姨父就是他们这个革命大家庭中的一员。

领导的意见终于下来了，梅同志跟我二姨和我二姨父传达的意思是，年轻人反对封建包办婚姻，我们坚决支持；是不是采取私奔和离家出走的方式，我们不干涉；至于参军的问题，要看符不符合条件，符合条件，才能当兵。

我二姨和我二姨父都不知道当新四军要什么条件，问梅同志，梅同志也说不清楚。不过，她说我二姨父是独子，恐怕有问题。她就碰到过独子瞒着家里和部队，报名当了兵，家长到部队来扯皮的事，害得他们这些民运队员，来来回回做工作，不知道跑了多少路。抗战期间，政治情况比较复杂，像这种自古留下的独子不当兵的规矩，如果随便破了，会失去民心。

这回轮到我二姨父问我二姨么样办，我二姨的回答也很干脆，说么样办，我把你绑了呗，叫你家里拿钱来赎人，拿不出钱来，我就不放你走。我二姨父说，那不成土匪绑票了。我二姨说，我听我爹说，他们在江湖上，有办不成的事，有时候就这么干。我二姨父怕这事做过头了，吓着他的父母，有点不大情愿，见我二姨拿眼睛盯着他，想想，也没有别的办法，就自己在心里说服自己，不然就用这个法子试试，反正又不是真绑，大不了到时候说明白了，向爹娘认个错就是。当下就托人带信给他爹，说拿一百块大洋来，他才回家。我二姨父知道他爹拿不出一百块大洋，心想，这法子也许真的就灵。

带信的人是我二姨父的一个远房表亲，这人也没搞清楚事情的来龙去脉，就对我二姨父的爹娘说，你儿子现在在新四军，拿一百块大洋去，他才回家。

我二姨父的爹一听，先是一喜，后是一惊，再后来便生了疑心。喜的是儿子离家出走后，山里山外找了个遍，求神问卦花了不少钱，现在终于知道下落了。惊的是这一百块大洋，对他这个穷货郎来说，数目实在是太大了，他就是砸锅卖铁，也凑不起来。又一想，新四军是打日本人，为百姓的，难不成也干这种绑匪的勾当，就怀疑有诈，于是向来人问了地址，决定亲自去看个究竟。

我二姨父听说他爹亲自来了，就躲着不见，我二姨怕受牵连，也不露面。梅同志只好出面接待，向我二姨父的爹说明事情的经过，解释其中的误会。但无论梅同志怎么说，我二姨父的爹就抱定一条，要我二姨父跟他回家。偏偏我二姨父也像他爹一样犟，死活不肯跟他爹见面，更不愿意跟他爹回家。万般无奈之下，梅同志只好让我二姨父和我二姨留下，又宽慰我二姨父的爹说，他们留在这儿，你放心，没有正式参军，我们是不会让你儿子参加战斗的。

我二姨父的爹一想，好歹把儿子找着了，跟不跟他回家，只好随他的便，俗话说，儿大爷难做。他不愿意回去，你总不能拿绳子把他捆回去，再说，跟新四军在一起，也不是什么坏事，帮他们打走了日本人，说不定日后还成了个革命功臣。

我二姨父的爹，像我外公一样，原来把心思都放在我二姨父和我二姨私奔的事情上，这时候，只好退而求其次，只要活蹦乱跳的人还在就行，平安是福，于是就听了梅同志的话，打道回府。

我二姨父的爹一走，梅同志就把我二姨父和二姨都安排进了他们办的一个抗日救亡训练班，训练班主要是培养地方干部做民运工作，我二姨父和我二姨虽然没有正式参军，但作为地方干部培养还是可以的。到这时候，我二姨父和我二姨才发现，他们当初梦想的一边干革命，一边谈恋爱的理想，就要实现了。

我二姨父和我二姨从训练班出来以后，配合梅同志的新四军民运工作队，在当地做了一阵民运工作，梅同志的部队转移后，我二姨父和我二姨就由梅同志介绍，留在了当地的县民主政府。民主政府的领导听梅同志介绍说，我二姨父的爹是个货郎，认定他一定知道怎么跟钱财打交道，就让他当了个管财政的副县长，负责征粮征税和军队的后勤补给方面的事务。新中国成立后，我二姨父就顺理成章地当上了新成立的县人民政府的商业局局长。我二姨跟着也进了商业局，在供销科当一个普通干部。那时候，我二姨和我二姨父已结婚成家，这一对私奔出来的野鸳鸯，终于过上了安稳的日子。

我二姨父当商业局局长的那些年，天下甫定，百业待兴，老百姓的日用杂需，也提上议事日程。只是战乱刚过，道残路废，舟毁桥断，乡镇之间的行走交通，多有不便。我二姨父就想发挥货郎担的作用，于是动员他爹出面，召集本县的货郎，成立一个货郎协会，分片包干，有计划有针对性地打货送货，满足四乡八里的群众需要。他爹想到儿子果然成了革命功臣，也乐意帮他继续为革命作些贡献，过不了多少日子，竟把这件事搞得风生水起，大受群众欢迎，引得邻县的商业部门也来学习取经。

我二姨父搞这个货郎协会，本来是个临时应急的主意，没想到后来却成了上面抓的一个典型。上面不断派人来调查研究，总结经验，说要在全地区推广。来人把这件事写得花儿朵儿一般，有个经验材料上还说，货郎协会的成功经验，证明新民主主义革命胜利之后，在工商业活动中，私有经济和个体经营方式还能发挥很大作用，不要急于向社会主义的集体经济过渡，等这个属于新民主主义阶段的经济秩序巩固好了，然后才能过渡到社会主义。

我二姨父受了鼓励，就更加积极，货郎协会的队伍也在不断扩大，除了以前的老货郎，新货郎也在不断增加，最后搞得全县上下，脑筋活泛点的，都想去挑个货郎担，摇个拨浪鼓，做点小生意。货郎担上的货物，也由针头线脑，什用日杂，到油盐酱醋，五金百货，能挑能担的，应有尽有。

我二姨父的理论水平不高，分不清什么是新民主主义，什么是社会主义，也不知道什么秩序需要巩固，什么时候才能过渡，他只知道在自己的职责范围内，老百姓需要的，有利于经济恢复的事，就努力去干，却不知道这里面还有这些政治上的名堂。

渐渐地，我二姨父发现，货郎协会的人越来越少，货郎的生意也越来越不好做。原因是，各地都在附近的乡镇办起了供销合作社，供销合作社里卖的东西，吃喝穿用五金杂货农资土产，什么都有。道路交通恢复以后，上乡镇买个东西，也不困难。过不了多久，又搞起了公私合营，货郎担虽然算不上什么私人资本，但这种个体的经营方式，也要向集体经济靠拢，也要完成社会主义过渡。到这时候，我二姨父才明白，这巩固和过渡之间，还真有点区别。

我二姨总说我二姨父自从当了干部以后，就不爱学习。我二姨父说，干部就是要干哪，学生才要学习。我二姨说，干也要看怎么干哪。我二姨父说，怎么干，你说怎么干哪。我二姨就说，比方说，你搞的那个货郎协会吧。我二姨父没等我二姨说完，就打断她说，货郎协会怎么啦，满足了群众需要，又有利于恢复经济，有哪点不好。

我二姨说话爱打比方，她打的一些比方，都是些家常道理，虽然通俗易懂，但因为逻辑不严，也容易被我二姨父钻空子。见我二姨父这样反问，我二姨就用在会上听来的一些道理，又打了一个比方。

我二姨说，比方一个刚满月的小伢，你现在喂他吃稀的软的，没有错，他的牙口还没长起来，吃干的硬的会噎着，也不容易消化，但他迟早要吃干的硬的呀，你得在喂他吃的稀粥里，适当加点干饭，让他在吃稀的软的东西的时候，慢慢学会，慢慢适应吃干一点硬一点的东西，日后才好喂干饭给他吃，这就叫过渡；像你这样，只让他吃稀的软的，还要不停地吃下去，他以后吃干一点的硬一点的东西，就难得咽下去，就会反胃，所以，你那个什么经济秩序，巩固不得。

我二姨自以为讲得在情在理，我二姨父听了，却不以为然，说，你这讲的是什么狗屁道理，搞经济又不是喂伢，我不懂什么干的稀的，软的硬的，我只知道搞快了搞急了，就要翻船，你想过渡，这个渡就难得过去，过去了也是一身湿，搞不好还要淹死人。

这本来是夫妻间拌嘴的事，这年上面号召鸣放，没想到我二姨父把这件事写进大字报里，作为他的整风意见，贴到了县政府大院的墙上，结果引起了一场争论。争论的各方倒没怎么说我二姨父，只就我二姨打的比方，在小伢何时吃稀，何时吃干，何时吃软，何时吃硬的问题上，各抒己见。有的说，半岁就可以让孩子吃点干饭；有的说，要到十个月才行；有的又说，不到一岁，不要轻易给孩子吃干饭。争来争去，最后也没有个结论。但这件事过去之后，我二姨父的头上却多了一顶政治的帽子，说他反对社会主义过渡，又把他的官帽揭了一层，由商业局局长变成了下面的一个供销社主任。

我二姨父后来就一直当着这个供销社主任。他当主任的那些年，中国农村正发生大起大落的变化，起先是初级社变成高级社，后来又由高级社跃进成人民公社，再后来就是农业学大寨，深挖洞广积粮，备战备荒为人民。这桩桩件件的事，都与农村有关，农村成了中国社会的中心，各行各业都在围着农村转，我二姨父的供销社的中心工作，也是日常工作，就是要保证农村各项工作的物资需要，所以常常要带着农村需要的物资，下去支农。

　　那时候的农村，不像现在这样村村通，汽车想到哪就到哪。那时候别说汽车，就是马车、牛车、板车、鸡公车、自行车，也不能通行无阻。不是路面窄了，就是路基软了，要么就是被大大小小的沟渠阻断了。万般无奈之下，我二姨父突然想到了当初的货郎担，就把供销社的人组织起来，成立了一个送货下乡的支农小分队。

　　我二姨父给这个支农小分队，起了个好听的名字，叫供销轻骑兵。下去时是长长的队列，就像部队行军一样，除了少数大型农用机械，都是人挑肩扛。下去以后，就各自为战，分散活动。给集体送货的，深入田边地头；为村民服务的，走遍村村巷巷。担子落地，便有人搬货取货，围观选购，叽叽喳喳，挤挤攘攘，除了少个拨浪鼓，怎么看都像是当年走村串户的货郎担。

　　支农小分队里有个年轻姑娘叫秀梅。秀梅是当地人，家就在农村，每次送货下乡，都免不了要从家里过一下，看看家里人。村人看她在供销社搞采购，就问她收不收当地的土特产，说想拿土特产换点活钱，让她帮忙带到镇上去卖一下。秀梅知道乡亲们的难处，取消了自留地，又不准搞副业，除了队上分回来的那点粮食，平时连买个油盐和针头线脑的钱都发愁，就收了村民送来的各种山货，回到镇上去托人代卖。

　　那年月没有固定的集贸市场，又动不动割资本主义尾巴，这些土特产只能在街头巷尾背人的地方交易。代卖的人提心吊胆，秀梅想起来也心神不宁，终于有一天被镇上派出所的人发现了，不用深入细查，只稍稍一问，便追到秀梅这儿来了。

　　这事的处理可轻可重。轻者没收实物，对当事人进行批评教育，或由单位给个处分即可。重者就是犯法，至于犯的是什么法，那也是由派出所的人说了算，并无明文规定。刚巧那段时间在批判资本主义回潮，派出所的领导想抓个典型，于是就找到我二姨父，说要严办，准备在镇上开个群众大会，希望供销社的同志配合，这几天把秀梅看紧点，别让她跑了。

派出所具体经办这事的，是个姓孙的年轻警察。小孙以前追求过秀梅，秀梅嫌他的年纪比自己小，没有答应。这回听说要把秀梅押到台上去，就偷偷跑去告诉了秀梅。秀梅一急，就要小孙给她出个主意。小孙说，三十六计走为上，你在这儿，就跑不脱，你不在这儿，就没辙。秀梅想想也是，又不是犯的杀人放火的死罪，暂时出去避个风头，也许再回来就什么事儿也没有了。只是自己从未出过远门，出了供销社的大门，就不知道东西南北往哪儿走。小孙看出了她的意思，就说，你要是不敢，我陪你走，大不了这个小警察不当了，只要能跟你在一起就行。秀梅听小孙这样一说，竟生出了几分感动，觉得这小警察除了年龄小点，关键时刻，倒是一个靠得住的人。两人当下就收拾了几件换洗衣裳，连夜出奔。

秀梅和小孙出走的事，闹得动静很大，我二姨父和派出所的领导，都没想到他们会唱这一出。镇上的人都说，好好的一对儿，该恋爱恋爱，该结婚结婚，又没人逼你，干吗要私奔出走，干这种伤风败俗的事。小孙的父母也说，我们都觉得这两个孩子般配，虽然秀梅大着几岁，但俗话说，女大三，抱金砖，这下好了，跑得五里不见烟，叫我们到哪儿去找这块金砖。

这时候，当年新四军的梅同志已调到地区当领导，有一次下来检查工作，听我二姨父说起这事，梅同志笑笑说，走了就走了，外面的世界大，年轻人出去见见世面也好。又指着我二姨父说，你没想想，你们当初要不是私奔出来，怎么能参加革命工作，他们这是在向你学习，没准儿将来比你们还有出息。

秀梅和小孙就这样在外面当了盲流，从北方到南方，从新疆到广东，一晃就十多年过去了。这期间虽然吃了不少苦头，但因为两人手脚勤快，脑瓜子灵活，靠打零工和倒买倒卖挣了点小钱，总算活过来了。

秀梅和小孙流浪到广东的时候，正碰上改革开放，广州是改革开放的前沿阵地，小商品贸易十分发达。秀梅和小孙就在高第街摆了个地摊，卖些香港过来的服装和时兴的电子产品。这些小商品需求量大，左手进，右手出，周期短，来钱快。不久，两人就过上了不愁吃不愁穿的日子，也积攒了一点做生意的本钱。

有了点本钱，秀梅就想把生意做大，要小孙去开拓货源。那时候的紧俏货，大半是从香港那边带过来的，带货的人多少有些风险，所以联系的商户也比较固定。平素跟小孙联系供货的，是一个香港女人。这女人四十左右的年纪，穿着时髦，涂脂抹粉，打扮得花枝招展，用秀梅的话说，跟街角上拉客的鸡没有两样，要不是为了生意，她才不要小孙和这种女人接近。

见秀梅进的货比平时要多，品种也比以往复杂，那女人就要小孙跟她去帮忙取货。平时的货，都是由那女人夹带进来的，不知她的来路，也不管货的出处，一手交钱，一手交货，银货两讫，余事不问。

见是熟人，秀梅也没多心，就让小孙跟她去了。谁知这一去就成了肉包子打狗，许久没见人回来。秀梅不知道在什么地方取货，也无法打听，只好坐在家里干等。等到后来，才有人提醒她，她老公一定是跟这个女人跑了。又说，这条街上被带货的香港人带走的男人女人，不止她家小孙一个，对街卖服装的老陈家，就有一个女儿，也被带货的香港人带走了。

秀梅就懊悔当初不该让小孙一个人去取货。但转念又一想，他这是蓄了心思要抛下我的，这些年在外面跟着我东跑西颠，没少吃苦，也没少听他的怨言。本来想要个孩子，他也借口生活不安定，不想要。早知道会有这一天。不过，这时候走，还算他有良心，好歹给我留了一点活命的钱，要不然，我一个女人家，在这个人生地不熟的地方，叫天天不应，叫地地不灵，真不知道该如何是好。

到这时候，秀梅才动了回家的念头。于是，就收拾行李，搭火车回了湖北的老家。

家里人见秀梅回来了，自是欢喜不尽。又听说小孙跟人跑了，就宽慰秀梅说，他这也是一报还一报，当初他把你带跑了，如今他自己又跟人跑了，照你们这样看，他日后也不会有好果子吃。秀梅说，他当初也是为我，但愿日后那女人不会抛下他不管。

有一天，秀梅到镇上闲逛，正好在供销社门口碰见了我二姨父。问及别后情形，我二姨父禁不住感叹唏嘘了一番。又听秀梅，广东那边改革开放搞得很火，那边的政策也很活，管得不紧，不像这里这样死板。

我二姨父不晓得广东么样个开放法，就要秀梅说说那边的情况。秀梅说，她租住的那条街上，人人经商，家家开店，她家门前，满街走的，都是生意人，随便丢个石头，砸到的十有八九不是经理，就是老板，那一两个没砸着的，也正在想着做经理，当老板。这些人看上去，也没有什么特别，穿着随便，有的还故意穿得破破烂烂，但你千万不要小看了这些人，说不定在他那件破外套里面，就密密麻麻地挂满了从香港过来的金银首饰、电子手表。

她自己卖得最多的，是各色服装和鞋子。这些东西不是摆着卖，挂着卖，而是用木桶笭筐装着卖，出出进进的客人，都背着个能装个半大孩子的编织袋，进门就往里面扫货，不挑不拣，也不问价钱，不把编织袋塞得扯不拢拉链，不愿出门。秀梅说，那边别的事不好做，钱是太好赚了，连我和小孙这样的盲流，都能挣钱，要是你这样的老供销去了，那还不眨眼就赚一座金山银山。

秀梅说话没有激情，看样子，也不像在有意夸张，但却句句话都扣动了我二姨父的心弦，就像当年听梅同志跟他和我二姨讲彼得斐的诗一样。

也是我二姨父这些年一直过得不顺，气郁于胸，听这些话开心顺耳。秀梅那件事对他有不小影响，虽然还让他继续当着这个供销社主任，但供销社已不是以前的供销社，供没人供，销无处销，采和卖两头都难。

现在买卖自由了，老百姓都有自己的供销渠道，没必要在供销社这一棵树上吊死。供销社的营业额上不去，没有利润，年年亏损，连工资都发不出来。就有人用公家的柜台，做私人的买卖，像秀梅当年一样，下去收些土特产，放在供销社里寄卖，从中赚些回扣。有门路的，干脆从外面趸些紧俏商品回来，在供销社开辟专柜，赚的钱揣进自己的腰包。说又不好说，禁又无法禁，谁叫你连自己的职工都养活不了呢。

听秀梅这样一说，我二姨父就有些心动。心想，既然广东已经开放了，这股风迟早要吹到我们这山里边来，不如现在就去看看，学一学人家怎么干，也许能为供销社的职工，也为自己找到一条活路。在街上别过秀梅，他回去就把这意思跟我二姨说了。

谁知我二姨一听，连个顿儿都没打，就说，看么事看，是看人家吃肉哇，还是看人家数钱，怎么看，你还是个穷八字命，你也不晓得拿个镜子照照，都多大岁数了，还想到那边去看看，

我二姨父说，那也未见得，我就不相信我林长生一辈子就这样碌碌无为，趁现在还能动弹，我还想为改革开放作点贡献呢。

我二姨说，免了吧你，还为改革开放作贡献呢。你摸摸肚皮好好想一想，你这辈子都贡献了些么东西，贡献个货郎协会吧，说你反对过渡；贡献个支农小分队吧，说你夹带资本主义尾巴；又跑了秀梅，最后还要算总账，你把你那点本钱都贡献没了，还谈贡献呢。要说贡献，我倒是为你作了贡献，我要不把我贡献给你，你哪能一边干革命，一边谈恋爱，过那种逍遥日子，只怕现在还在打光棍呢。

我二姨说到这儿，开心地笑了。我二姨父受了奚落，一声不吭。

我二姨呛我二姨父的事，平素常见，也带着几分玩笑的性质。谁知这天我二姨正在兴头上，说起了瘾，一不小心就说走了嘴。见我二姨父不吭声，我二姨又补上一句说，只怕你是蓄了心思，要把自己贡献给那个小狐狸精吧。

我二姨话音未落，正坐在沙发上看电视的我二姨父突然脸色大变，然后冲着我二姨大吼一声，无聊，就起身冲进卧室，嘭的一声关上房门，把我二姨一个人撂在客厅里面。

这些年，我二姨父最听不得的，就是有人把他和秀梅扯在一起。当初秀梅出走，本来与他半毛钱的关系也没有，秀梅为村人代卖山货的事，他也并不知情，派出所要押秀梅，让他们配合，他们没有看住，顶多只有个看管不严的责任，后来却被人传得要多难听有多难听。有人说是他故意放走了秀梅，说他跟秀梅以前就有一腿，秀梅以前不同意小孙，就是因为他从中作梗，现在秀梅出事了，又拉小孙当垫背，要小孙陪着秀梅一起出走。

没根没底的事，过过嘴巴瘾也就罢了，谁也不会当真。偏偏有人就拿出了真凭实据，说是有一次进山采购，遇到山洪，秀梅和我二姨父被困在一座废弃的土窑里面。两人在里面整整待了一夜，他们被找到的时候，都衣冠不整，秀梅的衬褂还撕开了个大口子，两个奶子都露出来了。又有人说，他们好几次看见我二姨父和秀梅偷偷钻进供销社后面的库房里，半天都不出来。

有了这些事，就由不得人不胡思乱想，好事者又在过程和细节中添油加醋，结果就把我二姨父和秀梅说成了一对地地道道的奸夫淫妇。有人还说要向上级反映，要求上级严肃查处。

我二姨起先也不信那些人嚼舌根，总觉得是我二姨父当主任的时间长了，得罪了人，人家不怀好心，才编出这样的故事。听的次数多了，又说得活灵活现，有鼻子有眼的，也不能不起疑心。又见我二姨父在工作中遇到为难的事，常常情不自禁地脱口而出，要是秀梅在就好了，就更疑心他心里时刻在想着秀梅。现在又说要跟秀梅到广州去看看，就怀疑两人早已串通好了，像他们当年那样，要瞒着家人私奔。

我二姨是个眼睛里揉不得沙子的人，不论这沙子是风吹进来的，还是别人撒进来的，只要有一粒沙子，她宁可把眼珠子挖了，也非要把它抠出来不可。这以后不管我二姨父怎么说她无聊，她出来进去的，整天就揪住这件事不放，弄得我二姨父五心烦躁。我二姨那股蛮横劲儿一上来，不管不顾，也不讲究个方法，除了找我二姨父吵闹，还暗中监视我二姨父的行动，看他跟秀梅有没有来往。这一看不打紧，还真有两次看到我二姨父和秀梅在一起有说有笑。那股热乎劲头，在我二姨看来，跟恩爱夫妻没有两样。这样，我二姨就更加不依不饶。

过了些时日，我二姨发现，不论她怎么吵闹，我二姨父都不理不睬，也不再骂她无聊，该干什么干什么，跟秀梅见面，也不避着她和供销社的人。我二姨父的这种冷战手法，倒让我二姨有些纳闷，心想，他这是唱的哪一出哇，难不成我真的错怪了他，他跟秀梅什么事也没有？

正当我二姨放松了警惕，有一天，一早醒来，我二姨发现，我二姨父昨天晚上没有回家过夜。在我二姨的印象中，这是从来没有过的事，以前除了下乡和出去开会，工作再忙，就是加班加到下半夜，天亮前也要回来迷瞪一下。再一看他的换洗衣裳和洗漱用品，也都不翼而飞，就知道大事不好了。叫人到秀梅家去打听，回说秀梅也是昨天晚上走的。我二姨担心的事果然发生了。到这时候，我二姨才明白，我二姨父这些时日使的是缓兵之计。

事到临头，我二姨也没了主意。除了在家里恶狠狠地骂了一阵，一个人生了一阵闷气，也别无善法。这种事，又不能让人出主意，更不能让人帮忙去追。就是追到广州，也像我二姨父的爹当年一样，又不能拿根绳子把他们捆回来。俗话说，家丑不可外扬，连自己的儿女，也说不出口。我有一个表姐，已经出嫁，有一个表弟在部队上，还是个连级干部，总不能跟他们说，你爹跟人跑了。有人问起来，还要编个瞎话说，林主任这些时到女儿家去了，找亲家有点事，或者说，到部队上看儿子去了。

这事不久就传得沸沸扬扬，要捂也捂不住，我二姨也就干脆不捂了。

再有人问起来，不管是有心还是无意，她都一句话，跟那个狐狸精跑了。那一阵，供销系统的管理也很混乱，自谋生路的人很多，跑了个供销社主任，也无人过问。

我二姨父走后，给我二姨打过几次长途电话，我二姨一次也不肯接；后来拍过几回电报，也是到手就撕。给她寄钱，拿到汇款单，看也不看，就原封不动地退回。那时候又没有别的联络方式，我二姨父只好给我二姨写信。这些信虽然我二姨依旧看都不看，但都原封不动地放在抽屉里面，说是有一天，等儿女们都回来了，她要让他们看看，他们的老子，这些年都干了些什么事。

我二姨和我二姨父的隔空冷战，就这样打了好几年。渐渐地，我二姨也习惯了没有我二姨父的生活，对我二姨父的怨气，也消了许多。忽然有一天，已经当了地委书记的梅同志，坐着小车到镇上来找她，说是她联系了一个有钱的广东老板，要把镇上的供销社承包下来。

我二姨父走后，供销社的事，由我二姨临时负责。我二姨说，你也不早说，供销社的柜台，早就承包出去了。

梅书记就笑，说，你那叫什么承包，一家一户，小打小闹的，充其量只能算是租用。你的在职员工的工资他们发吗？退休员工的医疗费他们报吗？下岗员工卖断的钱他们出吗？正经的承包，这些都要管。

我二姨顿时语塞。

梅书记又说，不光管这些事，承包人还说，要把供销社的这些破房子扒了重盖，像县城的商场那样，修成高楼大厦，用现代化的方式经营。

我二姨听说有这样的好事，连忙点头答应说，好、好、好、好，同意、同意。你说吧，该么样办，都听你的。

梅书记说，你先不要忙着点头应承，这事你得开个大会，征求全体员工的意见，不能你一个人说了算。又从提包里拿出一摞纸，摊开在桌上说，人家把承包的细账都算好了，定下来了，就等找个时间在合同上签字，承包人到时候也要到场。

我二姨听说连账都算好了，赶紧把那一摞纸上列的细目，一项一项地查看。看到后来，就拿眼睛盯着梅书记说，你给我找的是个什么人哪，怎么把我们供销社的情况搞得这么清楚，连多少在职的，多少退休的，多少下岗的员工，多少个门面，多少间库房，厨房多大，厕所几个，连同后院的菜地的面积，都搞得一清二楚，难不成这人是在我们供销社潜伏多年的特务。

梅书记就笑，说，人家的钱也不是大水漂来的，花这么大一笔钱承包你的供销社，总得先搞点调查研究吧。至于人嘛，到时候你就知道了，肯定不是特务，要是，早被公安机关揪出来了。

梅书记走后不久，各项准备工作就绪，就商定了举行合同签字仪式的日期。签字仪式由梅书记亲自主持，她说到时候她陪承包人到场。

这天上午，万里无云，碧空如洗。供销社前面，扎起了彩门，彩门两边，鼓风机把一双充气长臂，吹得乱摆，在向来宾表示欢迎。梅书记坐着面包车。离镇子老远，就听见锣鼓喧天，鞭炮齐鸣，像迎亲的轿子进村一样。

从车上走下来三个人，走在前面的，是梅书记，紧跟着梅书记并排走着的一男一女，竟是我二姨父和秀梅。

我二姨站在欢迎队伍的前面，本来疾步向前要跟梅书记和客人握手，见这阵势，我二姨连梅书记的手也不握了，鼻子里哼了一声，转身就走。刚才还响得热烈的锣鼓，也戛然而止，现场的空气顿时就像冻住了一样。

梅书记也不在意，紧走两步，赶上我二姨，只在我二姨耳边说了一句话，顾全大局，回头我再跟你细说。然后就像什么事也没发生一样朝欢迎的人群走去。我二姨这才侧过身子，捏着梅书记的手，抖了一下，又冲着锣鼓队大吼一声，说，敲哇，怎么啦，没吃饱哇。锣鼓声才又响了起来。

签字仪式过后，梅书记带着我二姨父和秀梅又坐车走了，我二姨父连家也没回，秀梅也不好意思跟我二姨打招呼，三个人就像戏台上的木偶一样，被梅书记牵着走了一个过场。

梅书记临走的时候，也没跟我二姨细说什么，只跟她说了两件事，一件事是叫她回去把我二姨父写给她的信仔细看一遍，要是丢了的话，她说我二姨父那儿留有底稿，她可以叫我二姨父寄给她。另一件事，是告诉她，经上级部门审核，我二姨和我二姨父，都符合离休条件，可以办理离休手续，享受离休干部待遇。

又补充说，离休后，你和老林也不要在镇上养老，免得你看着秀梅不顺眼。秀梅在广州已给你们买了一套公寓房，就在她和老林创业的高第街附近，你们就在那儿安享晚年，这里的事就交给秀梅了，她年轻，有能力，会比你们搞得更好。

梅书记走后，我二姨就回去找我二姨父写回来的那些信件，幸好当时蓄了个心思，这些信还在，就按时间顺序，一封一封地看下去。看到最后，我二姨才发现，这简直就是我二姨父这些年跟着秀梅在广州的一部创业史，到这时候，我二姨也才明白，原来我二姨父写这些信，也是蓄了心思的，就是想让我二姨看看，他这些年和秀梅在广州，到底干了些什么。

我二姨把我二姨父在信中说的事，理了个头绪。知道我二姨父刚去那阵子，主要是熟悉了解情况，顺便帮秀梅打打下手；再后来，秀梅出去打货，他便帮秀梅看店，秀梅的生意做大了，又帮秀梅张罗成立公司，公司成立起来以后，秀梅自任总经理，推他当了董事长。过了些年头，公司的资本雄厚了，又到处承包，扩大规模，这次回来承包供销社，主要是应梅书记之邀，也想为家乡的改革开放作点贡献。我二姨父当初想着改革开放的春风，总有一天会吹进山里来，却没想到，这股春风竟是他自己和秀梅姑娘带回来的。

这最后一封信，我二姨一看落款日期，是在梅书记上次来商定承包事宜之后。信里面其实已经把事情说开了，把承包人的窗户纸也捅破了，只是她当时没有拆开来看，要是当时看了，早做思想准备，就没有后来见面时的尴尬。

我二姨和我二姨父因为是私奔出来的，之后又一直在一起工作，从来没有分开过，用不着书信来往，更用不着写那些你情我爱的肉麻情书。看完了这些信件，用我二姨的话说，她这是把我二姨父欠她一辈子的情书，都读过了一遍。

我妈总说我二姨是刀子嘴豆腐心，表面上凶巴巴的，其实内心里软得像块豆腐。我二姨父走后，她虽然也赌咒发誓，说再也不理姓林的那个丢尸的烂眼睛的，狗啃的老鸹啄的，他就是死在外面，我也不去给他收尸，也不准我表姐和我表弟跟我二姨父联系。到晚上一个人睡在床上，却还是放心不下。一时想他的一日三餐，一时想他的穿着冷暖。又怕广东闷热潮湿，他的关节炎受不了，又怕他吃不惯那边的饭菜，把老胃病搞发了。

我二姨那一代人，都看过电影《霓虹灯下的哨兵》，都知道十里洋场的大上海，有个香风毒雾弥漫的南京路。恨起来的时候，我二姨就照南京路的样子去想广州，觉得我二姨父和秀梅，就是南京路上那些资本家和资本家的阔太太、大小姐，穿的是西装皮鞋、绫罗绸缎，吃的是山珍海味、人参燕窝，灯红酒绿，纸醉金迷，要多腐朽有多腐朽，要多糜烂有多糜烂。看了我二姨父的信以后，才知道，这些年，我二姨父和秀梅，吃的是盒饭，睡的是行军床，住的是既不遮风又难挡雨的廉租房，出货进货，要防盗防骗，求人办事，要看人冷脸，经常是吃了上顿没有下顿，有了病痛，哪怕是发着高烧，也没时间求医问药，只有硬扛。有一次到顺德进货，下车后投宿在一家路边小店，外面下着大雨，屋里到处漏水，带在身上的上万元货款，怕被雨水打湿了，秀梅就脱下长筒胶鞋，把钱放在里面，两人披着雨衣，轮流抱着这只胶鞋，睁着眼睛一直坐到天亮。看到这些地方，我二姨禁不住心生感动，眼泪哗哗哗哗地直往下流。自从年轻时被二先生在课堂上念的情书感动得流泪，这以后，我二姨就没有被纸上写的东西感动过。只是每封信都少不了秀梅，每件事都是秀梅长秀梅短的，让我二姨看着有点碍眼。

我二姨和我二姨父办了离休手续之后，就南下广州，住进了秀梅为他们买的公寓。这几年，我到南方去，常去看望他们。写这篇东西的时候，我在网上查到一则资料，是讲高第街街名来历的。说是当年这条街上有个穷小子叫高弟，与同在这条街上的一个财主的女儿偷偷相爱，被人告知财主后，自知不能被财主家接纳，就和财主女儿相约私奔出走。后来两人在外面发达了，财主却家道中落，两人便回来买下了整条街，街名就叫高弟。有个读书人觉得叫高弟太俗，就在弟字上加了个竹头，改为高第街，意为高中金榜，光耀门第。

我觉得这个故事，与我二姨父后来的故事有些类似，就下载下来，从微信发给我二姨父看。我二姨父看了以后，回了我一个尴尬的表情，同时在微信里说了一段很有哲理的话。我二姨父说，一个人的一生，只要有一件事做开了头，后面的事一定都与这件事有关。

祝先生的爱情

我年轻的时候，自以为自己的爱情非常浪漫。妻子是高中的同班同学，人长得漂亮，又能歌善舞，后来又一起串联，一起下放，回城后结婚生子，圆满收官。每一道程序，都碰上一个浪漫年代，而且都是革命的浪漫主义。

直到有一年，遇到了一位老先生，知道了他的爱情和人生故事，我才偷偷地给自己的浪漫打了个折扣。

这位老先生姓祝，是北京一所大学的历史系教授。我见到他的时候，其实他并不老，也就四十多岁的年纪，正当着那所大学的文科科研处处长。年轻的时候，看所有人都老，所以他在我的心目中，已然是一位老先生。

我那时也管着一所大学的文科科研工作，不过不是正式的处长，而是作为教务处的副处长兼管的。也可能我们那个学校没有独立的文科科研处，所以我这个兼管的副处长，才比别的学校正式的处长年轻。

年轻有年轻的好处，年轻人在一堆老头子中间，往往容易得宠，也就是讨人喜欢。

我就很讨这帮老头子喜欢，他们开会讨论愿意跟我在一组，吃饭愿意跟我在一桌，散步愿意邀我一块儿走，当然，住宿也愿意跟我住在一个房间。那时候的条件没有现在好，能住单人间的只有少数领导，像我们这个级别的干部，只能两人住一间。

我就是这样走近祝先生，后来竟成为忘年交的。

祝先生的长相很奇特。周作人说，作家废名的相貌奇古。我不知道奇古的长相，怎么描述，但他说眉棱骨奇高，是废名的特别之处，大约这便是奇古的标志吧。

祝先生便有两条奇高的眉棱骨。说句不恭敬的话，每次见到祝先生，我就想起历史书上画的北京猿人。而且祝先生的嘴唇扁而平，永远紧紧地抿在一起，与北京猿人的嘴巴也相似。

我跟祝先生散步的时候，祝先生跟我谈得最多的是他的专业，世界历史。跟那些没出过国门的世界史专家不同，祝先生到过世界上很多地方。他父亲是个外交官，所以他从小跟着父母，先是到非洲的一些小国，后是亚洲的一些小国，再到欧美的一些大国，到了回国念大学的时候，差不多走遍了全世界。

有这样的经历垫底，祝先生跟我谈起世界史，就不是书上那些刻板的知识，而是一些生动有趣通俗易懂的故事。比如说，他说古代欧洲，地中海地区为什么这么热闹，是因为这个像浴缸一样的海里，伸进了欧洲的两条腿，一条是亚平宁半岛，一条是巴尔干半岛，这两条腿挨在一起，岛上的国家就免不了要脚搓脚地闹摩擦，加上旁边还有个小亚细亚半岛，坐进了半边屁股，有时候也免不了要挨踹。

他说，著名的特洛伊战争，就是这半边屁股挨脚踹的战争。哪有邻居请你吃饭，你还要勾引人家老婆的，该踹，踹得好。祝先生讲得有趣，也在理。可惜那时候没有中央电视台的"百家讲坛"，要是让他上了"百家讲坛"，绝不差逊讲历史的阎崇年、王立群之流。

祝先生不光懂历史，也懂文学艺术，说起世界各国的一些文学名著、名画名曲，也如数家珍，所以我们俩闲聊时，也有一些共同语言。

我发现祝先生对文学艺术作品，有一种异乎寻常的领悟力，他常常能在你不注意的地方，读出别一种意思来。尤其是对文学作品中描写的男女之情，特别敏感，谈起其中的细节，连我这个也算是过来人的人，都觉得耳热心跳。那时节，谈性还是一种禁忌，文学作品中的所谓性描写，还常常是扫黄的对象，可是祝先生谈起男女之间的性事，却很是坦然，既不让人感到猥琐，也不让人觉得难堪，而是像谈日常饮食起居的细节一样，有滋有味，又平平淡淡。

那些年，国家教委经常在北京召集文科科研工作会议，开会的地方多在北京大学，未名湖畔于是就成了我们晚饭后必去的地方。

晚饭后的未名湖畔，干什么的都有：爱学习的，或找个角落静静地看书，或对着湖面大声地诵读，也有围着湖岸转圈儿背外语单词的，一边走一边唧唧咕咕，像寺庙里的喇嘛转经；好玩耍的，或邀二三同好，在一起吹拉弹唱，或一个人端着画板，对着博雅塔涂涂抹抹，也有这些事都不想干的，就百无聊赖地在湖边的树林里转悠。

祝先生对这些似乎都不感兴趣，说哪个学校都一样，千篇一律。这么好的地方，这么美妙的时刻，不拿来谈恋爱，实在是太可惜了。

我当祝先生是在开玩笑，就大着胆子也跟祝先生开玩笑说，看样子，祝先生年轻时一定精于此道，没少利用课余时间干这勾当吧。

哪知祝先生却一本正经地说，那是，哪像这些学生这样，白白浪费青春年华。我还以为现在的大学生在这方面比我强，看样子，好像比我当年还不如。

我就趁着兴子问他当年怎么样。

祝先生没有正面回答我的话，却指着树林里的一条小路说，看见了吗，她当年就爱在这条小路上读英语。她一出来，我就跟在她后面走，我不读外语，什么也不干，就等着纠正她的读音，帮她提词。

我有时也想跟她并排走，可惜树林太密，小路太窄，不是挤着了她，就是撞着了树。她本来就不待见我，开头帮她纠音提词，她还回头瞪我一眼，后来连头都不回，好像我这个人根本就不存在似的。

我就这样跟在她后面走了一段时间，直到有一天，她过生日，我给她送了一件礼物，才捅破了这层窗户纸。

见祝先生这样如痴如醉地谈着他对一个女子的深情，我禁不住问，她是谁呀，你怎么追她追到未名湖来了呀。

祝先生听后，就朝我笑了笑，又反串样板戏里杨子荣的台词，学着京剧的道白说，好，你既然要问我这个共军，那我就把我这个共军的来历跟你说一下吧。

到这时候，我才知道，祝先生就是北大毕业的，20世纪五六十年代之交，在北大历史系念书。

他跟着的那个女生，是他的同班同学。他一到班上，就喜欢上了这位女同学，可是无论他怎么表示，却始终得不到她的回应。万般无奈，只好出此下策。

好在祝先生跟着父母一直生活在国外，学过多种外语，对英语这门国际通用语言，更是驾轻就熟。那时候的大学生，多半学的是俄语，学世界史的，因为专业需要，也选修英语。祝先生于是就凭这点语言的优势，找到了一条接近他心仪的这位女同学的捷径。

既然尾巴也当了，礼物也送了，这回总该有点回应了吧。可是祝先生说，谁知这其中又出了个岔子，把好好的一件事情给搞砸了。

这事还得从这件礼物说起。

这件礼物原也不是什么特别的东西，而是祝先生的母亲从国外带回来的一瓶护肤用品。

问题也不出在这瓶护肤用品本身，而是祝先生的母亲让儿子送这件礼物时，忘了跟儿子说明它的用途。

原来这款护肤用品，不是那年月女同志常用的雪花膏，而是今天的女孩子用的类似于面膜一类的护肤美容产品。因为没有说明它的用途，所以那位女同学就当雪花膏用了，结果闹出了一场笑话。

据那位女同学的室友，后来成了祝先生的妻子的另一位同班女同学说，那位女同学的生日那天，正好是个星期天，同室的同学一早起来，就想跟她搞一个小小的庆祝活动。听说系里有个从国外回来的男生，给她送了个生日礼物，就撺掇她拿出来，让大家开开眼界，长长见识。等到这位女同学拿出了这件礼物，大家见是一瓶雪花膏，就又撺掇她擦一下试试。那位女同学便打开瓶子，连看也没看，就从里面剐了一坨点到眉心上，又在两颊上各点了一坨。这时候，大家才发现这雪花膏的颜色不是白的，而是黑的，当场就憋不住想笑，却又憋着笑看她继续擦下去。等到这位女同学把眉心脸颊上的黑坨子都抹开了，拿过镜子一看，才发现自己成了一个大花脸，当场就把手里的镜子摔得粉碎。

事情发生后，原本捅破了的窗户纸，又被糊上了。而且这回糊上的，还是一层铁砂纸，不是那么容易捅得破的。

补送生日礼物，是不可能的，连纠音提词的跟班，也没得做了。自此而后，那位女同学见了他，就像见了鬼，只要他一踏上那条小路，她就赶快跑开。有时被逼住了，她会突然一转身，迎面走过来，昂着头，挺着胸，装成个骄傲的小公主的样子。他也只有干瞪着眼看她擦身而过，连朝她笑一笑也不敢。

后来成了他妻子的女同学，是班上的团支部书记，见那位女同学对他这样视若寇仇，一来是看不过去，二来也想搞好同学之间的团结。有一天晚饭后，就把他找到未名湖边谈了一次话。谈话的大意是说女同学都比较娇气，王静雅出生在一个资产阶级家庭，从小娇生惯养，娇气比别的女生更重。你想跟她谈恋爱，我们不反对，你是团员，还可以通过恋爱，帮助她进步。既然是恋爱，就不能这样粗心大意呀，不要你去刻意奉承人家，成天往人家脸上贴金，也不至于要在人家过生日的时候，给人家送一瓶墨水儿，往人家脸上抹黑吧。

又说，你这样做，不但伤了王静雅，也伤了我们同室的女同学，本来大家想高高兴兴地给静雅过生日，被你这样一闹，把大家的兴致都搞没了，难怪静雅恨你，放我身上，我也不会理你。

末了，又给他交代了一些恋爱注意事项，就结束了这次谈话。

祝先生说，这次谈话，是他生平第一次接受恋爱启蒙教育。他在国外出生，在国外长大，他父母每到一个国家，不是让他在当地插班读书，就是把他送进一所国际学校，同学都是匆匆过客，既没有很多交往，更谈不上感情上的交流。就是到了情窦初开的年龄，也不过是从书上得来了一些朦胧的想法，并不知恋爱为何物，要如何着手。回国上大学后，就由着自己的性子去做，喜欢谁就去追求谁，也不管人家的想法怎么样。他觉得爱谁不爱谁，本来就是个人的事，王静雅不爱自己，也没有错，问题是，我让她受到了伤害，这就是我的错。

既然闹出了这么大的乱子，自己去赔礼道歉就是。可是，无论用什么方法，王静雅就是不接受他的道歉。直接找王静雅当面道歉，人家根本就不跟他照面；间接求王静雅同室的女同学捎封道歉信，不是原封不动地退回，就是被告知，王静雅已把它扯得粉碎。

既然王静雅不接受道歉，那就该向她同室的女同学道个歉。一个一个地道歉太麻烦，快到元旦了，祝先生就想给她们集体送一个花环。南亚一些国家就兴给人送花环，北美地区也有把花环挂在门上的，都是表达友好和善意。

没过几天，元旦就到了。元旦这天，祝先生到花店去买了一个花环，又在上面加插了许多花，就兴冲冲地跑到女生宿舍，用透明胶带粘挂到王静雅的宿舍门上。

挂的时候，出来进去的女生就感到奇怪。等他回到男生宿舍，过了一会儿，就有室友从外面跑回来质问他，你发神经啦，怎么一大早跑到女生宿舍去送花圈。

等他被室友拽到女生宿舍一看，果然在王静雅的宿舍门前，围了一大群男生女生，一边看一边指指点点地说，太不像话了，报复性也太强了吧，小心眼儿，简直有点恶毒，这样的男生，难怪静雅不喜欢，我看他一辈子也找不到老婆。

听到这里，我实在是憋不住笑。花环，花圈，这是哪跟哪呀，怎么就扯到一起来了呢。

祝先生说，别笑，别笑，那年月见的事情少，我也不知道自己当时怎么会想出这么个烂主意。这件事后来在同学中成为笑谈，现在聚会的时候，还常常要拿这事来跟我开玩笑。

我说，后来呢。

祝先生说，后来，后来还不是那样，她依旧不喜欢我，我依旧喜欢她。

祝先生说这话时十分平静，就像风雨过后依然盛开着的花朵一样。我真搞不懂，在这个相貌奇古，无论什么时候都不会被人看作是情种的男人心里，藏着的是怎样的一份情愫。

又一年夏天，国家教委在南方的一所大学召开文科科研工作会议。会议期间，我和祝先生又住到了一起。

这天晚上，天气闷热，屋子里蚊子很多，招待所在街面上，连个散步的地方也没有。晚饭后，我们冲了个澡，就钻进蚊帐里面，拉熄了灯，一边抽烟，一边说着闲话。

离上次到北京开会虽有一段时间了，但我知道祝先生对上次的话题，依然意犹未尽。我从祝先生的那句"她依旧不喜欢我，我依旧喜欢她"的话里，也未听出个究竟，也想知道到底后事如何，说着说着，就又扯到王静雅身上来了。

我说，王静雅后来就一直没理你吗？

祝先生说，理？理什么理，要有见面的机会才行呀。她连上课都躲着我，大课好躲，小班上课就那么几个人，要躲也难，结果害得她的希腊史还挂了科。后来还是班上的团支书李腊梅，就是那次找我谈话的那位女同学，给我出了个主意，让我把我的笔记借给她抄，才解开了这个死结。

笔记本都是由李腊梅在中间传递的。祝先生说，开头他还有些紧张，生怕王静雅一气之下，把它撕了。等还回来的时候，他发现，笔记本不但完好无损，而且还变得十分整洁。

祝先生有个习惯，喜欢把笔记本上重点的地方，折叠起来，所以笔记本上的折角很多。在国外读书的时候，写拼音文字，喜欢把纸张和笔记本斜着放，回国后写中文，放正了不习惯，斜着写又不方便，就这样，一时斜一时正，扯来扯去的，把笔记本的封底封面都弄得皱巴巴的。

还回来的笔记本上，折叠过的地方，王静雅都把它抻开了，皱巴巴的地方，王静雅都用开水杯熨平了，又把重点的地方，夹上书签。看上去，笔记本像新买的一样。

起初，祝先生只觉得这女孩子细心，并不在意。有一次还笔记本的时候，李腊梅说，注意了哇，事情正在起变化哦。

祝先生说，什么变化不变化的，还不是一天到晚躲着我。

李腊梅说，躲也要看怎么躲呀。

祝先生说，还能怎么躲，你当是捉迷藏呀。

李腊梅说，你这人真是不开窍，你没看见你的笔记本里躲着另一个王静雅吗？就把笔记本上的这些变化深藏的意味，跟他点拨了一通，祝先生才若有所悟。

这以后，祝先生就特别留意笔记本上的这些蛛丝马迹。有一次，竟在还回的笔记本里，看到一张窄窄的纸条，上面居然还有王静雅亲笔写下的"谢谢"两个字，这让祝先生喜出望外，当下，就把这个喜讯告诉了李腊梅。

李腊梅觉得既然有这样的转机，就撺掇祝先生也回一个纸条，以示礼貌。

自从在王静雅那儿碰了钉子以后，祝先生利用课余时间，恶补了一下自己的恋爱知识，以前除了专业书，他很少阅读文学作品。虽然世界史的专业书上，也有很多外国人的爱情故事，但都只讲了一个梗概，而且大多是有影响力的历史人物的事。一般人的爱情故事，只有在文学作品中，才能读得到。而且文学作品中的爱情故事，往往写得真切细致，有的甚至把男女之间的那点私事，也写出来了。这令祝先生常常看得耳热心跳，在这耳热心跳之间，也渐渐地体悟到了男女之情的那点奥妙。同时还背熟了许多名篇名句，包括一些著名的情诗和情书作品，记住了它们的作者和出处，也通晓作者使用的对象和情境。

有了这一番修炼，祝先生提起笔来就有如神助，虽然李腊梅的意思，是只叫他回个纸条，以示礼貌，但祝先生自己也不知道为什么，写着写着，就收不住场，最后竟把他对王静雅的第一印象，他怎么喜欢她，怎么想跟她交往，被她冷淡拒绝后又怎么失望，包括对送礼事件的歉意和悔恨等等，都写了进去。而且，每一种情感和情绪状态，差不多都配上了相应的爱情诗文，引用了相应的爱情故事，最后竟成了一封缠绵悱恻又充满书卷气的情书。

祝先生很得意自己的作品，觉得他把自己这些时日想对王静雅说的话，都写进去了。他不想让李腊梅看到它，怕夹在笔记本里太厚了，打眼，就用胶水一张一张地分散粘贴到笔记本里，使笔记本看上去像平时一样厚薄。

笔记本过了好几天才还回来。还笔记本的时候，李腊梅把一叠信纸丢在他面前，故作严肃地说，好哇，我说祝勇敢哪祝勇敢，你还真够勇敢的啊，你这样做，就不怕吓着人家啦。

我这才知道祝先生的大名叫祝勇敢，以前只叫他祝老师或祝处长。

见祝先生低头不语，李腊梅知道他已经意识到了自己的鲁莽，就又和颜悦色地说，为什么要这样呢，没听俗话说，性急吃不得热豆腐吗，加上送花圈，你已经吓过人家三次了，我看你这次还有什么本事回天。

我就笑祝先生勇敢有余，谋略不足。

祝先生说，其实我那封信已经打动了王静雅。

我说，你怎么知道呢，是王静雅亲口告诉你的？

祝先生说，那倒不是，是李腊梅告诉我的。

我说，李腊梅是怎么知道的，难不成王静雅把她的想法，跟李腊梅说了？

祝先生说，这事说来话长，反正闲来无事，你听我慢慢地跟你说吧。

他在帐子里又点着了一根烟，又问我要不要。我说，我有。随后也划根火柴把烟点着了。我俩就这样隔着蚊帐，互相看烟火明灭，一个讲一个听，用接下来的故事，消此长夜。

祝先生说，其实，李腊梅当时什么也没说，是做了我的老婆之后，才跟我说了实话。

李腊梅说，那次王静雅还笔记本给她的时候，她就觉得有点不对劲。以前是平平淡淡地往她面前一放，有时还要故作冷漠，装出一副并不领情的样子。那次却像打摆子发烧，满脸通红，呼吸急促，当着她的面，把笔记本打开，把里面粘贴的纸，一张一张撕下来，塞到她手里，转身就走。

李腊梅问她，怎么啦？

王静雅说，你自己看吧。就不见了人影。

见王静雅这样，李腊梅不知道这个祝勇敢又怎么得罪王静雅了。等到她把王静雅塞到她手里的那一叠纸，从头到尾看了一遍，才发现是一封信，自己也禁不住呼吸急促，满脸发烧。

本想追出去问一下，是怎么回事，却又禁不住坐下来把那封信再看了一遍。这一遍看下来，就不是简单的生理反应了，而是连那根敏感的神经末梢都被触动了。

李腊梅生在农村，长在农村，从小到大，只在书上读到过谈恋爱的故事，真正看人家实际操练，这还是头一回。

一开始，她觉得祝勇敢和王静雅像两个乡下孩子在过家家，闹着好玩。当时还在想，难怪许多人喜欢谈恋爱，原来恋爱这么有意思。

等到她读了祝先生写给王静雅的这封信，才知道这不是一件闹着玩儿的事，像这样下去，弄不好要搭上一条命。

此后，连着几个夜晚，李腊梅睡觉都不得安神，白天上课也有些精神恍惚。压在枕头底下的那封信，也时不时要翻出来看一下，就像电影里的那些鸦片烟鬼上了瘾一样。

那个她觉得荒唐可笑的祝勇敢，也像鬼魂一样，在恍惚中缠绕着她，陪她一起听课，陪她一起散步，陪她一起上图书馆，陪她一起进饭堂，陪她参加系内系外班级和团支部的各种活动。

她感觉到这个被同学在背后叫二杆子的祝勇敢，在爱情问题上，确实十分勇敢，感情也非常细腻。单看他写给王静雅的那封信，要说勇敢，勇敢到只差当众喊口号，像电影里的洋人那样，大声说我爱你。要说细腻，细腻到他的所作所为，有时让人觉得反常。

信中说，有一次雨后，他把王静雅在那条小路上走过的脚印，用胶泥拓下来，做成模型，摆在家里的书桌上，家里人都以为是从市场上买回来的雕塑作品。又有一次，他在王静雅经常走的小路上，洒满了花瓣，等着她踏上这条铺花的小径，结果王静雅没有来，花瓣被早读的同学踩得稀烂。

他在信中向王静雅坦露心迹说，你给我的接近你的通道，只有这条狭窄的小径，所以这小径上的一草一木，一砖一石，连同你的身影和你走过的脚印，吹在你身上的晨风和你沐浴的朝霞，我都看作是我的生命。

好几天时间里，李腊梅都沉浸在这封信的情境之中，不知不觉地就当了王静雅的替身。就像庙里的供品，本来是献给如来佛的，结果却被阿难和迦叶享用了。直到有一天，祝先生要用笔记本，她才记起来该把笔记本还给主人了。

这以后，祝先生又给王静雅写过几封信。见王静雅把分散粘贴的纸张都撕下来了，以为她不喜欢这种方式，就大大方方地将信装进一个信封，夹在笔记本里让李腊梅传递过去。

接受第一次的教训，祝先生在以后写的信中，措意和用词，都不敢那么生猛，除了表达爱慕之情依旧是写信的宗旨，有时候也讲一点国外的见闻和外国人的风俗习惯，就像在跟王静雅开一门世界史的辅修课。

这些信李腊梅都截留下来了。截留下来的信，李腊梅有空就拿出来看看。一来是这种纸上谈情的感觉，让她心醉，也让她从中领略了一个青年男子的至爱真情；二来是从这些信中，她也学到了许多书上没有的知识。

有这样两重原因，这些信差不多就成了李腊梅的圣经，其中的许多句子，她都背得下来，有时候坐在教室里听课，她也会情不自禁地念叨几句，弄得坐在旁边的同学都用异样的眼光看着她，以为她的脑筋出了什么问题。

因为没有遭到王静雅的拒绝，祝先生就决心把这件事进行到底。一门小课结束了，还有几门课也是小班上课，王静雅既然还要躲着他，正好给了他一个继续写信的机会。

李腊梅不是说，俗话说，性急吃不了热豆腐吗，那我就文火熬粥，慢慢来。

俗话不也说了吗，精诚所至，金石为开。我就不相信王静雅是铁石心肠，不为我的至爱真情所动。

其实，就在祝先生下定这样的战斗决心的时候，王静雅已经把实情告诉了李腊梅。

像这样背着人家当替身，李腊梅毕竟有些心虚，有一次，在给王静雅送笔记本时，就故意激她说，躲着人家，又要抄人家的笔记，好意思吗？你还有没有良心哪？

王静雅说，我怎么就没良心啦，他的笔记本，我哪次不是整理得好好的，笔记本原本乱七八糟的，像个烂账本，亏得我一点一点地帮他抻直熨平。

李腊梅说，哦，这就算有良心啦，你就不能跟他面对面地谈一次，行和不行都把事情说开了，哪怕是像普通同学一样见见也行哪。

王静雅说，算了吧，还是不见为好，我实在是怕了他。

李腊梅说，有什么好怕的，他又不会吃了你。

停了停又说，他这人哪儿都好，就是在这件事情上太性急了点，话又说回来了，他这么性急，那也是因为他太爱你了呀。

说到太爱你了，李腊梅心里乱跳，王静雅也是满脸通红。

王静雅赶紧打断李腊梅的话说，你就别说了，我也知道他是一片真情，不怕你笑话，那封信有些地方，我也感动得流眼泪。

顿了顿又说，不过，我的事情不是那么简单，由不得我想爱谁就爱谁，也不是一句话两句话就说得清楚的，等有机会了我再跟你细说。

我说，王静雅后来跟李腊梅说了什么吗？

祝先生在帐子里瓮声瓮气地说，说？哪有机会说，不久，我们就毕业了，天各一方，分配时走得急，李腊梅还在乡下搞社教，她俩连个见面道别的机会也没有。

故事听到这儿，我实在觉得遗憾，又觉得好像没有完结，就问祝先生，你们就这样断了？

祝先生依旧瓮声瓮气地说，断倒没断，不过跟断了没有两样。

我说，都天各一方了，断了也就断了。

祝先生说，你倒说得轻松，这是能说断就断的事情吗？

我说，那还能怎样。

祝先生没有回答我。

这时候，窗外忽然响起了一声闷雷，像是要给我们营造一种舞台气氛似的，紧接着凉风起来了，竟哗哗啦啦地下起了一场暴雨。

祝先生把手伸到帐子外面，在烟缸里掐灭了烟头，又探出头来说，有样东西，你想看吗。

看样子，故事还有进展，我正求之不得呢。就说，想看，怎么不想看呢，你给我看的东西我都想看。

见我这样一说，祝先生干脆扒开蚊帐，跳下床来，从枕头底下拿出一个笔记本，又小心翼翼地从笔记本的封面夹层里，抽出一张纸片，说，你看吧，这就是她。

我接过来一看，原来是一张一寸的黑白登记照片。

照片上的王静雅，看不出有多漂亮，不过是像那个年代的女大学生一样，留着齐耳的短发，用橡皮筋扎成当时流行的秧把辫，左右支开，乍一看，倒有几分英姿飒爽的气派。

只是时间较久，照片已有些泛黄，这飒爽英姿便也减了几分成色。

祝先生见我盯着照片看了半天，就说，怎么样，还行吧。

我故作夸张地说，行哪，怎么不行呢，简直是太行了，放在今天，这王静雅也是个大美人，难怪你当年那么着迷。

祝先生说，也说不上什么美人，俗话说，情中一眼，色中一点。我也不知道我是看中了她哪一点，就这么一见钟情。

又叹了一口气说，唉，可惜有情人成不了眷属，我注定跟她无缘。

我突然想起了这个故事中的一个重要人物李腊梅，就问祝先生，那你跟李师母的缘分，又是怎么一回事呢。

祝先生说，那倒简单，我大学毕业的时候，正好我父母回国工作期满，又要派驻国外使馆，不能再把我带在身边，爷爷奶奶的年纪大了，身边也想有个人照顾，我爸我妈就找我严肃地谈了一次话。

谈话的中心思想也很简单，就是要我找个女孩子结婚，在他们出国前就把婚事办了。

我妈说，谈没谈恋爱不要紧，感情是慢慢培养起来的。结婚后再培养也不迟，我们都是这样过来的。

我爸说，只要女孩子本人和她的家庭社会关系没有问题，跟谁结婚由你自己做主。

李腊梅就成了我的不二人选。

我说，就这么简单？

祝先生说，当然不是这么简单，起码要问问人家同不同意。

李腊梅那时已分配留校搞学生工作，我去征求她的意见的时候，她给我看了这张照片，还有一封信。

她说，这都是王静雅留给你的，我得把你们的事情了结了，才能跟你结婚。

王静雅的信写得也很简单，不过，信上说的事情却多少有点复杂。

王静雅说，她出生在一个资产阶级家庭，父亲原来是杭州的一个绸缎商人，解放前夕把生意转到了香港。父亲离开杭州的时候，把她托付给了店里的一个老伙计，让他把她带到乡下去，等他们安定下来了再来接她。谁知她父亲这一去就再也没有回来。后来通过一个熟人跟她父亲联系上了，她父亲带信给他的这个老伙计说，他在那边生意不景气，过得也不好，不想把静雅接过去。既然静雅在你身边长大，你又送她上学读书，我相信你必待她像你的亲生女儿一样。

又说，你家庭成分好，现在生活安定，相信她跟着你比跟着我有出息。你要是不嫌弃，就让静雅做你的儿媳妇吧。你儿子我见过，小时候就挺机灵的，现在一定是一个不错的小伙子。

王静雅就这样被她父亲单方面许给人家做了儿媳妇。

王静雅在信中没有说她愿不愿意，也没有说那男孩儿怎么样，更没有谈他们之间的感情上的事，只在信的结尾说了一句，我结婚以后就要随军，这张照片送给你，谢谢你这几年给我抄的笔记。

我说，这下好了，你们三人谁也不用牵挂谁了，各人过各人的小日子。

祝先生叹了口气说，我和李腊梅结婚后，也确实踏踏实实地过了一阵小日子，只是没跟王静雅当面把这件事说清楚，没听王静雅亲口对我说，我心里总觉得不踏实。

后来就托人四处打听王静雅的下落，她结婚后跟丈夫去了哪个部队，她丈夫的部队在哪儿驻扎，她现在在干什么，等等，都想弄个清楚明白。

李腊梅起先并不在意，知道他就是这么个人，更何况王静雅也是自己要好的同学，在他和王静雅的关系中，自己曾扮演过一个重要角色，最终还取代了王静雅，由一个跑龙套的变成了主角。

就也托人帮忙四处打听。打听的结果是，王静雅结婚后，就随她的丈夫去了大西北。她丈夫的部队担负国防工程建设任务，是个保密单位，行踪不定，准确的驻地根本无法打听，也不便打听。再说，就是打听到了，也不过是图个心理安慰，弄不好，还会惹出一些麻烦。既然如此，渐渐地，李腊梅也就把这事放下了。

谁知祝先生却是一根筋，非要打听出个结果来不可。托人打听不行，就亲自到西北去查访。

怕李腊梅生疑，祝先生出去的名义，大半都是参加学术会议，有时候也说是人家邀请讲学。他就利用这些机会，根据他预先得到的一些线索，到西北各地找人打听。有时还挎上军用书包，深入到野战部队，甚至是边防部队的驻地。

偌大个西北，这样的查法，自然不会有什么结果，所以，祝先生每次回到北京，李腊梅问起开会或讲学的情况如何，祝先生敷衍了几句以后，总免不了唉声叹气。

其实，李腊梅对祝先生到西北去干什么心知肚明，就算是不知道他的具体行踪，他那身仆仆风尘，也不像开会讲学后的样子。李腊梅只是不愿意揭穿他，给他留着面子，也怕伤了夫妻感情。

就这样，祝先生每年都要出去几次，李腊梅见他既没影响工作，家里也不指望他干什么，诸事无碍，就由他去了。

忽然有一天，李腊梅接到祝先生的学校打来的一个电话，叫她马上到学校的保卫处去一下。李腊梅去了以后，才知道祝先生在西北某地被人扣下来了，说他在一个部队驻地的营房附近四处活动，向人打听一个叫王静雅的女子的下落，人家怀疑他是坏人，就把他扣起来查问，要他们学校带介绍信去领人，李腊梅只好跟着学校保卫处的人去了西北一趟。

这一趟回来以后，李腊梅觉得祝先生的这种行为，已经构成了一种病态，有必要找他好好谈一次。就在一个星期天，把他带到了北大的未名湖边。两人在树林中的那条小道上，一边散步，一边说着学生时代的一些故事。说到王静雅，也像当年一样，毫无避讳。

李腊梅说，你现在还找得到静雅在这条小道上留下的脚印吗？

祝先生看着李腊梅，没有作声。

李腊梅又说，你现在还会用花瓣铺满静雅走过的这条小道吗？

祝先生收回目光，轻轻地摇了摇头。

李腊梅说，有些东西，像地底下埋着的宝贝，你只能好好地守护着它，不要老想着去打开它，我也帮你一起守护着，让它永远像当初一样光鲜亮丽。

李腊梅见祝先生依旧不语，抬头一看，祝先生眼里已噙满了泪水。

这一次谈话以后，祝先生果然绝了西北的行迹。不久，他跟同事一起到西北串联，本想再借机打听一下王静雅的下落，想起李腊梅的那次谈话，又断了这个念头。

祝先生说，这以后的事，就不用我说了，后面又是专业，又兼行政工作，加上孩子也已长大成人，要操心他成家立业，已无暇他顾，有时候想起了王静雅，也只能偷偷地看看这张随身带着的照片，聊以自慰。

我说，难怪照片上的王静雅脸色发黄，原来都做了你的精神营养。

祝先生笑笑说，你这个学文学的，就是会说。

这次南方会议之后，我就辞去了行政职务，回系里教书。后来到北京开会，虽然有时候也想去看看祝先生，但都因为来去匆匆，未能成行。

许久没到北京开会了，祝先生也应该退休多年了，他现在的情况怎么样了，还会想着那个王静雅，还要时不时看看那张小照片吗？想起那次衔烟夜谈的情景和他的爱情故事，有时候还禁不住要想念这位长相奇古的老人。

这年秋天，我到北京参加一个学术会议，碰到原国家教委的一个工作人员，谈起以往的熟人，就向他打听祝先生的情况。

他说，正好，我和祝先生住在附近，他夫人是北大的干部，我的家也在北大，都在蓝旗营小区，就隔着一栋楼。

我就央他带我去看一下祝先生。他犹豫了一下，说，好吧，我带你去看看他，不过，他的情况不太好，未必认得出你，你要有心理准备。

出来迎接我们的，是祝先生的夫人李腊梅。李腊梅已退休多年，但看上去还像当年的女干部那样精明干练。高高的身材，花白的短发，腰板挺直，声音洪亮，一点也看不出年过古稀的样子。

带我来的人说明来意，把我交给李腊梅就走了，我和李腊梅就在她家的客厅里叙话。

见我来了，李腊梅十分高兴，一边跟我张罗茶水，一边说，闻名不如见面，那些年，总听老祝说起你，说你年轻，头脑清晰，思想解放，聪明能干，大家都喜欢你，他和你是好朋友。

我谦虚了几句说，哪里，哪里，是祝先生错爱，我哪能高攀。

李腊梅笑笑说，他这人不用高攀，也不会错爱，他一直把你当知心朋友，以前每次从教委开会回来，都要跟我说到你，连你俩在一起聊些什么，也都倒给我听，后来你辞职了，他退休了，虽然你们已有多年没有见面，但他平时也没少念叨你。

到这时候，李腊梅才面色凝重地说，可惜你这次见不到他了，你以后恐怕也很难见到他了。

听李腊梅这样一说，我心里咯噔了一下，就问，祝先生怎么啦？他还好吗？

李腊梅把倒好的一杯茶随手递给我说，别急，你先喝口水，听我慢慢跟你说。

李腊梅说，祝先生是十几年前退休的，刚退休的那阵子，他还一门心思地整理他的讲义，准备出书，每日里忙出忙进，到处翻找资料，还让我从北大图书馆帮他借回了很多参考书。本来就这样安度晚年挺好的，一个学者，晚年能潜心著书立说，还有什么可求的呢。谁知后来发生了一件事，彻底把老祝给毁了。

我说，有什么事能毁得了祝先生，他见多识广，通情达理，人又随和，有什么事能毁得了他。

李腊梅说，说起来还是年轻时的那点事，我以为这么多年，他已经把这些事都忘了，谁知还像当年那样一根筋。

见我听得有些迷糊，李腊梅就说，就是我们和王静雅之间的那些事，我知道老祝以前都跟你说过，我也就不藏着掖着了。

听明白了，也就没有什么忌讳了。我说，王静雅不是去了西北吗，还能有什么事。

李腊梅说，也怪我自己大意，不该留着那包信。不然也不会惹出后面的事。

原来祝先生当年让李腊梅传递的那些信，李腊梅截留下来之后都没有销毁，而是放在一个旧木箱里保存起来了。原想着给年轻时的浪漫留点纪念，谁知后来被祝先生翻找资料时给翻出来了。

祝先生就拿着这些信质问李腊梅，问她为什么要这样做。一向好脾气的祝先生，这次跟李腊梅大吵了一通，以后就像变了个人似的，不依不饶地成天跟李腊梅唠叨这件事。

李腊梅说，唠叨唠叨也就罢了，我听着就是，这都是我自作自受。我当年也太过分了，当时只想着，反正他俩也成不了，又何必多余传递这些信件呢，看过之后，就随手把它留下了。

谁知祝先生不光是唠叨而已，而是放下手中正在整理的讲义，成天去读那些信件，好像这些信不是他自己写给别人的，而是别人写给他自己的。读着读着，有时还被自己写的信感动得涕泗横流，又哭又笑。见此情形，李腊梅感到有些不大对劲，就私下里去找心理医生咨询，医生说，这可能是过激情感反应，等观察一段时间再说。

这期间，祝先生和李腊梅参加了一次同学聚会。健在的同学基本上都到了，只有几个同学因为这样那样的原因没有来，这没有来的人当中，就有王静雅。

王静雅没来的原因不用讲，大家都能理解，知道她老伴前年去世了，她没有心情来参加这次聚会。

李腊梅此前没把王静雅丈夫去世的事，告诉祝先生，祝先生是在这次聚会时，才听同学们说起的。听到这个消息时，祝先生当时也没有什么反应，后来就一声不吭，一个人找个角落在那里闷坐，整个聚会期间都不跟同学说一句话。同学们都知道他当年追求王静雅的那点故事，也知道他心里难受，就让他一个人静静地待着，谁也不去招惹他。

这次聚会回家后，李腊梅发现祝先生起了一些变化，每日里除了照旧要翻读那些信件，有时候还一个人偷偷地外出，连个招呼也不打。

祝先生在这样的状态单独外出，李腊梅感到十分紧张。有一回就悄悄地跟在他后面，看他去了什么地方。结果发现，祝先生出了小区之后，径直进了北大校园，而后又到了未名湖边，在未名湖边转了一会儿，就停在他以前跟随王静雅的那条小路上，一边走，一边念念有词，像自言自语，又像在跟谁说话。

当年的小路已发生了很大变化，渣土的路面已铺上了石板，路边的花草也经过了修整，显得宽敞一些。

李腊梅跟上祝先生以后，也不打招呼，只默默地和他并排走着，任他把自己当作当年的王静雅，听他自说自话地帮自己纠音提词。

走了一会儿，李腊梅发现祝先生突然停下不走了，等她回头一看，却听见他对自己说，你走前面，你走前面，我挤着你了。李腊梅顿时眼睛发热，赶紧走过去拉着他的手说，老祝，是我，是我，我是李腊梅。一边说，大滴大滴的眼泪一边顺着脸颊扑簌簌地掉了下来。

这以后，祝先生的情况越来越严重。以前常读的信，也不读了。以前要去的小路，也不去了，整日里在书房里枯坐。辛辛苦苦搜集来的研究资料，散落一地，也不去收拾。正在整理的讲义，永远停留在发病前的那一页。后来连认人都成了问题，不是把老张叫成了老李，就是把老刘认成了老常，有几次竟把李腊梅叫成了王阿姨。

到这时候，医生终于给了祝先生一个诊断结论，晚发性阿尔茨海默病。

无论如何，李腊梅也不能接受医生的这个结论，她依然执拗地认为，这是医生当初说的过激情感反应引发的心理问题。俗话说，心病还须心药医，眼下，最好的心药，莫过于祝先生刻骨铭心的那些情感记忆。

于是李腊梅一有时间就陪着祝先生回忆往事，回忆的重心，自然是他俩和王静雅三人之间的交集，包括她第一次读到祝先生写给王静雅的那些书信散页时的感受，她截留祝先生后来写的那些信件时的想法，以及她在祝先生追求王静雅的过程中，对祝先生日渐加深的恋情，还有祝先生给王静雅送生日礼物闹的笑话，向同学道歉造成的误会，等等，点滴不漏，巨细无遗。

说是两个人在一起回忆，实际上只是李腊梅一个人在自说自话。李腊梅说，她差不多把年轻时想说而没有说的话，该做而没有做的事，把藏在心底里几十年的秘密，都一股脑儿地在祝先生面前坦露。虽然祝先生对她的回忆，依旧没有什么反应，但她却感觉，她和祝先生的恋爱，从这时候才真正开始。有时候，她甚至被自己的真情所打动，说着说着，就禁不住停下来含着眼泪看着面无表情的祝先生出神。

像这样的回忆治疗持续了一段时间，祝先生的情况仍无好转。有一天，李腊梅带祝先生去菜场买菜，出了小区，没走几步，祝先生突然说，西北，西北。李腊梅说，错了，菜场在东边。祝先生也不反驳，仍然执拗地说，西北，西北。然后就不停念叨着西北的一些地名和部队的番号，李腊梅这才明白，原来那颗治疗心病的灵丹妙药，远在天边。

李腊梅回去就跟王静雅打了一个长途电话，这个电话打了两个多小时，在电话中，李腊梅把所有的事情都跟王静雅说了个透，包括祝先生目前的状况。末了，又跟王静雅说，我把那包信给你快递过来，几十年过去了，你也该听听他对你说了些什么。

快递发出去半个多月后，李腊梅接到了王静雅的一个电话。王静雅在电话中说，你把老祝送过来吧，别的什么都没说，就把电话挂上了。

李腊梅把祝先生送到西北，在王静雅家住了几天，就回北京了。这以后，就听王静雅每天在电话里报告祝先生的情况。

这不，前天，静雅在电话中说，老祝终于叫了她一声静雅，此前总叫她王阿姨。李腊梅说，我家请的钟点工姓王。

我说，太好了，这真是太好了。

李腊梅却木然地看着我说，好吗？你说这好吗？

常教授的韵事

说到韵事，习惯上总喜欢搭配上"风流"二字，但这风流，又不是原本意义上的风度、风采、风神、风韵之类的意思，而是直接指向男女之事。这就未免委屈了前人说的是真名士自风流的那份潇洒，更不用说老人家的数风流人物还看今朝的豪气了。

常教授一生的韵事，就活生生地毁在被人搭配的这风流二字上面。

我最初见识常教授的风采，是在一次作品研讨会上。那年月，文学创作十分活跃，我在业余时间，也搞点文学评论，所以常常参加一些文学作品研讨会。

有一年，本省有位青年作家写了篇小说叫《维纳斯闯进门来》，说的是一尊断臂维纳斯的石膏像，闯进了一个革命干部家庭的故事。

围绕这尊从外国买回来的半裸女神像，在这个家庭内部，两代人之间，展开了激烈的思想斗争，表现了不同的家庭成员对这尊从外国来的象征爱与美的女神不同的情感态度。

作者的本意是想说，动荡的岁月过去了，生活恢复了常态，爱与美也应该回归了。

与会者也是围绕这个意思，从不同的角度去发挥：有的称赞作者思维敏锐，抓住了当前生活中的一个重要问题，跟上了时代潮流；有的说，把外国人崇拜的爱与美加到中国人头上，不太合适；有的认为两代人的思想斗争写过头了点；有的也说表现这种回归题材，要有分寸感，要区别对待，不能用今天的爱与美的标准，去否定过去年代的爱与美。总之是众说纷纭，莫衷一是，研讨会的气氛十分活跃。

轮到常教授发言，与会者都禁不住把目光投向他坐的角落。

常教授开会不喜欢在会议桌边落座，这是常跟他一起开会的人都知道的。他的发言往往不同凡响，妙趣横生，也是很多人都亲聆过的，所以对他的发言，与会者的期望值都很高。

常教授这次依旧坐在会议室的角落里，别人发言的时候，他正在跟人说着闲话。这事放在另外一个人身上，会认为他对发言的人不尊重，但常教授不同，大家都知道，他表面上好像没听别人发言，实际上别人说的，他都听进去了，等会儿轮到他发言，需要的时候，他还会征引张三李四说的话。

知道常教授的脾气，轮到他发言的时候，会议主持人就不用现在请某同志发言之类的套话，而是越过众人的头顶，很随和地冲他笑笑说，怎么样，老常，来两句儿？

常教授也不客气，就从座位上站起来，捋了捋飘落在额角的一缕长发，说，你们刚才说了半天闯进人家门里的维纳斯，那不过是一个从模子里翻出来的石膏像，爱不爱，美不美，都由你们说，你们知道真正的维纳斯，是怎么回事吗？

说到这里，常教授略略停顿了一下，用他那双略显狭长的眯缝眼扫视了一下会场，见大家都在等着他说下去，就咳嗽了一声，像走上讲台给学生上课一样，不紧不慢地讲下去：从维纳斯的诞生，讲到维纳斯如何由一个果园的精灵，变成了一个象征爱与美的女神，又从维纳斯的大理石雕像如何被发现，讲到她如何在争夺她的激战中，失去了双臂，附带着还讲了许多世界名画和文学作品中的维纳斯。听下来就像上了一堂选修课。

放在现如今，这些知识从网上都可以查得到，但在过去，如果没有读过很多书，是很难了解到这些知识的，大家都禁不住佩服常教授学识渊博，见多识广。

只是有些传说，在这种场合讲，让在座的女同志听起来，觉得很不自在。比如讲到维纳斯的诞生，他说维纳斯是某个天神的阳具被割了丢到海里，跟海水搅和产生的泡沫所生，又说是被海蚌吞吃了孕育而成，还把这个天神的阳具如何被割的传说，附带着也讲了一通，这么美好的形象，被派给这样的出生，跟这样的一个腌臜的故事搞在一起，连一些拒绝西方文化的人，也觉得亵渎了神圣。

就这样讲讲也就罢了，毕竟是西方人的传说，又不是常教授随意编造信口胡诌的，听不得的，在那时候只能说明你思想保守。

见多数人好像还意犹未尽，主持人也没有要他停下来的意思。常教授话锋一转，又讲起了对维纳斯的欣赏问题，说，维纳斯成了象征爱与美的女神，对她的美也要学会欣赏，否则，这尊女神雕像，就是一块冰冷的大理石，一坨僵硬的石膏泥。

还举例了大雕塑家罗丹指导他的学生欣赏维纳斯雕像的故事，说，罗丹让他的学生把灯光靠近雕像，同时慢慢转动放着雕像的转盘，结果，学生竟在雕像上看到了许多平时看不到的轻微的起伏。

接下来，常教授就发挥想象，从维纳斯的头发、面部，到维纳斯的胸部、腹部，再到被衣裙包裹着的大腿，包括正面看不见的后背和臀部，一点一点地描述这些轻微的起伏。讲到精妙处，还用了许多比喻，有时竟忍不住失声赞叹。看他那如痴如醉，几近迷狂的样子，好像真有一个叫维纳斯的半裸的西方美女站在他面前一样。

常教授的描述刚说到大腿，听众中就起了一阵骚动，还夹杂着一个女同志的声音说，这个——常教授，"这个"两个字拖得很长，"这"字说得很重，不知道是批评还是赞赏。

主持人大约也觉得过了点，就站起来，还像先前那样很随和地朝常教授笑笑说，老常，够了，够了，以后找时间专门请你来搞个讲座。

常教授这才意犹未尽地坐回到原先的角落里去。

有了这一次的印象，我对常教授，感觉上就起了一点细微的变化。

用今天的话说，就是有了那么一点祛魅的意思。

我和常教授在同一所大学同一个系里工作，都是文艺理论教研室的教师。常教授属于我的老师辈，是系里的老先生，虽然没给我上过课，但我对他一直是以师礼相待的。我留校不久，虽然也叫青年教师，但因为上大学晚，其实年龄已老大不小。

对我这样的大龄青年教师，教研室老一辈的先生们都很宽容，不像对一般青年教师那样严格要求，有时觉得他们就像对待同辈人一样。虽然我心目中仍少不了师道尊严，在他们面前依旧不敢造次，但言谈举止，却没有一般青年教师那样拘谨。

常教授是这帮老先生中，脾气性格比较随和的，加上又有个性，所以很容易接近，我平时就少不了跟他开些没大没小的玩笑。这次听他的发言这么有趣，又这么开放大胆，在散会回校的路上，我就半是认真半是玩笑地跟他说，常老师，您今天的发言，把大家搞得心惊肉跳，看样子您对女性人体很有研究啊。

那时候开会没有车接送，也没有的士可招，都是自己骑自行车来去。常教授骑着他那台老旧的飞鸽二八，在我旁边吃力地蹬着，一边蹬一边偏过头来，还像在会上发言那样，很认真地跟我说，世间万物中，人体是最美的，女性的身体尤其是一件精美的艺术品，可惜中国人的禁忌太多，只能到西方的雕塑绘画中去欣赏。

以我当时的水平和胆量，这样的话题，实在不敢接茬，就催促常教授说，快走，快走，回去晚了，食堂就没得饭打了。

一个人就像一间房子，倘若这房子永远大门紧闭，就算你每天从它门前走过，也会熟视无睹，不会往里面望一眼；倘若这房子装着大铁门，你还会有意离得远点，不想碰着它的威严；哪一天这大门要是敞开了，大门里面的东西，就会引起你的好奇心，也会吸引你的目光，你再从它面前走过，不管有意无意，都会往里面瞜一眼。

这以后，常教授在我身边，就成了这间敞开了大门的房子，有关常教授的事，不论大小，都让我觉得好奇。

有了这份好奇心，就时不时会听到有关常教授的一些传言。这传言多半是从学生那儿来的，一时说常教授在课堂上唱歌，一时说常教授在课堂上跳舞，一时又说，常教授把课调到晚上，晚饭后让学生坐在草坪上，自己站在中间，不用板书，也不要讲稿，就这样讲到月上中天。

只有一次，是听一个工友说，你们那个常教授也是怪，上课就上课，发么事弹脚疯，好好的一个讲台，他偏要用脚蹬，这下好了，蹬垮了吧，又得我翘倒屁股去修。

这么多传言，更引发了我的好奇心，有一次课后，我就向常教授课堂上的学生求证。

学生说，是有这事，常教授在课堂上唱歌跳舞，是常有的事。有时候，是讲得高兴了，情不自禁，手舞足蹈，低吟浅唱；有时候是为了把课本上的东西，表演给我们看，增加我们的感性认识。

那个学期，常教授正跟学生讲艺术起源，讲到劳动起源说，常教授就以鲁迅说的"杭育杭育派"为例，说我们的祖先原始人不会用语言交流，在劳动中，为了统一行动，要喊劳动号子，这"杭育杭育"的号子，如果记录下来，就是最早的文学。

常教授就在讲台上低着头，弓着腰，学着伐木工人抬木头的样子，一边扭着腰肢，耸动肩膀，迈动双腿，一边喊着"杭育杭育"的劳动号子，由低到高，由远到近，像真的一样。

有个学生说，常教授的声音好听极了，我听过三峡船夫的川江号子，都没有这么好听。

我说，那蹬垮了讲台，又是怎么回事呢。

学生说，哦，还是讲艺术起源，说西方有个理论家说，假如一个小女孩生气，用脚一跺地板，看见周围的家具在摇晃，觉得很好玩，就再跺一次，想逗自己开心，这第一次跺脚是为了撒气，第二次跺脚就是为了快乐，艺术的审美意识就这样产生了。

学生说，常教授不过是学着那个小女孩跺了一下脚，只怪那个破讲台年久失修，经不起跺，怪不了常教授。

见学生这么曲意为常教授辩护，给常教授这么高的评价，我有心学习常教授的教学方法，就想什么时候抽个时间去听听常教授的课。

转眼又过了一个学期，这学期，常教授向全校学生开了一门选修课，名字叫"艺术鉴赏"。常教授在学校的名气大，这课名又很吸引人，适应面广，所以报课的学生很多，文科理科的都有，一个能容纳二三百人的阶梯大教室，被挤得满满当当。

常教授还是以往的风格，讲到高兴处，手舞足蹈，低吟浅唱。不同的是，在这个课堂上，他很注重实物展示，就是把他讲到的艺术作品，当众展示在讲台上。

这些展示在讲台上的艺术品，都是些图片和微缩的仿制品，也有少数原件，古今中外，应有尽有，所以常教授每次来上课，不是背着大包，就是提着小袋，像个倒买倒卖的二道贩子。他的讲台，也就成了博物馆的展台，连讲台两边延伸出去的桌面，都摆满了这些艺术品。

有了这些实物，常教授就不光是让自己化身于这些艺术品之中，身临其境地去体验，也给学生制造一个特定的艺术欣赏情境，让学生在这个特定的情境中，去体会艺术的美。

有一次，常教授讲到艺术欣赏情境问题，又举了鲁迅的例，说鲁迅说，同样一件艺术品，在不同的情境下，欣赏的心境和效果会有不同，在风沙扑面虎狼成群的时候，人们无心玩弄琥珀扇坠、翡翠戒指；一篇《兰亭序》刻在方寸象牙板上，人们会觉得十分精美，倘若挂到万里长城的墙头，就会显得滑稽。

大约是离万里长城太远，面前又无扑面风沙成群虎狼，无法当场演示，讲到这里，常教授就随手点了一个坐在第一排的女生，请她站起来，转过身去，面向教室的同学，让同学们记住她的形象，然后又让这位女同学走几步，站到教室门口，站在斜射进来的阳光下，再让她面向教室里的同学，问同学们前后的印象如何。

就有同学半是认真半是玩笑地回答说，这位女同学本来就很漂亮，刚才被我们的阴影遮蔽了，现在站在教室门口，换了一个背景，被阳光一照，就更漂亮了，我还以为是七仙女到教室里找董永来了。

教室里顿时爆发出一阵开心的大笑。

这节课我在场，一直坐在同学中间听课。百闻不如一见，常教授的这种教学方法，让我佩服得五体投地，他在课堂上自由灵动的发挥，也让我感叹莫名。

这事过去不久，有一次在系办公室的走廊上，我碰到管教学的系主任孙老师。孙老师说，听说老常在课堂上让女生当众表演，人家告他侮辱女生，你知道这事吗？

我一听就知道孙老师说的是什么事，就把我当时见到的情况跟孙老师做了汇报。孙老师听完后，倒没有太大反应，只哦了一声，说，原来是这么回事。

又加了一句说，这个老常，做什么事都随心所欲，大刺刺的，不注意细节。

我听不明白，就随口问了孙老师一句说，这有什么不对吗，常老师没注意什么细节？

孙老师说，你不知道，人家的男朋友说得有多难听，说常老师把那个女生叫到教室门口，让她站在明亮的阳光下，从光线暗的教室里看过去，通体透明，连胸衣都看得清清楚楚。

这男生说，他的女朋友这天刚好穿了一件薄绸衬衫，这等于是把他女朋友的上半身都暴露在光天化日之下。

我也学着孙老师哦了一声，说，这我倒没注意。

又补了一句说，除了她的男朋友，我相信别的同学也不会注意这个细节，这男生太敏感。

孙老师后来还是代表系里跟常教授谈了一次话，提醒他以后在课堂上讲课要多加注意，说事情本身怎么样，是一回事，由这件事引起的议论和传言，又是另一回事，人言可畏，不能不小心注意。

据孙老师后来跟我说，这事后来传得越来越离谱，越来越邪乎。说中文系的那个常教授有事无事，总爱盯着漂亮的女生看，看得人心里发毛，又说常教授在课堂上展示裸体像，让学生看春宫图。

唉，真是不堪入耳，把好好的一个老常，硬是给糟蹋了。孙老师实在说不下去了，只好摇摇头，重重地叹了一口气。

不知为什么，常教授那次在研讨会上谈维纳斯欣赏问题的发言，也传到了学校，说常教授就喜欢欣赏女性的上半身，虽然一个是神，一个是人，一个是艺术品，一个是真身，但事情的性质是一样的，常教授从此就得了一个"常半身"的绰号。

那年月的大学校园虽然没有现在的事儿多，但也没有现在开放，像这种现在根本就不算事的事儿，那时候摊在一位老师身上，而且是一位德高望重的老教师，有口难辩，压力还是很大的。

果然，这以后常教授在课堂上，就收敛了许多。好长时间，没听人说常教授在课堂上唱歌跳舞，也没听说常教授的教学方法，有什么新的改革和变化。我想向常教授学习，也就止于以前的经验，他的课堂，我也不常去了。

这期间，我跟常教授一起，到外地去参加了一次学术会议。

20世纪八九十年代之交，有一段时间，流行跳交谊舞，无论召开什么学术会议，主办单位都要在晚上办几场舞会，让大家放松放松，也借此增加一些相互认识和交流的机会。

常教授喜欢跳舞，这是我们这个专业的同行都知道的，所以，每次舞会，主持人必请常教授先来一舞，借常教授奔放的舞姿，破破学者们的矜持，给大家提提兴致。

　　常教授也乐意当这个带头羊，给大家起点破冰示范的作用，虽然也有人说常教授的舞姿不好看，跳的时候老是耸肩，像背上装着弹簧，但他那份投入和专注，认真和执着，却无人能比。

　　跳到高潮处，有时候，没人招呼，大家都停了下来，整个舞场只有常教授跟着他的舞伴在疯狂地旋转，音乐一停，随着就是一阵暴风雨般的掌声。

　　常教授跳舞很挑舞伴，他说，好的舞伴不是她陪着你跳，而是你随着她起舞，她能把你的身体和灵魂，都带上天空，让你在那里自由自在地飞翔。

　　这次会议举办的舞会上，就有这样的一位舞伴。

　　这舞伴姓王，单名一个丹字，是中文系的一位青年教师，面相长得不算漂亮，身材也说不上多么好，但上身精短，下腿修长，接近书上说的黄金比例，是当舞蹈演员的材料。

　　王丹说，她小时候确实也接受过舞蹈训练，后来父母说光跳舞没出息，就考了大学，当了大学老师。

　　常教授说，王丹就是那个能把你的身体和灵魂，都带上天空的舞伴，跟她跳舞，你不觉得是身体在动，而是心灵在荡漾，每一步进退，每一次旋转，你都觉得有一只无形的手，在牵着你飞，就像西洋油画上的天使，要把你带入天堂一样。

　　跟王丹跳了几次舞，常教授念念不忘，以后只要有人提起跳舞的事，常教授必说王丹，以至于在十几年后，我陪他再到王丹所在的学校开会，他还要向中文系的老师打听王丹。

　　这时，已不兴举办舞会，要跳舞，得到广场上去跳。打听王丹，纯粹是因为王丹给他留下了太深刻太美好的印象，只是中文系的老师告诉他，这期间王丹离过一次婚，现在带着一个孩子单过。

吃饭的时候，中文系领导把王丹叫来作陪，谈起那次开会跳舞，王丹记忆犹新，说常教授的舞跳得真好，动作很有弹性。

常教授很不好意思地说，不、不，我跳得不好，他们说我老是耸肩，像背上装了弹簧。常教授的坦率，让大家禁不住哈哈大笑。

事后，常教授跟我说，人说青春易老，果然不假，你看这王丹，当年我看她是女神，是天使，现在看上去，就像鲁迅回乡见到的祥林嫂。言语之中，带着几分惋惜和伤感。

我说，不至于吧，不过是经历了一些人生坎坷，多少有点沧桑感，这都难免，人都是要变老的，你不能希望王丹永远像当年一样年轻。

常教授叹了一口气说，也是。语气中仍少不了那点惋惜和伤感。

感叹青春易老的常教授，不久便退休了。退休后，我就很少见到常教授，也很少跟别的老师谈起他，教研室和系里的老师都已更新换代，年轻的教师有许多都不知道中文系曾经有这样的一位常教授。

我后来也成了老教授，学校搞教学评估，有时候也派我去听听课。这些年，流行另类教学法，讲文言文写作的，让学生用古文给活着的亲人写悼念文章，还要当众念诵，直到弄得人痛哭流涕为止；上《周易》导读的，拿着个罗盘上课堂，一边勘测教室的风水，说哪儿宜坐，哪儿不宜坐，一边伸出手来，掐算吉凶，掐算完了，跟同学们说，今天不宜上课，就扬长而去。

面对这种搞怪的另类教学法，我常常会想起常教授在课堂上的那份身心贯注的真诚投入，如果他还在教学岗位上，不知作何感想。就想，好久不见了，该抽空去看看他。

常教授的孩子都在外地，退休后跟老伴两人守着空巢。常教授的老伴，是美术学院的教授，退休后不是在画室里埋头作画，就是背着画板到处写生，常教授跟不上她动感的生活节奏。项目结题了，没有研究生要带，又不愿到老年活动中心去耗着，他就在满屋的书架前，翻翻找找地打发时光，或一手把着茶杯，一手捂着鼠标，在网上胡乱游走。

忽一日，心血来潮，突然想到了写诗。

常教授年轻时写过诗，用他自己的话说，那是劳者之诗。古人云，饥者歌其食，劳者歌其事。常教授跟我说，我不敢写饥者之诗，怕别人说我给社会抹黑，就歌颂劳动，但劳者之诗写多了，就难免生硬，没有诗应有的那份空灵。

我说，你年轻时跟师母恋爱，就没有给师母写过情诗？

常教授就笑，说，我那叫什么恋爱，你师母是不得已才嫁给我的，看都看了，不嫁不行哪。

我有点糊涂，什么叫看都看了，难道还有连看都不看一眼就嫁的事吗？你们难道是家长包办，不是自由恋爱？

常教授见我犯糊涂，就说，你理解错了，是我的身体先让她看了，她不嫁给我不行哪。

这一说，我就更糊涂了，难道她看见你的时候，不是看见你的身体，而是看见你的照片和画像？

常教授笑得更开心了，说，算了，算了，不跟你玩绕口令了，我干脆跟你说了吧。

就讲了一段他的身体被看的故事。

常教授的老伴是他舅舅的女儿，他舅舅就这一个女儿，视若掌上明珠，从小就让她进学堂接受新式的教育，还请了专门的家庭教师，教她琴棋书画，完全按一个大家闺秀、名门淑女的模式去培养。

常教授是个农村孩子，他爹当年在他舅家的药铺当学徒，跟他妈暗中好上了，后来因为进错了一批药材，怕挨处罚，就带着他妈跑回了乡下的老家，常教授的外公看常教授的爹能识文断字，人还老实，也没追究，就由他去了。

直到常教授出生，他爹妈都不敢回门。解放后，仗着自家的出身成分好，才时不时带着常教授上门走动。

这时候，常教授和他老伴正处在妙龄，又在县城的同一所中学读书，他舅有心撮合这两个孩子，就让常教授住进家里，把这个外甥当儿子养着。

按说像这样朝夕相处，天长日久地，总该擦出一点感情的火花，但偏偏这两个年轻人在这方面，心不往一处想，劲不往一处使，就是把他们用绳子拴在一起，也是白搭。

在常教授眼里，总觉得他这个表妹是娇生惯养的大小姐，肩不能挑，手不能提，四体不勤，五谷不分，哪像乡下女孩，在家听使唤，下田干农活儿，样样都拿得起来。

常教授的表妹对常教授倒没有这些偏见，她既不因为他是农村人，家里穷，像县城的一些女孩一样，瞧不起他；也不嫌他这个乡下孩子穿着土气，举止粗野，没有城里的男生那样光鲜体面，温文尔雅。相反，出出进进，对他反倒有许多依赖，大事小事，有时也跟他抖露抖露，让他出出主意，有这样一个地地道道的劳动人民家庭出身的表哥，她觉得骄傲。

只有一样美中不足，就是她这个表哥的形象，实在是太那个了点，脸长不说，又摊上个女人样的细腰，双肩平直，两肋紧收，上半身像个上下有梁的 X 形绕线耙子被人砍去了半截，结实的后臀像块插旗杆的石头磉子，整个人形看上去就像一个圆球上支着一个三脚架子，三脚架上又摆了一副长梯子。

常教授的表妹这时正迷着画画，教她画画的，是位女老师。这位老师读过正规的美术学校，结婚后一时没出去工作，就靠教人画画贴补家用，常教授就每个周末陪他表妹去这个老师那儿学画。

入门的时候，老师给常教授的表妹做了一个测试，觉得她在她家以前请的家庭教师那儿，已打下了很好的绘画基础，花鸟虫鱼，山石林木，都来得一下，只是先前的老师教的，偏重于传统的中国画，现在应该学些西洋画法，就建议她练习人体素描。

画了一阵子石膏人模，老师觉得常教授的表妹很有悟性，画出来的人体，看上去不但跟石膏像神态酷似，还有那么一点生人气息，就又建议常教授的表妹前进一步，画真实的人体。

画真实的人体，得有真人做模特儿，虽然那时候国内的美术院校都开始相继使用人模，但毕竟大多数国人不能接受，更不用说在一个封闭的小县城，对一个课余习画的中学生来说，简直就是天方夜谭。

老师就根据自己的经验提示常教授的表妹，说，你现在还是学生，不能到外面请模特儿，但可以用自己身边的人，想办法说服自己的兄弟姊妹亲戚朋友，求他们成全。

又说，根据我的经验，请表兄表弟表姐表妹最合适，表亲隔着一层，比面对自己的亲兄弟亲姊妹自在一些，也比面对一个完全不相干的陌生人，少去了一些尴尬。

老师这样一说，常教授的表妹自然就想到了她这个表哥，就问老师的意见。老师说，行哪，看他陪出陪进的，我早就听人说他是你的表哥，他要愿意，那再合适不过。

又说，俗话说，俏像难画，奇形易工。你这个表哥也着实生得奇，他的形体，几乎就是几块标准的几何图形搭建起来的，你画他，容易上手。

老师这样说，常教授的表妹就知道老师是早就想好了的，就去求她表哥配合。

常教授起先死活不肯，后来经不住他表妹死缠烂打软磨硬泡，才答应了下来，但有一个条件，就是不脱衣服，要她隔着衣服画。

常教授表妹家房子多，解放后公私合营，没了伙计，也不请用人，在家里走动的，都是自己人，他们在哪个屋里，做什么事，都无人过问。教画的老师教过了画人体的基本要领之后，偶尔也上门指点一下，剩下的就是他俩对练。

就这样隔着衣服画了一个冬天，两人都觉得别扭。那时候，常教授冬天穿的，是乡下的裁缝做的棉袄棉裤，粗蓝大布面子，跟麻袋一样毛糙，里面的老棉花行得又厚，穿在身上，怎么看都像个气包鱼。别说画出内在的骨骼肌肉，就是外在的形态，也臃肿不堪，常教授的表妹把画好的草稿拿给他看，常教授觉得就像湖面上漂起来的泡胀了的浮尸，嘴上不说，心里很不高兴。

好不容易熬过了冬天，常教授穿上了他舅妈给他做的一身夹衣，脱下了臃肿的冬装，人显得格外精神，常教授的表妹画起来也格外有劲，渐渐地找到了一些感觉，常教授看着画上的自己，也觉得像那么回事。

气候一天天变暖，常教授身上的衣服越脱越多，穿得越来越薄，终于到了炎炎盛夏，常教授脱得就剩下上面一件褡裢，下面一条短裤，除了要紧的部位，身体其他部分都裸露在外。

常教授的表妹觉得这正是画人体的大好季节，一有空闲，就逼着常教授跟她躲到一个小库房里去画画，有时甚至逼着常教授跟她一起逃课。

在小库房里，常教授的表妹要常教授摆开各种姿势，做出各种动作，让她画出肌肉和骨骼的各个块面，各种状态，有时还要凑近了按一按，摸一摸，像牛贩子相牛一样。

小库房闷热，那时候又没有通风换气设备，常常弄得常教授满身大汗，就习惯性地脱下褡裢，让上半身裸露在外。

俗话说，六月无君子。无论乡下城里，都是一样。先前常教授死活不肯脱衣服，到这时候也没觉得有什么不自然，常教授的表妹倒巴不得这样，觉得这样画起来更方便。

画到这份上了，常教授的表妹也算是把常教授看了个透，先前隔着衣服，觉得自己的这个表哥长得怪，生得奇；画了这些时，才知道这怪和奇下面，藏着的是力和美。虽然常教授的表妹这时候还不懂美学，不知道美为何物，但表哥那身棱角分明的骨架，配上那身结实健壮的肌肉，看上去赏心悦目，她还是能够心领神会的。

这天上午，常教授做完了他表妹要他做的几个动作，正想停下来歇口气。他表妹突然说，再做一个双手上举的动作，画完了，你就休息。

常教授于是顺着才做完的弓腿动作，站直了身子，把双手向上一举，谁知这一举便举出了问题，常教授的短裤竟顺着两腿掉了下来。

原来常教授穿的是那年月乡下流行的缅裆裤，这种裤不系裤带，只把宽大的裤腰往里一挽就成。乡下人把挽读成了免，文人又把免换成了缅，于是就成了缅裆裤。

裤子掉了，自然要弯腰去提，就在常教授弯腰的那一瞬间，他表妹突然走上前来，用双手按住他的腰肢，说，别动，别动，就这样，就这样，这个姿势太好了，摆都摆不了这样自然。

常教授就这样被他表妹画了一个弯腰提裤子的全裸像。

听常教授讲到这儿，想象着他当时的那副狼狈相，我差不多笑岔了气。我说，这就叫看都看了哇，像这样就赚回一个媳妇，也太合算了，师母后来上美术系，又留校任教，画了那么多裸体模特儿，你看人家就没有那个福分。

常教授笑笑说，其实她那时已经爱上我了，那不过是一个说法，你还当真。

我说，这不顶好吗，顺理成章，顺水推舟，还少去了许多花前月下谈谈说说的麻烦，只是失去了写情诗的机会，浪费了你的诗才，实在是有点可惜。

常教授说，上大学以后，还是写了的，但你师母瞧不起，说你们这些中文系的，就会酸文假醋，写这种肉麻死人的东西，什么爱呀，心呀的，看又看不见，摸又摸不着，管个什么用。她还是那句话，我看都看了，不嫁给你嫁给谁，你是我第一个看进眼睛里的男人，挖不出去也换不掉，就这么凑合着吧。

又笑着补了一句说，她们画画的，就爱实物。

年轻时没能给自己的恋人写情诗的常教授，到了晚年能写了，恋人变成了老伴，当年的感觉又没有了。这就像一首《我想去桂林》的流行歌曲里唱的，有时间去的时候没有钱，等到有钱了却没有时间。人生就是这么矛盾，这令常教授常常十分郁闷。

常教授的老伴见他为这事发感叹，就劝他说，你写吧，听说恋爱能让人年轻，现在没人跟你恋爱了，你就回想我们当年吧，没准儿也能激发出一点雄性激素，让你变得年轻。

常教授真的就听了老伴的话，有一段时间根据回忆写了很多爱情诗，还把他写的这些爱情诗，编了一个集子，叫《追忆集》，用的是李商隐的"此情可待成追忆，只是当时已惘然"的意思，存在电脑里，说等有机会印出来做个纪念。

常教授的记忆力出奇地好，年轻人自己写的东西，都不一定能记得住，他这把年纪了，却能把他写的诗一字不落地背下来。所以那一段时间，只要教研室有聚会，或招待外面来的朋友同行，必请常教授参加，常教授也就少不了要在餐桌上朗诵他写的爱情诗，有人因此给他送了一个雅号，叫情诗王子。

情诗王子写的诗都很长，主要内容自然是他和他老伴的恋爱经历，尽管他不把那段经历叫恋爱，但那点男女之情还是少不了的，虽然他们不像一般恋爱中的男女那样，当着面你爱我爱地说出来，但闷在心里发酵，感情还要浓烈一些，所以，常教授的情诗，一出手就是原浆，比经过勾兑的酒味道要醇厚。

有些句子，像你把我的身体看进你的眼睛里，我从你的眼睛里偷走你的心之类的，一时间竟成了广为流传的情诗金句。

就这样写了一段时间情诗，常教授的心态果然变得越来越显年轻。往日里跟退休的老同事在一起，不是谈延年益寿、治病养生，就是谈校园八卦、社会传闻；而现在只要一开口，他很快就会扯到恋爱的话题上来，有时候还要这些老同事谈谈各自的爱情经历，询问其中的许多细节，弄得这些老同事哭笑不得，说这个老常，真是老不正经。

跟常教授这个年纪差不多的当年前后留校的，许多都是出身成分好的农家子弟，没有多少复杂的爱情经历，有的还是未经恋爱的包办婚姻，所以常教授从他们身上，挖不出多少创作素材。

情诗的创作资源枯竭了，又令常教授郁闷了好长一阵子。

忽一日，听到一则传闻，说82岁的杨振宁跟28岁的翁帆喜结连理，这令常教授异常振奋，说是老同志的一个福音，于是以此为题，写了一首长诗，歌颂他们敢于挑战世俗，大胆追求爱情的精神，还把他们与五四青年相比，说他们是反封建的斗士。

常教授很欣赏自己的这首长诗，说是他的情诗之最，一有机会，就主动要求朗诵，只是效果不佳。原因是，对于这件事，无论世俗男女，还是学界精英，各有各的看法，不像五四青年那样，冲决封建罗网，追求自由的爱情，除了极少数顽固的封建家长，大家都很赞成，是一种时代潮流。结果弄得常教授十分沮丧，写诗的热情锐减，慢慢地就把情诗的写作放下来了。

再度燃起常教授写诗的热情的，是他夫人带他出去写生。夫人见他不写诗了，整天无所事事，就说，你跟我出去写生吧，不会画，看总会看吧，没听人说，不是缺少美，而是缺少发现美的眼睛吗，生活中美好的事不光是爱情，自然景观和社会人情都有美，你何必跟着那只爱情鸟飞来飞去呢。

一语点醒梦中人，自此而后，只要夫人背着画板出去写生，常教授必紧随其后，有时还带上茶水点心，待夫人画累了，就把画板放平做了桌面，一边陪夫人喝着茶水，吃着点心，一边任清风拂面，看远山如黛，近水含烟，果然心旷神怡，美不胜收。此情此景，又惹得常教授诗兴大发，写了许多歌颂大自然的诗歌作品。

这年春天，校园里春光烂漫，繁花似锦，常教授的夫人觉得置身于这样的美景之中，不留几张画作，实在是太可惜了。平日里写生总爱往外面跑，觉得身边的景致，留到以后再画不迟，现在已是迟暮之年，时日无多，再不画就要辜负这座中国最美的大学校园了，于是就在一个早晨，把常教授带到环山道上，想把这清晨的美景画下来。

天蒙蒙亮，早读和晨练的人都还没有出来，山道上静悄悄的，只有微风掠过树叶，发出沙沙的响声。常教授夫人身子靠着一棵树，手端着画板，目视前方，正一笔一画地勾勒小路和山树的轮廓，常教授站在她身后，也目不转睛地直视前方，有时还要转转脑袋，侧侧身子，好像在寻找透视的角度。

正是晨光初露时分，树林里的雾气像刚开屉的蒸笼，向周遭弥散开来，淡淡的晨曦追赶着雾气，把眼前的景物染成了一幅水粉画。

常教授正看得入迷，忽然发现画面中，不知什么时候出现了一个人影，模模糊糊，恍恍惚惚，像踏着雾气在飘，又像挪着莲步在移，看着走得近了，又见有长发飘动，如瀑布贯顶，颓然而下。常教授禁不住暗暗惊叹，脑子里突然冒出一句诗，帝子乘风下翠薇。心想，老人家写的大约就是这幅景象。

正思忖间，飘然而至的帝子已到了常教授夫人跟前，正跟常教授夫人搭话，因为不是熟人，常教授不好靠前，就在一旁静候。

没几分钟，说话人就跟常教授夫人挥手告别，顺便也跟站在一旁的常教授打了个招呼，常教授这才看到来人的正面。这一看便让常教授吃了一惊，天下真有这等漂亮的女子，明眸皓齿，蟑首蛾眉，肤如凝脂，领如蝤蛴，《诗经》里这些形容漂亮女人的句子，这一刻都争先恐后地跳到常教授的脑子里，一时间竟让打过招呼后的常教授，看着她远去的背影，站在原地，动弹不得。

回到家里以后，常教授就把自己关在书房里，叫夫人不要打扰他，说他要以今天早晨的所见为题，写一首跟宋玉的《神女赋》、曹植的《洛神赋》相媲美的长诗，写好了再给她看。

常教授夫人知道常教授这种神神道道的脾气，果然几天不进他的书房，由着他在里面折腾。几天后，就见他拿着一沓打印好的诗稿，兴冲冲地走出房门，一把塞在她的手里，要她拜读。

常教授夫人接过诗稿，瞭了一眼诗名，《珞女赋》，用了她画的校园小山山名中的一个字，觉得倒还切题，就怀着好奇，一行一行地看下去。

看着看着，常教授夫人的眉头便攒到了一起，渐渐地攒成了一个小疙瘩。待这小疙瘩舒展开来，她又把这舒展开的眉眼，从诗稿上移开，盯着常教授仔仔细细地察看，仿佛从他的脸上，也要读出几行诗来。

常教授觉得奇怪，就笑着说，看什么看，诗写在纸上，又不是写在我脸上。又开了一个玩笑说，我让你看了一辈子，里里外外看了个遍，还没看够哇。

常教授夫人没有笑，却很认真地跟他说，老常，你最近没感觉到你的眼睛有什么问题吗？

常教授说，有什么问题？老近视，以前近视，现在还近视，按说到了我这个年纪，应该有老花来中和一下，怎么我的近视却越来越厉害，你说有什么问题，我看这就是问题。

常教授夫人说，不是，这不是近视，近视是看远了模糊，看近了清晰，你是远近都模糊，越近越模糊，我看不是近视，是别的什么问题，要不要我带你到医院去看个眼科。

好端端的一首诗，自己最得意的一篇诗作，夫人不好好地去欣赏，却把话题转移到眼睛上，这让常教授心情大坏，心想，我的眼睛近视，你又不是不晓得，读中学时就戴眼镜，后来近视的程度越来越深，同事都笑我看书是闻，不是看，你也是知道的，怎么现在突然说我的眼睛有问题。

又一想，她说得也在理，我的近视是有些反常，但要上医院看眼科，搞得惊张太大，也没有必要，就想找个专业人士先咨询一下，再作道理。

学校附近有个私人开的眼科诊所，这天上午，常教授趁夫人到外地去写生，就一个人来到诊所，想让这里的医生先看一下。

医生朝他望了一眼，还没等他说明来意，就直截了当地说，来做白内障手术的吧，您坐一下，等我忙完了手上的事，就给您做。

常教授见医生看都没好好看一下，就说他有白内障，要做白内障手术，心想，自己的白内障大概是很严重了，要不医生怎么一望便知。

常教授平日里做事就没有什么主见，听医生说他要做白内障手术，也不细问，就说，你说做那就做吧，你下手轻点，我怕痛。

医生就笑，说，您都几十岁的人啦，怎么像个小孩子一样，这么胆小。

又安慰他说，不怕，分分钟就好。

当下就在这家私人诊所做了白内障摘除手术，几天后，常教授就觉得看东西清楚了些，等到他夫人从外面写生回来，他就如瞎子重见光明，觉得这世界跟以前竟然完全不是一个样子。

常教授夫人知道他是在一个私人诊所做的白内障摘除手术后，就埋怨常教授说，你胆子也真够大的，这样的地方，你也敢去手术，万一眨巴整成瞎子，整成个双目失明怎么办。

常教授笑笑说，双目失明好哇，总比我整天面对一个不真实的世界强。

常教授夫人见常教授这么得意，也笑笑说，好哇，那我就让你看一个真实的世界。

就又在一个早晨把常教授带到环山道上写生。

依旧是破晓时分，依旧行人稀少，依旧是满山的雾气，依旧有一缕晨曦初照。在一样的水粉画的背景上，依旧站在夫人身后的常教授，居然又看见一个人，在山道拐弯处，走进这个画面之中，这人一边低头看着手中的书本，一边迈动有点外八的步子，缓缓向这边走来，走到常教授和夫人身边，像惯常见了熟人那样，上前跟常教授夫人打着招呼。

常教授夫人说，小李教授，早哇，你真是个勤奋的好学生，风雨无阻，雷打不动，我不管多早上山，都能看到你在山上读外语。

那个被常教授夫人称作小李教授的，是个中年女性，一袭黑衣，罩着显然有点发福的身体，领上的风帽，在晨风中飘动，宛如长发飞扬，看上去，很有点艺术家的风范。

见常教授夫人夸奖自己，小李教授就有点不好意思地说，老师过奖了，这么好的天气，哪来的风雨雷电，风和日丽的，再不赶个早，对不起我自己，也对不起这么好的天气。

又说，您知道我是学英语的，现在要到一个说意大利语的国家去进修，隔着一个语系，不恶补一下不行哪。

本来是熟人见面的客套，说着说着，常教授夫人却有意转换话题，说，我记得你读书的时候年轻漂亮，聪明好学，身材又好，系里的师生都想你当他们的模特儿。

小李教授却不好意思地说，那都是老话了，您看看我现在，都成什么样子了，上下一笼统，不用件黑袍子罩着，简直惨不忍睹。

常教授夫人说，也不能这样说，你还是个大美人儿，上次碰见你在山上读外语，我们家常教授还写了一首诗，把你写成了这山中女神。

小李教授就向常教授夫人索诗。

常教授夫人说，没带在身上，我可以把内容说给你听，就把诗的内容跟小李教授说了一遍。

还没等常教授夫人说完，小李教授就笑得浑身肉抖，说，这哪是我，这是天仙女神，常教授的眼睛一定有问题。

又是眼睛问题，常教授想，看来那次自己确实是看走了眼，就尴尬地笑笑说，艺术想象，艺术想象。

回家的路上，常教授夫人告诉常教授说，小李教授是我以前教过的一个学生，最近要到意大利去进修西画，天天早晨在环山道上读外语，人长得还行，只是没有你写的那么好。

又安慰常教授说，不过，你这首诗写得确实是好，只怕你白内障摘除了，眼睛好了，今后再也写不出这样的好诗来。

常教授夫人一语成谶，自此而后，常教授果然再也没有写出得意的诗作，渐渐地连写诗的兴致也没有了，于是干脆放下写诗，又像以前那样，镇日里对着电脑枯坐。

见常教授这样，常教授夫人就给他在电脑里下载了许多风景照和人像照，都放在桌面上，让他自己换着看。

这些风景照和人像照充满自然气息和生命的动感，其中的许多俊男靓女异景奇观，常教授百看不厌，每每有歌颂和赞美的冲动，却又写不出只言片语，便有几分此中有真意，欲辨已忘言的感觉。

常教授80岁的时候，我们给他搞了一个寿庆，我给他送了一副寿联，上联是世上诸美，先生独爱人体，奈何包裹太甚；下联是人间万语，夫子唯好真言，惜乎无遮至难。

常教授说，所有的寿联中，你的写得最好。

我的朋友胡知之

引子

胡知之死了。

我的朋友胡知之死了。

就在今天凌晨，我接到了他去世的噩耗，是他儿子打来的电话。

他有一儿一女，儿子在学校园林科做临时工，女儿还在念书。那一刻，我想，他的女儿正扶着他泣不成声的妻子，他的儿子则急着打电话告诉我。

我并不吃惊，知道就在这几日，便问，留下什么话了吗？

回答说，留了，他说，告诉你伯伯，对不起，我走了。

因为亲如兄弟，知之的孩子从小就叫我伯伯。

电话那头的语气很平静，没有号啕大哭，也听不到哽咽的气息。

我说，再没别的话？

电话那头说，没有，这句话，他倒是说得很清楚，就像好人一样。

沉默了片刻，又说，他就记得你，旁人都不在他心上。

他竟然把自己归入旁人之列，可见他们父子积怨之深。

我知道，知之说这句话是回光返照，所以他的儿子才听得这么清楚，可他在这最后的时刻，也该给妻子儿女留下几句话，好让他们日后有个念想。曾子曰，鸟之将死，其鸣也哀，人之将死，其言也善。他没有给妻子儿女留下什么遗产，好歹也该留下几句善言。

他的儿子，这个他说一出生就给他带来麻烦，就跟他造乱子的孽子，尤其需要他的几句善言，哪怕断断续续的一点轻言细语也行。他在离开这个世界的时候，应该让他儿子知道，他这个父亲，既然把他带到这个世界上来，就是爱他的，就对他负有义务和责任。

可他没有，无论是善言还是恶语，他都没有留给这个世界，就像每次从我家喝酒出来一样，说声我走了，就头也不回地走了。

我没有到医院去向他的遗体告别，也不打算参加三天后在殡仪馆举行的正式的遗体告别仪式，我不想看见知之干瘪蜡黄的面孔，也不想看见他静卧在他从未享用过的鲜花丛中，我不想听见那些刻意修饰的生平介绍，也不想看见那些稀稀落落半文不白的挽联，我怕走近那些反复租用过的大小花圈，我怕与知之的妻子儿女握手时太过矫情。

我不去送他，他就不会走，我送了他，他就走了，永远不再回来了。

楼下是一个布告栏，专贴讣告用的，平常时节，也有人在上面贴些卖书、租房和论文发表、考研辅导、外语培训之类的广告，现在是知之去世的讣告占据了中间位置。

有人做过专门的研究，说不用看讣告的内容，单凭讣告用几张纸，就知道死者的职称级别。通常是讲师一张，副教授两张，正教授三张，行政人员照套，只有有特殊贡献者才可以破这个例。

知之的讣告只有一张纸，在形形色色的广告的包围之中，孤清又高傲。

他的离去，也是一则广告，只是没有任何商业价值，也不寻求任何交易，就像他这个人的一生，没有什么可卖的，也不会叫卖。

有一群人站在布告栏前，那是去殡仪馆参加遗体告别仪式的，旁边停着一辆交通车，人们相互打着招呼，大声说笑，仿佛是工会组织的一次春游，谁也不给送别知之制造一种合适的气氛，连老天也不。

太阳明晃晃地照着，和风拂面，到处洋溢着春天的气息。

汽车启动的那一刻，我看见知之的妻子在车门边回过头来，朝我住的楼上望了一眼，我怕她看见我站在窗户旁边，就回到书房坐下，汽车轰的一声发动了，我的心也跟着走了。

知之，知之，我送你来啦。

一

我与知之相遇，是在我来新汉大学报到后的一个早晨。

四十多年前，校园的早晨是喧闹的。

走进早晨的树林，满耳是叽叽呱呱的声音，读外语的，背古文的，练发声的，响成一片，有如田畈里的青蛙。当你四处搜寻那些忽高忽低的音源，突然会有一个影子从你身边掠过，紧接着就是一群晨练者杂乱的脚步声，就像行走在蛙声聒噪的田畈深处，突然从身边窜出一个觅食的猪群。

下乡久了，来到校园，满脑子都是乡村的印象，无论怎么努力，也走不出满畈的蛙声。

望着晨练者的背影，我把这种感觉告诉了知之。知之说，你的身体里装满了青蛙。

这时候，知之正在读诗。

用的是他家乡的方言，每一句的最后一个字，都被他读成第四声，听起来像用筷子有节奏地敲击食盆。

是普希金的诗，《致察尔达耶夫》，我记得开头的那几句。

> 爱情、希望和平静的光荣
>
> 并没有长久地把我们骗慰欺诳；
>
> 就是青春的欢乐，
>
> 也已经像梦，像朝露一样消亡；
>
> 但我们的内心还燃烧着愿望，

在宿命力量的重压之下
我们正带着焦急的心情
倾听着祖国的召唤。
我们忍受着期待的苦刑
等候那神圣的自由时光，
正像那年轻的恋人
在等候那确切的会期一样。

我熟悉这首诗，它是在临近下乡的日子，我的一个爱好诗歌的同学抄送给我的。

在青春的欢乐像梦像朝露一样消亡的日子里，就是凭着这些诗句，我们度过了那些漫漫长夜和连绵阴雨天。

于是我们谈诗、谈普希金、谈自由、谈爱情，仿佛在当年的知青点上，一边喝着兑水的酒精，一边肆无忌惮地神聊。

知之上学晚，恢复高考的时候，他正赶上应届高中毕业，没有下过乡。我是66届高中毕业的老童生，下过乡，当过工人，我们的年龄相差很大，但我那点还未完全消亡殆尽的青春，还能和知之年轻的心灵产生共鸣。

就这样，知之成了我第一个亲密接触的大学同学，很快，我和这个年龄差不多小我一半的同学就成了无话不谈的朋友。

二

知之长着一张娃娃脸，一头又黑又密的头发，像刚苫上屋顶的茅草，厚厚地堆积在新砌的泥墙上。

这是一副天生的永远年轻的面相，知之后来评职称的时候，为这面相，付出了一次又一次礼让的代价；但这时候，这面相，却助他在爱情问题上，一次又一次成为赢家。

所有的女同学都喜欢他，喜欢他的女同学中，许多人的年龄都比他大，有的说他像她家的小弟，有的说他像知青点上的阿毛，只有跟他差不多大的飞扬说，你像我心目中的恋人。

飞扬是那年月里极开放的女孩，从南方的一个大城市考来。费阳是她的本名，上大学后嫌这个名字太费阳光，她就改名飞扬，意在表现一种意气风发、神采飞扬的青春状态。

飞扬说知之像她心目中的恋人，是因为知之长得像她中学时喜欢的一个男孩，后来这男孩考上了别的大学，很快就交了女友，飞扬便拿知之做了替代品。

飞扬一点也不忌讳她爱知之的这个理由，而且还常常拿知之来和她喜欢的那个男孩作比较，当着同学的面，也不避讳。比较的结果是，知之除了会写诗，在其他方面，都不如那个男孩。

飞扬并不喜欢诗，也不会写诗，但她愿意听知之读他写的诗，知之也就乐得让飞扬做了他唯一忠实的听众，一有空就拉着飞扬找个地方读他新写的诗。

校园里就常常出现这样的景观，在树林深处、池塘边上，或在操场中间、教学楼顶，都可以看到一男一女，或盘腿而坐，或相对而立，不像谈心，也不像吵架，不像练功，也不像学习，一个挥动胳膊，好像口中念念有词，一个纹丝不动，好像在洗耳恭听。

一次两次，不以为奇，看过多次，就觉得奇怪。就有那好奇心强的，私下里到中文系打听，打听明白以后，就到处传扬，说中文系的到底是中文系的，男女生恋爱，不拥抱，不接吻，只要男生跟女生念诗就行。

就有人想到雌雄动物用声音互相吸引，画眉云雀啥的见得不多，但从农村来的同学，见得最多的是青蛙，青蛙就是靠呱呱呱呱的叫声吸引异性的，知之和飞扬从此就得了一个"蛙侣"的雅号，知之也就顺理成章地成了格林童话中的青蛙王子。

青蛙王子很快就吸引了外系女生的注意，就有女生拿着自己写的诗来向他请教，也有女生邀请他参加她们的诗歌朗诵会，还有女生约他出去一对一地辅导。飞扬也不多疑，更不阻拦，都由知之自己做主。

知之这时候正处在写诗的兴头上，但凡与诗有关的事，都能激起他的热情和兴趣，对这些邀约，来者不拒。

我是过来人，知道男女之间的那点事，就提醒飞扬注意。飞扬却若无其事地说，老大哥，你也太土老帽了，都什么年代了，恋爱中的男女也有各人的自由。

在向知之请教，与知之谈诗的女生中，有一个外语系的女生叫塞壬，塞壬不是她的本名，是她写诗时用的名字。

塞壬的外公是有名的诗人，老诗人懂外语，精通希腊文，翻译过希腊神话和不少外国文学作品，塞壬上中学时读外公翻译的希腊神话，对塞壬这个漂亮迷人的女妖，充满兴趣，后来学习写诗时就用它做了笔名。

塞壬写诗，是受她外公影响，她外公从她小时候开始，就教她读一些外国诗歌作品。这些诗歌作品，大部分是他自己翻译的，塞壬写诗，就从模仿这些外国诗歌起步。

塞壬那时候还不能读外国诗歌原文，虽然她外公的翻译明白易懂，但毕竟语言隔着一层，加上不熟悉外国的文化习俗，所以学写出来的诗，就显得十分别扭。

后来自己也不满意这样的写法，就找外公要了些中国现代诗人的诗歌作品来读，有一次读到戴望舒的《雨巷》，心灵为之一颤，就像一根搁置已久的琴弦，不经意地被一只手轻轻地拨动，从此便由模仿外国诗歌，转向学习戴望舒这种追求音乐性和画面感的写法。

无独有偶，知之说，他的诗歌创作，最近发生的转变，也是从接触戴望舒开始的，不过较之塞壬，这个过程，要复杂一点。

知之的父亲叫胡道平，20 世纪 50 年代，也在新汉大学中文系念书，爱好诗歌创作，还和一帮同学组织了一个诗社，叫求索社，意为发扬屈原上下求索的精神，在新诗创作上做一些艺术探索。

知之的父亲很崇拜胡适，认为胡适的探索精神，尤其值得学习。他在念书期间，系统地研究了胡适尝试白话新诗的过程，把研究附录在《尝试集》后面，记录这个过程的《去国集》，作为他的毕业论文选题，虽然因为批判胡适的运动刚过去不久，最后未获通过，但他课余的诗歌创作，却走的是胡适所提倡的明白如话的路子。

因为崇拜胡适，所以知之的父亲在读书期间，没少挨批评，有的批评甚至上纲上线到吓人的高度，知之父亲的分配因而受到影响，毕业后让他回到家乡的一所中学教书。

知之的父亲回乡后，就跟当地的一个农村姑娘结了婚，第二年便有了知之。知之出生那年，学校的老师都被派下去帮助农民科学种田，知之的父亲见有些深耕密植的要求（深耕要翻出黄土，密植的间距不能过寸）违反实际，却以这种无知为科学，就给儿子起了个名字，叫知之，意思是知之为知之，不知为不知，不要强不知以为知，还要打着科学的旗号。

知之这个名字一直叫到他考上大学，新生见面那天。系主任点名时，因为方言的口音太重，把胡知之叫成了胡适之，把当时在场的师生吓了一跳，以为死了的胡适又还魂复活了。

我是补录的大龄走读生，报到的时间比一般同学晚了许多，见到知之的时候，他已经被同学叫了胡适之。

据知之后来跟我讲，同学们叫他胡适之，固然是系主任的口音造成的，但同时也是他自己在一次课堂讨论中，坚持胡适的诗歌观点所致。

中文系有一位陆教授，是有名的新诗研究专家，他给应届新生上的第一门专业课，就是新诗研究，第一堂课讲的，便是白话诗运动和胡适的《尝试集》。

　　陆教授在课堂上组织了一次讨论，要同学们说说对胡适的《尝试集》和白话新诗的看法。那时候思想解放，说什么的都有，但因为思想斗争留下的影响，也很容易形成对立的两派。一派说，胡适尝试的路子走歪了，把新诗搞成了清浅如水的大白话；另一派说，明白如话，通俗易懂，是新诗发展的正道，否则就只能少数人欣赏，不能为广大人民群众所接受。

　　这后一派的代表，就是知之。

　　知之在发言中，历陈胡适尝试白话新诗的一些观点，主张新诗要用现代人的口语，口里怎么说，手上就怎么写，还以自己的创作为例，说实践证明，这种写法是深受人民群众欢迎的。

　　知之上大学之前，已在地方的报纸上发表过一些诗歌作品，我来报到的时候，还听到本省的广播电台选了他的作品，在做配乐诗朗诵。那时候年少成名的少，像知之这样，一个高中生就能在报纸上发表诗歌作品，还上了广播电台，实在是极为罕见的，所以，他的发言就比别的同学有分量，也更有说服力。

　　同学们见他这样坚持胡适的观点，就顺着系主任的口误，把他叫了胡适之，说他是胡适二世。

　　课后，陆教授把知之叫到他家里，从书架上取出一本书，让知之拿回去看。说，这是一本诗歌作品集，叫《望舒诗稿》，作者的名字叫戴望舒，以后我要讲到的，你今天的发言，不是没有道理，但读了他的诗以后，你的想法可能会有些改变。

　　又说，我知道你是胡道平的儿子，我教过你父亲，你的这些观点，都是你父亲当年的看法，你受你父亲的影响很深。

　　知之拿着这本《望舒诗稿》回到宿舍，没读完几页，就爱不释手。以前父亲让他读的，都是郭小川、贺敬之的诗，说这些诗有理想，有激情，直抒胸臆，不绕弯子，不打哑谜，热烈高昂，明白晓畅，是年轻人学习的榜样。

知之的父亲对那年月留下的新民歌集《红旗歌谣》推崇备至，说这才是胡适之先生当年所期望的白话新诗，要知之在大学里好好研读，认真学习。

戴望舒的诗，却给了知之完全不一样的感受：虽然他的诗，不像他父亲批评过的李金发写的那样，晦涩难懂；但也不像胡适的诗那样清浅如水，明白如话。读他的诗，像细雨蒙蒙的日子，站在天井边上，听屋檐上积聚的雨水，滴落在地上的水缸里，滴——答，滴——答，发出有节奏的脆响。这时候，你顺着雨滴抬头望天，会生发无穷的想象，你会想到天井外更浩渺的天空，天空下蒙蒙雨雾笼罩着的旷野，旷野上生长的万物和劳作的人群，总之，你的心灵会由这滴答滴答的雨滴声带着自由地飞翔。

像塞壬一样，他也喜欢戴望舒的《雨巷》，觉得这首诗不光有音乐性、画面感，还能勾起你一点淡淡的愁绪，虽然知之觉得这种情绪不太健康，但它能让你产生无边的联想，让你的心灵感到颤动。这是他这时候最想读到，也最想学写的一种诗。

他最近的创作，就在尝试这种写法，每写一首，他都要把飞扬拉出去，念给她听，想在她身上做个试验，让她体会一下其中的音乐性，由这音乐性引发她的一点想象，把诗中包含的那点画面感想象出来。只是不论他怎么神采飞扬手舞足蹈，想把诗念得抑扬顿挫曲折婉转，飞扬总是笑嘻嘻地说，你的普通话太糟糕了。

因为有共同的爱好，所以塞壬和知之就经常在一起谈诗，有时叫上飞扬，有时就他俩在一起，有飞扬在的时候，也是他俩说得多，飞扬说得少，甚至飞扬只在旁边当个听众。知情的同学说，飞扬都快成灯泡了，还跟知之谈个什么恋爱。

飞扬并不在乎这点尴尬，但她觉得跟知之和塞壬在一起，听他们谈些古人说得不要的"诗中有画，画中有诗"的陈词滥调，还有些刚从课堂上听来的象征意象等等半懂不懂的洋玩意儿，有些乏味，也很无聊，常常是知之和塞壬刚一开口，飞扬就说，你们谈，我还有事，就先走了。

飞扬爱读小说，那年月，封存的书刚刚开放，图书馆又从外面购进了许多翻译小说，飞扬就像饿极了的乞丐，突然走到一个食品柜前，饥不择食。古今中外的小说，但凡没有读过的，借来便读，好在那时借书没有数量的规定，只要按时归还，任你借多少都行。飞扬于是除了上课，就整天泡在小说的世界里，有时上课还要带上一本，一边听课，一边插空看上几眼。

读诗谈诗的对象换成了塞壬，校园里以前由知之和飞扬构造的景观，就发生了一些细微的变化，虽然角色依旧是一男一女，但彼此的位置，却不限于盘腿而坐或相对而立，有时候也交颈并头，耳鬓厮磨。好事者说，除了该做的那点拥抱接吻的事还没做以外，其他与热恋中的情侣无异。

对飞扬的大度和刻意回避，塞壬颇感不安，有一次就跟知之说，你跟飞扬解释一下，我已经有男朋友了，是比我高一个年级的学长，我不会对你有别的想法的，我们只是诗友。

知之说，她就是那样的人，单纯直率，心无挂碍，你不要往心里去，她真要有这样的想法，早把你轰走了，还用得着解释不解释。

三

大学二年级的时候，发生了一件轰动全校的事。

校园中间有一个池塘，池塘边上，有一排用芦席搭建的短墙，这短墙不是防护池塘用的，而是运动中的大字报栏，后来不兴贴大字报了，这大字报栏就做了校学生会贴墙报的地方。

飞扬上学期间一直很活跃，是校园文化活动中的积极分子，搞社团、办刊物、出墙报，哪儿都少不了她，她也是校学生会主办的这个大型墙报的编辑。

墙报的名字叫"新启蒙"，意思是说，五四有一次反封建的启蒙，结果便有中国新文化运动的发生，前些年，有些封建主义的东西出现了复辟回潮，需要来一次新的启蒙。

本着这样的宗旨，墙报上就经常发表一些在当时被认为是思想解放，能独立思考的文章，各学科各专业的文章都有，这些文章配上相应的插图，很受同学欢迎，所以课余饭后，墙报栏前总是人满为患。

墙报由各系轮流主编，轮到主编的系，由在墙报编辑部工作的编辑自定主题，组织稿件，安排出版。

由中文系负责主编的这期墙报，飞扬把主题定为爱与美，意在突破长期以来人为设置的禁区，呼唤爱与美的回归，让人们大胆地去爱美好的人生，美好的自然，美好的生活。

为了配合这个主题，飞扬找美术系的同学画了一幅断臂维纳斯的画像，作为刊头，贴在墙报的最前面。画画的同学受过专业训练，水平很高，将画像画得神态逼真，纤毫毕现，看到的同学都说，不看专栏文章，光刊头就值得好好欣赏。

飞扬很满意这期墙报，还撺掇知之写一首诗，配合一下，下期帮他在墙报上发表出来，还说诗人天生就是爱美的，所以诗神和爱神、美神，都是一个人，诗人不歌颂爱与美，还叫诗人吗。

知之看了这期墙报以后，也很激动，觉得不光是刊头选得好，里面许多文章，也确实发人深思，就答应说想一下，说过几天一定圆满交卷。为此，飞扬还当众赏了他一个吻，弄得知之很不好意思。

知之是个很认真的人，虽自恃有才，但写一首诗也不是张口就来，何况是这种文化蕴涵深厚的题材，更不能一蹴而就。于是就回去查阅各种相关资料，想吃透了意思，运足了感情，方才动笔。

正当知之憋足了劲儿准备完成飞扬交予的这项写作任务，忽然有同学来报，说，快别写了，维纳斯都被人穿上衣服啦。

等到知之和飞扬跑到现场一看，发现不知什么时候，维纳斯赤裸的上身真的被人穿上了一件外套。

外套是用炭笔画上去的，画的人还特地选了一件那时候的女知青常穿的一种短袖外衣，上身和断臂都被包裹得严严实实，宽松的前襟从双乳垂挂下去，看不出一点起伏，这件外套配上原本卷曲折叠的长裙，整个看上去，就像一个卷起裤筒，撸起袖子，准备下田栽秧的农妇。

飞扬一看，顿时火冒三丈，当即就要去找学生会主席和学校领导汇报，说要找出是谁干的，要把这件事查个水落石出。

知之说，不用找了，谁也查不出的，查出来了也没有用，这是一种社会思潮，不是哪一个人的问题，没听老师在课堂上讲吗，鲁迅说自己常常陷入无物之阵，这就是看不见摸不着的无物之阵。

飞扬说，照你这样说，这件事就这样算了？

知之说，怎么能算了呢，既是一种社会思潮，带有普遍性，就更要跟它作斗争。

飞扬说，连个鬼影子都看不到，怎么个斗争法。

知之说，你不是要我写诗吗，诗有时候也是斗争的武器，说完，还冲飞扬诡秘地一笑。

第二天，在穿外套的维纳斯旁边，就贴出了知之连夜赶写的一首诗《被包裹的维纳斯》，诗的开头便说：

> 在这首诗旁边，
> 埋葬着一位女神，
> 不是用黄土和石块，
> 而是用无知和愚蠢。

接着就对这种无知和愚蠢，进行了猛烈的批评，又从文化和文明的高度，分析了维纳斯如何作为爱与美的象征，并说明这种象征所具有的普遍性和超越性，既有激情又充满理性。

诗的题目是从古希腊悲剧作家埃斯库罗斯的悲剧作品《被缚的普罗米修斯》套用来的，意思也大致相近：宙斯把盗火给人类的普罗米修斯捆绑在高加索的悬崖上，却挡不住人类对光明的向往；用一件外套，就想遮挡爱与美的光芒，同样是痴心妄想。诗人说：

> 你以为一件外套就有这么大的力量，
> 你以为人心中积聚的爱与美不是像火一样，
> 有一天这爱与美的熔岩变成火山爆发，
> 这世界将会被这一尊雕像的光芒照亮。

诗贴出后，围观的师生人山人海，不少人拿出纸笔，现场转抄，不到一天工夫，中文系的这期墙报便轰动全校。

这件事很快就传到了校外，学生中有报纸的通讯员，当天就把这首诗的抄件送到了省报，省报的夜班编辑是个干事情风风火火的女同志，当夜便报审上版。第二天一早，省城的读者便读到了这首诗，也得知了新汉大学发生的这件事。

塞壬的外公每天有早起浏览报纸的习惯，这天读到了省报上刊登的这首诗和这件事的始末，就叫塞壬到他的书房来一下。

塞壬的外公只有一个女儿，晚年一直跟女儿一家在一起生活。

这天正好是星期天，塞壬出门买早点的时候，在街上的公共报栏前，看见很多人在围观，挤进去一看，在省报的文艺副刊中，也看见了这首诗，得知了学校发生的这件事，正兴冲冲地回家，想及时告诉爸妈和外公。

听见外公唤她，塞壬放下早点，就进了外公的书房。外公指着手上的报纸说，你认识这个叫知之的诗人吗？

塞壬就笑，说，什么诗人，是中文系的一个学生，叫胡知之，我认识，还很熟。

塞壬的外公就很严肃地说，你这是什么话，诗人难道是一生下来就叫诗人的吗？我看，有些叫诗人的人，还没有这个胡知之有思想有激情。

又说，你能把他约到家里来吗？我想跟他谈一谈，这是个好苗子，很有发展前途。

塞壬说，这还不好办，下个星期天，我就把他带到家里来。

四

知之见到塞壬的外公这样的名人，还是头一回。以前读中学时，听班上的语文老师说，他听过作家李凖的报告，就羡慕不已，现在，自己居然跟一个被写进文学史教材的大诗人面对面地坐在一起，就不免感到紧张，坐在沙发上，半天都不知道手脚该怎么放。

塞壬的外公很和气，见知之有些拘谨，就一边往水杯里倒着什么，一边扭过头来，笑着对知之说，喜欢喝咖啡吗？咖啡虽然是个洋玩意儿，但很多中国人也喜欢喝，30年代，左联的同志在上海常常有一些小聚会，我们就一边喝着咖啡，一边争论问题，结果越谈越兴奋，越争越起劲，我看这其中咖啡就起了不小的作用。

老人说完禁不住呵呵呵呵地笑了起来，一边笑，一边把一杯黑乎乎的东西递给知之，说，尝尝，不管喜不喜欢，都试一试，年轻人要敢于尝试新事物。

知之接过咖啡，也朝老人笑了笑，又低下头去，轻轻地啜了一口。咖啡入口就像小时候被父亲强灌下去的一口汤药，吐不出来，只好强忍着吞了下去。

塞壬的外公拉过一把椅子，坐到知之对面，一边看知之吞咽苦水，一边微笑着说，你的诗我读过了，也知道你们学校发生的这件事，诗写得很好，有思想有激情，有些句子，排山倒海，气势逼人，很有点郭沫若闻一多的味道，接着，就随意念道：

> 你以为一件外套就有这么大的力量，
> 你以为人心中积聚的爱与美不是像火一样，
> 有一天这爱与美的熔岩变成火山爆发，
> 这世界将会被这一尊雕像的光芒照亮。

知之惊讶于老诗人的记忆力，这么个不起眼的东西，老诗人居然记得其中的句子，他受宠若惊，急忙解释说，我这是胡乱写的，哪能跟郭老和闻一多先生的诗相比。

塞壬的外公不理会知之的谦虚，继续若无其事地念道：

> 有一句话说出就是祸，
> 有一句话能点得着火。
> 别看五千年没有说破，
> 你猜得透火山的缄默？
> 说不定是突然着了魔，
> 突然青天里一个霹雳
> 爆一声：
> "咱们的中国！"

念完了，又很得意地说，怎么样，像不像闻一多这首《一句话》的气势？诗无论是否出自诗人之口，也无论诗人年纪大小，有名无名，只要感情充沛，就能咄咄逼人。

不过，老诗人又说，你这首诗理念的成分还是重了一些，有些段落像学术论文，诗最忌说理，宋诗主理，宋朝虽然也出了些大诗人，但论总体水平，宋诗还是没有唐诗高。

知之知道塞壬的外公是个浪漫主义诗人，这是现代文学史上有定论的，陆教授上课时也讲过。他注重激情，是情理之中的事，再说，诗到底是应该主情还是应该主理，抑或情理并重，自己也实在是搞不清楚，就听任老诗人长篇大论地发挥下去，自己只在一旁静静地洗耳恭听。

这次见面，知之给塞壬的外公留下了极好的印象。塞壬说，他走了以后，她外公把他夸得花儿朵儿一般，说他有激情，有思想，天资聪颖，艺术感觉好，写的诗也比自己在这个年龄写的强。

塞壬的外公年轻时出过一本诗集，叫《十八岁人》，他说那些诗都是青春的忧郁，爱情的感伤，不像知之这样，年纪轻轻就能超越感伤和忧郁，把爱与美放在文化和文明的天平上思考，了不起，了不起。

塞壬的外公后来又把知之的诗介绍给了中国顶尖的诗歌刊物《诗刊》，发表后也广受好评，还得了一个全国性的新诗奖。不久，省作家协会就吸收知之为作协会员，正好这年作协换届，知之又被选为作协理事。一年之内，由一个普通的大学生，成为全国知名诗人，又成为作协理事，虽然那年月稀罕人才，但像知之这样年少成名的，毕竟也不多见。

我就想起了当年被称作文学神童的刘绍棠的人生故事，刘绍棠13岁就发表文学作品，20岁成为中国作协最年轻的会员，后来却历尽人生坎坷。我担心知之像这样年少成名，对他来说，也不是一件好事。

有一次，跟飞扬谈起知之，我说希望她经常给他一些提醒，要他不要骄傲自满，更不要得意忘形，跑得越快，跌得越狠，爬得越高，摔得越重。

飞扬对我的话，颇不以为然，说，老大哥，你也操心得太多了，知之又不是三岁小孩，他该怎么做，还要我教吗，我还巴不得他跑得更快，爬得更高呢，一个乡下孩子，凭写诗获得名誉地位，总比像杜洛华那小子那样，靠勾引女人往上爬要强。她说她这几天正在看莫泊桑的小说《漂亮朋友》，乔治·杜洛华是作品中的主人公。

飞扬说，知之不是杜洛华，也不是当年的刘绍棠，我支持他出名，跑得越快，爬得越高，名声越大越好，像塞壬的外公那样，成为被写进文学史教材的大诗人，更好。

五

塞壬的男友，比塞壬高一级，是最后一批推荐上大学的工农兵学员。因为学制和入学时间的不同，塞壬还在二年级下学期的时候，她的男友就要毕业分配工作了。男友的家在省军区大院，是那时所谓的大院子弟，大院里有一群孩子，从小就顽劣调皮，长大后更无管束，说话做事都比一般人的孩子大胆放肆，不讲规矩。他们见塞壬的男友谈了个这么漂亮的女朋友，就老撺掇他行了那好事，说，放着咸鱼吃淡饭，不像个男人的样子。有的甚至还如此这般地教他如何行事，一回两回，塞壬的男友还能搪塞抵制，次数多了，就有点招架不住，有一次，他们竟找了一个发廊女，把她和塞壬的男友反锁在一个房里，逼着他们干那勾当，塞壬的男友后来真的跟这个女孩好上了。

对大院子弟的开放大胆，胡作非为，塞壬早有耳闻，所以，她的男友给她写第一封求爱信的时候，她连想都没想就断然拒绝。后来室友劝告她说，大院子弟也不是个个都坏，何况追你的是我们的学长，是个在读的大学生，人长得帅气，听说学习和各方面的表现也不错，怎么看都是个理想的对象，你再要拒绝，我们就上了哇。

用今天的话说，塞壬也是个"颜控"，在没有接触之前，她对这个高她一级的学长，其实并不了解，他给塞壬留下的第一印象，也就是他的外貌。

那天中文系举行篮球赛，塞壬去当观众。中场换人的时候，从她身边突然站起来一个身材高大的男生，这男生一边脱着球衣外面罩着的外套，一边向场内举手示意，进场的时候，顺手把脱下的外套往身边一塞，这一塞便塞在塞壬的怀里，一只大手碰着了塞壬的胸部，弄得塞壬像触电一样，心跳了半天。

终场的时候，同学们都散了，塞壬原本也想跟着同学们一起离开，却不知道为什么，就是挪不开步子，一直候在场外等着那男生来取外套。那男生来取外套的时候，说了声谢谢，塞壬冲他笑了笑，觉得这男生长得像电影演员王心刚，就跟他并排走着，听他说些赛场上的事，分手的时候，塞壬正想跟他说拜拜，那男生却突然冒出一句话，说，你很性感。说完就抱着外套跑开了。

放在今天，有人说女生性感，或许是一种恭维或夸奖，但在那年月，性感却是一个含义暧昧的词语。这最后一句话，让塞壬回到宿舍想了半天，说我很性感，什么意思？是说我漂亮呀，还是说我风骚？说我漂亮，那还差不多，要是说我风骚，那他就不是个好东西，怎么平白无故地诬人清白，我怎么风骚啦，是骚了你啦，还是你看到我骚了谁啦，亏我还帮你抱了半天衣裳，恩将仇报，真不是个东西。塞壬越想越气，好像这个男生真的说她风骚一样。

那男生并不知道塞壬为这句话生气，在第一封求爱信石沉大海之后，紧接着又写了第二封求爱信，这封信给了塞壬一个机会，让她回信时得以用她的这些想法去质问这个男生。

塞壬原以为这男生会为自己的口不择言和失礼行为道歉，没想到回信却是满纸的名词解释，那男生不光引经据典，列举了性感一词的来源和各种表现，也举了文学作品和现实生活中的许多例证，说性感与漂亮是等义的，夸人性感比夸人漂亮更有感觉，也更加现代，又赌咒发誓说，你就是要我说你风骚，我也没有这个狗胆，顺带着又把塞壬的性感表现演绎了一番，说她是内在的气质和外在的美貌完美的结合，他对她是绝对的一见钟情，还肉麻地说，他这种感觉，就是从碰着她的胸部的那一瞬间开始的。

不用再费一枪一弹，这封信便让塞壬自动缴械，而且数日里神魂颠倒，寝食难安，仿佛走火入魔一般。此后，系里的同学便在球场内外，看这一对恋人的表演，常常是，塞壬抱着男友的衣物站在场外，两眼却跟着男友的动作在场内跑动，男友每一次上篮，每一个进球，她都要跳起来，"Wonderful! Wonderful!"地叫好，她男友在场内一边带球，一边还时不时地要对场外的塞壬丢一个媚眼，完了又勾肩搭背地走向球场边的淋浴间，塞壬有时还要站在门外候着，等着他更衣出来，就有先出来的男生笑着说，你站在外边干什么，进去呀，里面没有别的人，就剩下他一个，塞壬就红着脸啐那男生说，去你的，你姑奶奶就喜欢站外边。

塞壬的男友毕业后，就催着塞壬把婚事办了，说结婚和读书并不矛盾，处理得好，还能相互促进，那时候虽然没有大学生可以结婚的明文规定，但因为恢复高考后学生的年龄差距较大，也没有明令禁止。塞壬不愿意现在就结婚，不是因为别的，而是从小就怀揣着一个出国的梦想，想像她外公那样，出国去开开眼界长长见识，再回来报效祖国，她上大学选择学英语专业，也是为了这个目的。

塞壬不愿意把这个隐秘的愿望告诉她的男友，所以在谈到这件事的时候，就免不了要编造许多推脱的理由，一来二去的，两人为这事搞得关系十分紧张，最后，她男友竟怀疑她跟他恋爱没有诚意，说她心中另有所爱，无论塞壬怎么解释，她男友都不接受她编造的那些理由，塞壬只好用加倍的温存补偿，希望能得到她男友的谅解。

这天早晨，塞壬一大早就接到她男友的电话，要她到他家去一下，说要见她一面。塞壬吃过早点，就匆匆赶到军区大院。

她男友的家住在大院后边，是一排老式的平房，他父母住了两间，他一个人占着一间，塞壬每次来的时候，都不必从他父母的房前经过，径直到他房前敲门就行。

塞壬这天慌乎急忙，不知道她男友一大早找她有什么急事，没敲门就直接推门进去了，没想到出现在她眼前的，不是男友像平时那样张开的双臂，而是床上一堆白花花的肉体。

好多天以后，塞壬才记起当时的场面，她傻傻地站在当地，就像站在一个万丈悬崖的断口上一样，她男友却若无其事地从那堆白肉中偏过头来，说，你看见了也好，你不跟我结婚，有人愿意跟我结婚，欢迎你来参加我们的婚礼。

她男友身下就有一个女人的声音说，谁呀，一大清早的。

她男友说，隔壁的，走错门了。

那女的说，讨厌。

这都是塞壬后来朦朦胧胧地想起来的，她当时只是一尊泥塑木雕，什么感觉也没有，然后便记得有一声巨响，不知是她男友从床上起来了，还是自己转身出门，嘭的一下把那扇敞开着的房门关上了。

这件事给了塞壬很大的刺激，她头一回扑到知之怀里嘤嘤哭泣，紧紧地抱住知之不肯放手，在这样的时刻，她感到只有在这个男人怀里，她才有安全感，也只有在这一刻，她才发现，原来能够寄托自己身心的，不是自己曾经爱过的那个男人，而是眼前这个连碰都没有碰过她一下的诗友。

知之本来是来找塞壬谈一个校园诗歌活动的，文学界关于朦胧诗的问题，争论得十分激烈，学生中的一些诗歌爱好者，有许多人也参与了讨论，有些人还模仿舒婷、顾城等朦胧诗人，试着写了一些朦胧诗。知之就想在全校学生中，组织一次活动，也把这个问题谈一谈、辩一辩，见塞壬一上来，就扑到他怀里，抱住他不放，还抽抽搭搭地哭个不停，顿感手足无措。等到他听完塞壬断断续续的哭诉，这才明白事情的原委，就伸过手去，揽住塞壬的肩膀，轻轻地抚摸着她的头发说，都过去了，都过去了，不哭，不哭，好塞壬，咱不哭啊。

塞壬走了，朦胧诗活动没有谈成，知之却让自己陷入了一片朦胧之中，塞壬的黑发，塞壬的泪珠，塞壬的气息，塞壬的体香，都让他陷入了瞬间的迷茫。那一刻，他觉得塞壬就是一首结着愁怨、凄婉迷茫的朦胧诗，多少年后，知之想起这个瞬间，就想起他和塞壬那时候都喜欢的戴望舒的那首有名的《雨巷》：

撑着油纸伞，独自
彷徨在悠长，悠长
又寂寥的雨巷，
我希望逢着
一个丁香一样地
结着愁怨的姑娘。
她是有
丁香一样的颜色，
丁香一样的芬芳，
丁香一样的忧愁，
在雨中哀怨，
哀怨又彷徨；
……
她静默地走近
走近，又投出
太息一般的眼光
她飘过

像梦一般地，

像梦一般地凄婉迷茫。

像梦中飘过

一枝丁香地，

我身旁飘过这女郎；

她静默地远了，远了

到了颓圮的篱墙，

走尽这雨巷。

在雨的哀曲里，

消了她的颜色，

散了她的芬芳，

消散了，甚至她的

太息般的眼光，

丁香般的惆怅。

……

六

就在知之的诗名如日中天的时候，塞壬没有完成学业，就提前出国了。给她送行的时候，我们在一起吃了一顿饭，饭桌上，飞扬问塞壬，她出国留学，除了报效祖国的崇高动机，还有没有别的原因，又拿眼睛看着知之说，比如说知之，我看你们这些时接触频繁，是不是怕知之缠上你。

我知道飞扬说话一向口无遮拦，正想转移话题。塞壬却大大方方地接过话头说，那倒不是，知之是不会缠上我的，我是怕我缠上了知之，要知道，塞壬是一个迷人的女妖，我要是缠上了知之，他是挣脱不了的。

又揽过飞扬的肩膀说，好妹妹，你放心，我是不会缠上知之的，知之是上天为你准备的一首诗，你这辈子就好好地读它吧。

飞扬说，你也把他说得太好了，偏偏我这个人就不爱读诗，每次他拉我出去听他读诗，我都为我的耳朵抱屈，何苦来要跟着我受这份洋罪。

又一转话头说，不过，我也相信知之是真爱我的，既然你说他是上天送给我的一首诗，这首诗写好了就不会改，知之从来不改他写的诗，至少现在是这样，至于以后改不改，就不知道了。

知之也望着飞扬笑笑说，要改也只改字词句，整首诗是不会改的。

听他们耍嘴皮子，我很开心。从小学到中学，我都是适龄学生，有时还是班上年龄较小的同学，如今上大学了，却成了老童生，做了这群比我小十多岁的学弟学妹的老大哥，平日里，我虽然跟他们处得像亲兄弟姊妹一般，但也常常发现，无论是思想观念还是行事方式，我都与他们隔着一道鸿沟。

为塞壬和她男友的事，我曾找飞扬和知之谈过，希望他们做点工作，防止塞壬有极端行为。你想想看，恋爱都恋到谈婚论嫁的份上了，可以想见他们的关系已经到了什么程度，谁知道突然间冒出这么个事，让塞壬看到那样恶心的场面，叫她怎么能想得开。

谁知飞扬听了却哈哈大笑说，我说老大哥，你都想到哪儿去啦，什么极端行为，是投河上吊，还是割腕服毒？你以为他们是梁山伯与祝英台，是罗密欧与朱丽叶，离了一个另一个就活不了？关系到什么程度？无非是在一起睡了，那是塞壬那时候想跟他睡，现在他跟别的女人睡了，就与塞壬没有关系了，大路朝天，各走一边，掰了就是，就这么简单，没有你想的那么复杂。

见飞扬说得这么直露，知之赶紧出来解围说，你也别说得太简单了，人毕竟是感情的动物，哪能说掰就掰，总得有一个过程，但愿塞壬出国以后，换一个环境，能尽快忘掉这件痛苦的往事。

七

塞壬出国后，知之不久就在学校里搞了一次朦胧诗讨论活动。

参加活动的人很多，有校内各专业爱好诗歌的学生，也有校外闻讯赶来的诗歌爱好者，还有几个本专业的老师，讲新诗的陆教授也在其中。

因为是学生自己搞的活动，所以发言就没有正式的学术讨论那么正规，一开始便七嘴八舌，闹闹嚷嚷，到后来便争得面红耳赤，不可开交，有的竟伸胳膊撸袖子，差不多要打起来了。

争不出胜负，有人干脆就在会场上念起自己试写的朦胧诗，低吟浅咏，一唱三叹，只是这边的朦胧诗还没有念完，那边就有人扯开嗓子念起了激昂慷慨的朗诵诗，顿时就把这边的低音压了下去，这边的人便比着那边，也提高了音量，只是朦胧诗大都含蓄蕴藉，曲折宛转，不比朗诵诗，经不住大声念诵。这就好比婉约派和豪放派的词，一个只合十七八女郎，执红檀牙板，歌"杨柳岸晓风残月"；一个须关西大汉，抱铜琵琶，铁绰板，唱"大江东去"，十七八女郎的莺声燕语，自然压不住关西大汉的粗门大嗓，红檀牙板的娇娇滴滴，也盖不住铜琶铁板的鏦鏦铮铮，强以为之，倒显得拿腔捏调，怪声怪气，座间就不时爆发出阵阵笑声。

见场面这样混乱，本系的几个老师和陆教授知道争不出个名堂，就站起身来，准备离场，知之本想挽留，又觉得让老师们再待下去，也没什么意思，就起身送老师出门。等到知之送走老师再回到教室，却发现刚才还闹哄哄的会场，不知什么时候静下来了，就见众人的目光，都投向对面的一面白墙，那墙边站着一个瘦小的女生，好像正在发言，一缕阳光从她头顶上的窗户投射进来，从这边望过去，她就像墙上贴着的一幅剪影。

知之见状，就转身坐下来听这女生发言。这女生大约前面有个自我介绍，知之没有听到，就问身边的一个同学，那同学却伸出一个手指在嘴边嘘了一声，又指指那女生，轻轻地说，神女，神女，巫山神女。

见这位同学答非所问，知之觉得奇怪，就不再问了，也用心去听那女生发言。听了半天，知之大概补齐了这女生的来历和她前面发言的内容，原来这女生是长江航运管理局的一个电大生，学的也是中文专业，是那时的四川省巫山县人，她家住的村子就在巫山神女峰脚下。

有这样的方便，她说她从小到大，天天都可以看到神女，就像村里一起长大的姐妹一样，每天早起，第一眼从窗户里望见神女，她都要对神女姐姐说一句亲热关心的问候话，起得早的时候，是问神女姐姐昨晚睡得好吗；起得晚的时候，是问神女姐姐吃过早饭了吗；有朝霞的时候，是夸神女姐姐的头巾真好看；下雨的时候，是问神女姐姐，你怎么哭啦；有时候，也把自己高兴不高兴的事，都说给神女姐姐听。

后来上学了，老师教她读书认字，造句作文。她就把她每天早晨对神女姐姐说的话记下来，交给老师当作业，老师起先帮她改了一些错别字和病句，后来见她把句子写通顺了，也没有多少错别字，就鼓励她多跟神女姐姐说些话，把这些话都记下来当作文练习交给他。

这女生就按老师说的，每天放学回去，就坐在家门口的一块石头上，对着神女峰跟神女姐姐说话，学校的事，家里的事，心里的事，什么都说，直到她上中学，都保持着这个习惯。家里人见她跟神女搞得这么亲热，都觉得是一件奇事，没人敢去打扰她，渐渐地，也都习惯了听她跟神女峰上的神女说话。

这女生说，这些话都是她的心里话，她都记下来交给老师，老师每次都说是一篇漂亮的作文，有时还拿到班上朗读讲评。上中学的时候，有一天，不知道为什么，她突然莫名其妙地觉得心里很闷，就跟神女姐姐说了她的苦闷，老师把她这次跟神女姐姐诉说的苦闷，加了一个标题，叫《我对神女姐姐说》，在班上朗读讲评了以后，又拿到重庆的报纸上去发表了。

这女生的老师姓高，是个业余诗人，笔名流沙，经常在成都和重庆的报纸上发表一些诗歌作品。老师送这篇东西去发表的时候，把这女生的话，都分行排列起来，看上去不像一篇作文，而像一首诗。

说到这里，这女生就把这首《我对神女姐姐说》，当众念了一遍，顿时博得一阵热烈的掌声。

不知道为啥子，

这几天我觉得心里很闷。

老师上课说，长江像一条扁担，

那头挑着上海，这头挑着重庆。

我没有到过上海，也没有到过重庆，

听说那里有很高的房子，

很宽的路，很多的人。

还有很多穿着漂亮衣服的男生和女生，

他们坐在宽敞的教室里学习，

晚上还点着日光灯。

这都是从上海来的一个男生说的，

他说，他跟着他爸爸的船也到过重庆。

我以前没听到这些话，

每天都过得很高兴。

听了这些话，

我突然觉得心里很闷。

我知道神女姐姐也没有去过上海和重庆，

我不知道神女姐姐听了这些话，

是不是心里也会觉得很闷。

掌声过后，讨论的中心，便转移到对这首诗的评价上来。

有的说，这首诗表现了一个山里女孩对现代化的向往，像铁凝的小说《哦，香雪》一样，只不过不是正面的表达，而是侧面的衬托。

有的说这首诗的意思很模糊，说不清要表达什么样的思想感情，是典型的朦胧诗。

有的又说，朦胧诗就应该这样写，心里没想清楚的事情，写出来自然就模糊不清，自然就朦胧，没必要额外地去搞一些晦涩难懂的隐喻意象或象征，把本来清清楚楚的东西，搞得朦朦胧胧，这才叫说真话，抒真情，不装模作样，忸怩作态。

话题随即便转到朦胧诗的写法上来，因为有具体的评说对象，虽然仍存在意见分歧，但争论起来却有的放矢，不至于像开始时那样各吹各的号，各唱各的调，结果竟把一场混乱不堪的讨论，引上了正道。

想不到这样的一首诗，竟救活了一场讨论，这让知之感到十分意外，也十分高兴，就想，这女生的功劳不小。又想，看样子，素质也不错，又出生在那样神奇的地方，有那样特别的经历，是天生的一块诗材，值得好好雕琢雕琢，培养培养，什么时候有机会，一定得找她好好谈谈，有可能的话，她读完电大后，还可以鼓励她考陆教授的研究生，这样，新汉大学的校园诗歌队伍，又可以增加一份新生力量。

八

这次讨论会后，转眼间，我们就要毕业了。

毕业前的那段时间，大家都忙得不亦乐乎，忙的事情却各不相同。大多数人在忙着写毕业论文，少数人在写毕业论文的同时，也忙着跟同学好友告别，也有极少数人忙着把恋爱关系确定下来，好在毕业后赶快张罗结婚。

那时候是由组织分配工作的，无须自己求职，都是些穷学生，也没有多少吃吃喝喝的应酬，忙只是一种气氛，表示毕业的日子与平常不同。

知之的忙跟所有人都不一样，他忙的重点，不在校内，而在校外。那时候，文学界时兴举办各种笔会，就是把诗人作家召集起来，找个风景好的地方，住在一起写作，以文会友，增进交流。

笔会的形式很松散，不像一般会议那样，有许多学习传达讨论发言的内容。报到了以后，写不写，写多写少，写快写慢，都是你自己的事，没人给你任务。笔会期间，还可以接待外面的朋友，跟朋友离开几天，也没人管你，行动完全自由。

这样，就免不了有一些文学爱好者慕名而来，找笔会上的诗人作家谈论文学，或纯粹就为说句话，照张相，认认人，求一个心理的满足，也好在人前炫耀，就像今天一些歌星和影视明星的粉丝一样，尤其是一些青年女性，来得更多，跑得更勤。笔会上就免不了要传出一些绯闻，像知之这样年少成名的诗人，更容易成为绯闻的主角。

只是知之在这方面比较谨慎，但凡来找他的人，不管认识不认识，是男性还是女性，他都热情接待，谈话的时候，却敞开自己的房门，有人要把房门关上，他坚持说自己喜欢空气流通，怕闷，也不安排来人留宿，好吃好喝地招待一顿，吃完了便礼送出门。

其他诗人作家就笑他是清教徒，有喜欢搞恶作剧的，便撺掇一些女青年，想办法潜入他的房间，或硬赖着不走，好歹要攻下这个堡垒，但依旧没有成功；有的见知之这样洁身自好，反而受了感动，从此对知之更加敬佩。

好久没见知之了，有一天，在系里碰到飞扬，就问知之这些时到哪里去了。飞扬说，我也不清楚，脚长在他身上，他又不是自行车，可以由我蹬着走。

我就半是玩笑半是认真地跟她说，就是自行车，这些时也不能大撒把啊，没听人说毕业前的恋爱形势，就像当前的世界局势一样，正处在大动荡、大分化、大改组之中，我就听说过本系和外系的情侣，拆分重组的，已经有好几对了。

飞扬这次没有笑我，而是淡淡地说，你不觉得这也是一次大考验吗，拆分重组都很正常。

从飞扬的话里，我听出了一点隐忧，但又无言宽慰，虽然我也听到过文学界开笔会的一些传闻，但也只能在心底默默祈祷，但愿知之不要扯上什么绯闻。

俗话说，怕什么来什么，这天上午，我正在系里协助管分配的副书记填写一些表格，忽然接到一个电话，电话是从本街的派出所打来的，问我们这里有没有一个叫胡知之的学生。我说，有。又随口问了一句说，有事吗？那边说，请你们的领导接电话。我不敢怠慢，就把电话递给那位管分配的副书记。

领导接过电话后，我就退出了办公室，知道像这种可能涉及外调方面的事，我不便在场。过了一会儿，那位管分配的副书记又把我叫进办公室，还没坐下，就很严肃地跟我说，知之在外面遇到了一点麻烦，你把手上的工作放一放，今天就出一趟差，去了解一下是怎么回事。然后就把派出所的人在电话中说的事，简单地跟我说了一下。

原来知之这几天正在四川巫山参加一个诗歌笔会，笔会期间，有一天早晨，当地派出所巡夜的民警，在一个露天的院坝里，发现他和一个女青年在一起，民警就要查他们的结婚证。回答说他们不是夫妻，民警就怀疑他们有不正当关系。那时候，不正当的男女关系是要受处罚的，严重的还可能构成流氓罪，就打电话到这边的派出所，想了解一下当事人的情况。

我接受这个任务后，一刻也不敢停留，连夜就坐船赶往巫山。到了巫山后，又找到了他们开笔会的地方，笔会的负责人告诉我，是有这么回事，但也说不上什么不正当关系，只是一大清早的，一对青年男女在一起，又在荒郊野外，容易引起怀疑。

笔会的负责人又补充说，这地方封闭保守，只要一男一女在一起，就怀疑有那事，知之是我们这次笔会唯一没有绯闻的作者，我们都相信知之绝对不会做那事。

听了负责人的介绍，我心里的一块石头才落地了，回来后把情况跟系领导做了汇报，领导也认为这不是什么大事，跟派出所的同志说清楚就行了。

不久，知之开完笔会就回学校了。有一天，我把这事当玩笑话跟他说了，我说，你小子行哪，一大清早的，不老老实实待在屋里写诗，跟一个大姑娘跑到荒郊野外去干什么。

我以为知之会对我做些解释，谁知知之却一脸子严肃地说，你还别说，巫山的民警还真是火眼金睛，这事还真不是你们说的那么轻松，对你这个老大哥，我也不想隐瞒，然后就说出一段让我听得目瞪口呆又目眩神迷的故事来。

九

原来那次朦胧诗讨论会后，知之真的和那位发言引起轰动被人称作神女的姑娘联系上了。起先只是觉得好奇，后来才知道，这姑娘平日里也在写诗，还在报刊上发表了不少诗歌作品，是她工作的长航系统一个小有名气的业余诗人。

这姑娘姓谭，名叫艾艾，村里人都叫她小艾。她自己写诗，另起了个名字，叫艾羽，希望自己生出羽毛，长上翅膀，像天使一样在天上飞翔。知之好像在报上见过一个叫艾羽的作者的诗，就问是不是她写的。

艾羽红着脸说，不知道。

长航和铁路矿山工人一样，以前都属于产业工人，是工人阶级中的老大。每逢重大节庆，为了表达工人阶级的心声，地方报纸都要在这些代表性行业，约请一些工人诗人写些节庆诗。这些节庆诗在庆祝节日的同时，也表现工人阶级的干劲和决心，慷慨激昂，铿锵有力，大多有很强的政治性，属于当时流行的政治抒情诗范畴，能发挥鼓舞人心催人奋进的作用。

艾羽在报上发表的，大多是这种节庆诗。

艾羽说，写多了这种节庆诗，她都忘了自己是个女孩，别人也以为作者是个男性，有的女孩甚至写信来，向她求爱，弄得她十分尴尬。

其实，她内心里真正喜欢的，还是那种取材于日常生活，写景写情，有点意蕴，韵味悠长一些的抒情诗。那次就是冲着这个目的，抱着学习的态度，去参加朦胧诗讨论会的，没想到自己的那首不是诗的诗，却得到了大家的肯定，就想进一步弄清楚诗是个什么东西，什么样的诗，才是好诗，怎样写，才能写出一首好诗来。

跟知之建立通信联系后，她庆幸找到了一位难得的好老师。那日散会后，知之找她要通信地址，她当时便觉得眼前一亮，在她心目中，中文系的学生应该是电影里面的那种戴着深度数近视眼镜，抱着一大摞线装书本的书呆子，想不到这个中文系的学生竟长着这样一张娃娃脸，留着一头乌黑的头发，除了说话有点老成，看上去就是个中学生。

以后两人就经常通信，在信中谈的，都是诗歌创作问题。有时艾羽也把她写的诗寄过来，请知之指教，知之都尽其所能提出修改意见，他认为写得好的诗，也帮忙介绍到报刊上发表，这让艾羽十分感激，也十分感动，觉得这个叫知之的大学生，是她生命中的贵人。

趁周末坐船到电大来上课的机会，艾羽课余也抽空到学校来看知之，两人在一起还是谈诗，大半时间是在校园里走动，有时知之也带她到校园周边逛逛，两人有说有笑，像一对情侣一样。有同学便说，知之的爱情小船配了双桨。

对知之和艾羽的交往，飞扬自始至终不闻不问，无动于衷。她知道知之是个自由惯了的人，小时候无人管，长大了管不着，因为父母之间的文化程度差异太大，教育子女的观念不同，方法互相矛盾，但凡需要管教他的时候，父母必为之发生争吵，结果便让他钻了空子，乐得在一边看热闹。上中学的时候，开始住读，直到考上大学，离家越来越远，父母就是结成统一战线，也管他不着。

飞扬跟知之谈恋爱的时候，一直把他当个大孩子看待，她知道中学生中，常常有这样的大孩子，论智力，毫无疑问，已是一个合格的中学生，但若论心理人格，大半还停留在孩童阶段。这样的学生，往往偏重理科，成绩优异，解题的能力极强，但跟人打交道的能力，却永远是零和负数，遇到哪怕同学借个橡皮擦不还这样的小问题，也基本无解，不知怎么讨要，或者干脆就从同学手里硬夺过来，此外，找不到更好的解决办法。这样的学生，就是到了大学，甚至毕业走上社会，也很难改变。

知之就是这样的学生，他虽然能像那些偏重理科的学生解题一样，把他的诗写得花样百出，但无法改变他那孩童般的天真和任性。飞扬虽然相信知之不会改写爱她的这首诗，但另写一首新的爱情诗，也不是没有可能，即使不是处在老大哥说的这个众多情侣拆分重组的毕业前夕，飞扬也预感到这一天终会到来。

知之对飞扬的预感，自然一无所知，他跟飞扬恋爱，只有当下，从不涉及未来。他们的爱情，就是他当下正在写着的一首诗，这首诗既然写成了，就没有必要修改，他相信，自己后面还会写出更好的诗，虽然知之本人并没有在写诗和恋爱之间，建立一种隐喻关系，但在飞扬看来，他另写的诗已然在开始动笔。

知之去巫山参加笔会，没有告诉飞扬，却预先给艾羽打了一个电话，告诉她自己即将到她的家乡来开笔会的消息。艾羽听了以后，自然十分高兴，就在电话中表示，她要以神女小妹的身份欢迎他的到来，她要带他游遍巫山巫峡，让他好好体会一下巫山神女的神奇与美丽。

安排停当以后，知之一边参加笔会活动，一边等着跟艾羽见面。艾羽在一艘绞滩船上工作，是这艘绞滩船上的信号工，三峡的滩多，进出三峡的船也多，绞滩的任务很重，笔会差不多过半，艾羽才抽出空来，下班后，换上一身漂亮的衣裙，就赶来与知之见面。

因为笔会进进出出来来往往的人多，加上知之不惹腥事，艾羽来见知之，并不引人注意。两人在房间里聊了一会儿，艾羽就带知之去看小三峡，小三峡在巫山县城东边，有一条名叫大宁河的流水把三个峡谷串在一起，两岸奇峰耸立，重峦叠嶂，曲折宛转，如列画屏。

艾羽有个叔叔在大宁河上撑船，运送进出峡谷的物资，那时节还不兴旅游，但已有川内外的客人慕名而来，要坐船到峡中转转。艾羽的叔叔有时候也行个方便，收点脚力费，带这些客人进峡，因为是自家人，艾羽和知之就免费乘了这个方便。

大宁河的河道不宽，水流湍急，涡漩处处，岸石犬牙交错，暗礁险滩遍布。艾羽和知之坐在船头的甲板上，一边抬头观看两岸的景色，悬崖、深洞、奇岩、怪石、繁花、缛草、枯藤、古树、栈道、悬棺、飞虹、瀑布，目不暇接；一边用手紧紧地扣住船帮，又腾出一只手来，相互挽着胳膊，生怕掉落水中。有时一个浪头扑来，连船帮也把持不住，两人就相拥着抱在一起，滚落到船舱里面，像掉到汤锅里扑腾着的两只毛鸡。

艾羽的叔叔撑的小船，是一种形似柳叶，两头翘起的柳叶舟，虽然改装了机器动力，但遇到激流险滩，弯道巨石，还得跳下船去，推拉牵引；或在即将相撞的瞬间，用竹篙力顶巨石，拨正船头，让船身归入正道。一路上危情频出，险象环生，到后来，两人都站立不稳，只好随着船身的起伏，在船舱里打滚。

好不容易到了一处浅滩，停船休息，两人已是浑身湿透。艾羽的叔叔说，滩上有很多漂亮的小石头，这儿的人以前叫它花石，要他们捡些回去留个纪念，艾羽便拉着知之跳上河滩去捡石头。

河滩上的小石头果然很多，密密麻麻地缀满了沙地，像夏夜的繁星。这些小石头上面，有各种颜色的花纹图案，有些树木花草、山水人物、飞禽走兽，形态逼真，意境生动，像有人刻意画上去的一样。

知之一边满河滩寻找中意的石头，一边在心里感叹大自然的鬼斧神工。难怪古往今来，文章诗赋，有多少人赞美三峡，向往三峡，一个小三峡，就让人叹为观止，可以想见，大三峡该是何等的雄奇壮丽。就想，哪天艾羽有空，一定要让她带自己去看看大三峡，来的时候，在船上的时间太短，没能看得仔细。

回到家乡的艾羽，一改那天发言站在墙边的那副腼腆模样，赤着脚在河滩上跑着跳着，像山崖上蹦跶着的小猴，峡谷里到处都是她的喊叫声和笑声，从崖壁上折射过来的阳光，像舞台上的一束追光，照着她被打得透湿的衣衫紧裹着的身体，凹凸分明，像穿着紧身衣的芭蕾舞演员在河滩上跳着芭蕾舞，闪亮的花石在她脚下忽明忽暗地闪烁，发出吱吱嘎嘎的声音，像踩着满河滩的音符。知之从没见过这样活泼的生命，也没见人释放过这样的野性，止不住地在心里发出啧啧的赞叹，精灵，精灵，峡谷的精灵。

从小三峡出来，天色向晚，两人都觉意犹未尽，知之不想就回笔会住地，艾羽也觉得出来一趟不易，明天赶回去上班也不耽误功夫，就撺掇知之去看看高唐观。说到了巫山，不去高唐观，不去寻访一下高唐观的遗址，体验一下宋玉当年写作《高唐赋》《神女赋》二赋的情形，就算是白来一趟。知之于是就由艾羽引着，去找高唐观遗址。

说是遗址，只是一个传言，那时节还没有经过考古验证，但众人都这样说，书上也这样写，大概是不会错的。

遗址在县城西北的一座小山上，两人沿着一条羊肠小道，爬到山顶，山顶上有一处建筑，看上去有些破旧，但庭院的轮廓还在，也有几处残留的门联，字迹依稀可辨，这大约便是后人在遗址上兴建的寺庙或道观。两人在里面转了一圈，除了中间有些房子尚属完整，周遭都是碎砖烂瓦，断壁残垣，不远处还堆了一些水泥砖块，似乎要对房子进行整修。

没有什么特别的发现，知之颇感失望。艾羽却指着院子里的一块石头，要知之过去看看，说这可是件宝物，知之就问她宝在何处。艾羽说，有一次，她跟班上的同学到这里来春游，带队的语文老师说，这儿原来有一个天井，天井里有一块石头，早晚时分，石头周边云烟弥漫，石头上面却有雨水下落，老师说，这就是宋玉在《高唐赋》里说的"朝云暮雨"。

艾羽那时候没有读过宋玉的《高唐赋》，也不知道什么叫"朝云暮雨"，但这块石头她却记住了。艾羽说，这就是老师说的那块石头。

这块石头现在已被人用四根水泥桩子架了起来，石头正中还画了一个棋盘，供人跌坐对弈之用，但石头上面还有些残留的花纹，知之觉得很像他在书上见过的楚地的图案，就跟艾羽说，这果然是一件珍贵文物，只可惜放在这里做了一块普通的棋盘石。

两人又在前庭后院逛了一圈，还到临江的一面看了看江景和对岸的山景，山若游龙，江流有声，这真是一个天造地设的高台，难怪楚王要在这里和神女幽会，真是会选地方。

转了一会儿，两人都觉得腹中饥饿，就想找些食物充饥。艾羽知道，这儿办过一个干部培训班，她曾经给在班上学习的堂兄送过衣物，就说，说不定还能找到一点他们留下的东西，那么多人的培训班，总不至于吃干用尽。

就在那几间尚属完整，显然有人住过的房间寻找一圈，果然，在一间形似厨房的屋子，找到了几根干玉米，还有一些红薯，两人喜出望外，就拿到院子里，找了一些树枝，架起火来烧烤。一会儿，架子上的玉米烤熟了，柴火灰里的红薯也冒出香气，两人就着篝火的余光，拍打着吃了，顿觉精神抖擞，神清气爽。

知之就说，不知楚王当时来这儿，吃些什么。

艾羽说，总不至于像我们这样，吃苞谷红苕吧，跟着楚王来的人多，一定带了很多好吃的东西。

知之说，也是，宋玉的《高唐赋》里说，楚王"怠而昼寝，梦见一妇人"，那一定是吃饱了喝足了，才大白天犯困，俗话说，饱暖思淫欲，所以才做那种云雨之梦。

艾羽说，你说的也对，我只是觉得神女姐姐太亏，一个黄花大闺女，为啥子要主动跟楚王睡觉，那个楚王一定很老，家里还有那么多老婆，跟这样的人在一起，真是犯不着。

知之说，说不定你的神女姐姐真的爱上了这位楚王呢，要不是对这位楚王有意，又怎么"愿荐枕席"，主动跟他在一起呢，临走还要留下"朝云""暮雨"的暗号，告诉楚王，下次到哪儿去找她。

艾羽觉得知之说的也是，就没作声。心想，神女姐姐又不是傻子，不会跟不爱的人在一起。

好像听见了她心里说的话似的，知之又说，你看，你的神女姐姐就不爱后面的那个楚王，不论这位楚王用多少甜言蜜语拍她的马屁，死乞白赖地想留住她，神女姐姐都不搭理，最后还是"摇佩饰，鸣玉鸾，整衣服，敛容颜"，拂袖而去，可见你的神女姐姐还是心里有数的。

两人就这样有一搭没一搭地说着闲话，一时是宋玉的赋，一时是神女的故事，好像他们不是来玩儿的，而是来参加一次学术讨论会的。

渐渐地，说得乏了，在船上颠簸了半天，也有些困倦，便没了说话的兴致，于是就你看看我，我看看你，又伸手拨拨篝火，抬头望望月亮。就这样，看看拨拨望望，拨拨望望看看，有时候竟扑哧一声，没来由地笑了起来。

夜已经深了，黑灯瞎火的，山高路窄，下山已不可能，两人只好在山上过夜，就去寻了一个干净点的房间，见有一些草席，知之拉了一床，铺到地上，自己睡了，让艾羽睡在床上。

在睡下的那一瞬间，知之想，今晚我也要做一个梦，像楚王那样在梦中与神女幽会，到了巫山，总要看看神女长个什么样子。

这天晚上，知之果然梦见了神女，起先是迷迷糊糊地想着，后来就看见神女从神女峰上走了下来，只是这神女的样子模糊不清，有点像飞扬，又有点像塞壬。神女见他睡在地上，就说，你怎么睡在地上呢，地上太凉，见他身子底下垫着草席，又说，我给你的枕头和席子都是刺绣的呀，怎么变成了草的呢。知之说，我也不知道，大概是送的人搞错了吧。神女说，那怎么行呢，起来，起来，我给你换过来，就伸过手来拉他。知之也伸出手去，想拉神女，神女站得太高，知之没有够着，却一个激灵醒了过来，发现自己正睡在艾羽身边，再一看，两人都衣冠不整，知道大事不好，赶快整衣起床，也来不及叫醒艾羽，就匆匆向门外走去，刚出院门，就被两支手电的强光又逼了回来。

原来在高唐观巡夜的民警正要下班，听见院子里有动静，顺手把电筒一扫，就扫到了知之身上。

十

听了知之讲的这个故事，我真不知道是该哭，还是该笑。我说，事到如今，你看怎么办吧。

知之说，我怎么知道怎么办，我要是知道现在该怎么办，那不证明我预先就设计好了，你把我看成什么人啦。

我说，还什么人啦，我看你就是个坏人，好端端地睡在地上，怎么跑到床上去了。

知之说，我怎么知道我怎么跑到床上去了，也许是睡到半夜，我觉得冷，就爬到床上去了；也许是艾羽睡到半夜，怕我冷，叫我上床去睡的。

我说，别嘴硬了，还这也许那也许的，你就没想过，也许你睡觉前就蓄了心思，就想搞成这样。

知之一听，顿时急了，红着脸说，你要这样说，你就不配做我的老大哥，我知之是什么人，你还不知道吗，不错，是我爬到艾羽床上的，好吧，好汉做事好汉当，我明天就到系里去坦白交代，飞扬那儿，我自己了断，也用不着你操心，这该好了吧。

见知之发急，我又于心不忍，就放缓了语气说，飞扬的事，你自己了断，我不替你揩屁股；系领导那儿，还是我去说，我是年级支部书记，又是你的老大哥，你对我说了，就等于是对组织上坦白交代了，于公于私，我都有责任和义务。

十一

没过多久，分配的结果就出来了，我和知之留在学校当老师，飞扬坚持要回到南方的老家去，说那里现在正在搞改革开放，是改革开放的前沿阵地，发展的机会很多。

中文系本来没有去她家乡的名额，管分配的副书记见飞扬的态度这么坚决，又有点想在分配的事情上给飞扬一点安慰，就特意请学校找上面要了一个名额，飞扬终于如愿以偿，回到了南方的老家。

离校的时候，谁也不敢到火车站去送飞扬，怕在离别的时刻触动她的伤心事，惹她难受，只有我一个人帮飞扬提着行李，默默地把她送到车站。

分别的时候，不知道为什么，我突然有一种悲壮的感觉，就搂着飞扬的肩膀说，飞扬，就此一别，不知何日再能相见，老大哥我继续留在学校，背负着因袭的重担，扛住了沉重的闸门，放你到宽阔光明的地方去，从此幸福地度日，合理地做人。

我原本想把鲁迅的这句话改一下，送给飞扬做临别赠言，不知道为什么，话一出口，自己就觉得有点矫情，也有点别扭，见飞扬莫名其妙地望着我，又说，知之就是这样的人，你原谅他。

飞扬的眼里含着泪水，不知是因为我说的话，还是另有所动。口里却淡淡地说，诗都被人写成这样了，张嘴就来，出口成章，已经自由到不能再自由了，诗人还不随心所欲，想怎么地就怎么地。又叹了一口气说，唉，都过去了，不说也罢。

我知道飞扬心里难受，就不再说了，只朝趴在窗口的飞扬轻轻地挥挥手。火车鸣的一声开动了，把我这个可爱的小妹带去了遥远的南方。

知之留校的事，颇费了一番周折，管分配的副书记，坚持要给知之一个处分，有的系领导也同意这个做法，陆教授却不同意这样做，还特意找到系领导，说，应该允许年轻人犯错误，也应该给人家一个改正错误的机会，再说，这种感情上的事，很难说得清对错，不要为这件事毁了一个好苗子。

又说，知之的诗写得好，理论功底也不错，留下来一定能在教学科研中，发挥很大的作用，你们要是不放心，我愿意收下这个徒弟，让他一边搞教学，一边跟我读研究生，我保证让他成为一个合格的大学教师。

话说到这份上，系领导也就做了让步，同意知之留校，只不过额外给我交代了一个任务，就是要对知之加强教育，帮助他尽快改正错误，早日回到正确的人生轨道上来。

我承认知之的这件事做得不好，说是个错误，也未尝不可，但我却不觉得与他的人生轨道有什么关系，他的人生轨道还是朝着积极正确的方向的，只是行进中有一些磕磕碰碰，反正我俩都留在学校了，以后多加提醒和督促便是，无论怎么说，走到哪儿我都是他的老大哥。

十二

留校后，我和知之分在同一栋集体宿舍，合住一个房间，我虽然有老婆孩子，学校却无法安置家属，只能暂时在集体宿舍栖身。

我和知之住的集体宿舍，是那时候比较常见的一种筒子楼。所谓筒子楼，就是两边住人，中间有一个过道的老式住宅楼，从任意一头看过去，整个楼道都是一个长方筒子。

在筒子楼里住的，有单身教工，两人一间；也有双方都在学校工作的新婚夫妇；个别从外地调回，暂未分配住房，拖家带口的中年教师，也杂住其间；除了教师，还有干部和后勤的工人师傅。各色人等，层层叠叠，比邻而居，说白了，就是一个立体的大杂院。

这种集体宿舍，虽然也有自己的私人领域，但私密的程度，却极为有限。没有金银细软，也没有锦衣华服需要特别收藏，除了睡觉的地方背人，备课的桌子靠窗以外，其他的日常生活空间，用当时的一句流行语说，都是开放搞活的。用知之的话说，也就是对外开放，相互搅和。

说对外开放，是你家里的一应生活用具，尤其是炉灶厨柜锅瓢碗盏油盐酱醋，都不能藏着掖着，只能在自家门口一字儿沿墙摆开，像后街两边的杂货铺。

说相互搅和，是指如厕刷碗，洗衣冲澡，都在一个盥洗间，共用一排水龙头。无论谁家弄点吃食，从一日三餐，到节日喜庆，锅里炒的，罐子里煨的，甑上蒸的，油炸水响，雾气腾腾，各种气味搅和在一起，分不清是从谁家的炉灶上冒出来的。有那爱吃辣的，餐餐炒些青红辣椒，或用些辣料佐食，整个楼道就人人掩鼻，个个喷嚏，仿佛这一刻都有远方的亲友在想着似的。

这种没有隐私的筒子楼，也有一个好处，就是容易形成相互关心、相互帮助的良好风气，所以有人又把这种筒子楼称作团结户。

比如说你家哪天煨汤，就有某家的主妇会问，怎么，来客啦，都煨上汤啦，一定是不常来的贵客。接着就会就这位贵客的身份来路，亲疏远近，聊上半天，绝对不是打探隐私，而是关心，临了还要说，这几天菜场来了剥皮鱼，带皮的，三毛五一斤，便宜，好歹是海鲜，平时不常见，待客再好不过，要不要我给你带两斤。

又比如说，你家哪天买煤，不管是散装的煤球还是箱子装的蜂窝煤，要搬进楼道，都要费些力气，这时候，就会有众多邻居伸出援手。如果正巧碰上下班时间，是干部的，放下手中的提包；是工人的，把脱下的工作服重新穿上；是教师的，把书本讲义交给家人；都上来帮忙，主人跟在后面的客气话还没有说完，成堆成垛的煤炭就在楼道里规规整整地码好了。

不管邻居间多么团结友爱，亲如家人，在学校的行政部门看来，这种筒子楼的管理，终究还是个问题，问题的关键，就在于杂乱无章，既影响观瞻，又不安全，于是就常来检查，常搞整顿。整顿的方法之一，便是在楼道里用白漆划出两条平行的直线，中间是行道，各家各户的东西，只能放在白线之内，不准逾越雷池，就像运动场上划出的跑道线一样。

这样的划线管理，看似整齐，却未必美观，也没有解决安全问题。盖因各家摆放在楼道里的家具器物，形状不一，厚薄不均，就算是底边在白线之内，也保不准中间突出，上首狰狞，一样的难得上下整齐划一。更何况堆放的煤球，形如卵石，除非额外装筐，否则断难守住白线，还有临时进出，随手堆放的物件，来不及规整，也不免凌乱，总之没有收到预期的效果。

这样一来，学校的行政管理部门和筒子楼的教职工，就不免要发生一些矛盾，有时还会造成激烈的冲突。我们住进筒子楼的第二年，就发生了一件事，要不是我灵机一动，险些酿成大祸。

那天上午，学校的房管部门又要来突击检查，说是要迎接即将开展的"五讲四美"评比活动，要求楼道的东西要摆放整齐，室内室外的卫生要搞干净，要显示出精神文明建设的新气象来。各家各户不敢怠慢，便像过年打扬尘一样地忙碌起来。

合该这天有事，正在大家忙得不亦乐乎的时候，历史系的李老师家来了一个亲戚，这亲戚是李老师的表哥，挑了些花生、玉米、红苕、土豆之类的土特产来看李老师，见大家都在忙着搞卫生，就把担子歇在楼道中间，也上来帮忙。

乡下人劳动惯了，坐不住，就是想坐，也没地方坐。以往，李老师家来人，都在我和知之合住的宿舍歇脚，我经常回家，知之东西不多，能腾出些空间，供邻居使用。刚巧这天我和知之都在上课，铁将军把门，进不了人，所以李老师家来的这个表哥，除了帮忙打扫卫生，也没有别的选择。

李老师是鄂东山区人，家境贫寒，早年在家乡求学，没少得亲友帮助，学成之后，总想有所报答，就像今天所说的"凤凰男"。

无奈李老师就是当了大学老师以后，生活也不富裕。"文革"初期毕业的大学生，有一部分在"文革"后被召回大学回炉，有些回炉后就留校任教，李老师就属于这批回炉后又留校任教的中青年教师。

李老师这时已是两个孩子的父亲，老婆的家也在农村，她现在在学校后勤当个临时工。李老师是个极爱面子的人，不论家里有多么困难，他每个月都要给乡下的父母寄去十块钱，一来表示孝心，二来也让乡亲们看看，养儿有益。对乡下来人，则不论亲疏远近，都倾其所有，热情款待，乡亲们送来的土特产，除了分送邻居，都堆码在我和知之住的宿舍里，像小山一样。

见表哥一来就帮忙搞卫生，李老师感到过意不去，就去倒了杯开水，放在橱柜上面，等着表哥休息时饮用。正在这时，楼道里突然进来一群人，为首的一个身材稍胖的中年人，李老师认得，是房管科的张科长，其余的大约都是他的手下。

见大家都在忙着，张科长似乎很满意，冲大家表扬鼓励了几句，又叮嘱大家要把楼道的卫生做深做细，不留死角。正这么说着，脚下却碰着了李老师的表哥搁在楼道里的土特产担子，就放下脸来，突然大吼一声说，谁搁在这里的，搬开，搬开，赶快搬开。

李老师的表哥见说的是他的土特产担子，就从高处跳下来，想把担子移开，张科长见是一个陌生的乡下人，就又补了一句说，好狗不拦路，怎么，你眼睛瞎了，没见大家正在忙着搞卫生吗。

李老师见张科长出言不逊，就插进来说，搬开就搬开，有话好说，你怎么骂人呢。

张科长说，骂还算好的，我还要连这些破烂都一把掀了。

话音刚落，张科长的手下真的就上来掀担子，说时迟，那时快，担子里的花生、玉米、红苕、土豆，顿时滚落一地。张科长似乎觉得还不解气，又用脚在这些滚落一地的花生、玉米、红苕、土豆上一顿乱踩，好端端的一担土特产，硬是被张科长的皮鞋踩得支离破碎，遍地狼藉。

众人见张科长这样过分，都停下手中的活计，纷纷围过来跟张科长讲理。李老师见自己表哥辛辛苦苦地从乡下挑来的土特产被糟蹋成这个样子，表哥此刻正像受惊的兔子，吓得在一旁瑟瑟发抖，实在气愤不过，就上前去冲着张科长大吼一声说，你还是不是人哪，真是岂有此理。

张科长一听，也跳到李老师面前说，什么，你敢骂我？！说着，顺手抄起橱柜上的水杯，就朝李老师砸了过去，杯子里的开水飞溅出来，李老师当即疼得两手捂面，放声大叫。

前面的这一幕，我和知之下课回来都看了个仔细，只是碍着人多，又怕把事态扩大，就没有上前理论。知之手里攥着一把铲草用的铁锹，几次想冲上去阻止那些砸担子的人，都被我拦住了，这时见张科长出手伤人，就在人圈外大喝一声，住手。

我见知之举起手中的铁锹要砸张科长，就赶紧夺了下来，顺手把我手里拿着的一把竹扫帚塞给他，知之就用这把竹扫帚从众人头顶上扑打过去，不偏不倚，正打在张科长的顶门心上，扫帚的竹条扎到张科长的脸上，顿时花红一片。情急之中，张科长只得分开众人，夺路而逃，人群中顿时爆发出一阵欢呼声和掌声。

张科长走后，众人才想到刚才用扫帚痛打张科长的英雄，就有当时站在我们旁边的指着人群中的知之说，就是他，就是这位老师，我认得他，好像是中文系的吧。

有人就说，想不到这样斯文秀气的老师，还有这个勇气，我以为只有张翼德才敢怒鞭督邮，想不到中文系的秀才也敢。

见众人议论纷纷，我怕影响不好，就拉着知之，回到宿舍。我说，逞够英雄了吧，要不是我把你的铁锹夺下来，今天没准儿要出人命。

知之说，不会的，我不过吓唬吓唬他。又恨恨地骂了一句说，这家伙也太无法无天了，不给他一点教训，他还要骑在教职工头上作威作福。

十三

这件事本来就这样过去了，张科长自知理亏，又犯了众怒，不敢向学校领导汇报；我们也觉得出了这口鸟气，最后还占了点上风，就息事宁人算了。何况这里面还闹了一点乌龙，张科长说李老师骂他，其实是他听不懂李老师的方言，李老师说的是岂有此理，不是脏话，事后说起来大家都觉得好笑。

这事过去没几天，忽一日，筒子楼里来了一位女记者，说是要找中文系的胡知之老师。有人把她指到我们宿舍，我正好也在宿舍备课，就和知之一起接待了这位不速之客。

女记者自我介绍说，她叫张弛，紧张的张，松弛的弛。又附加了一个解释说，文武之道，一张一弛，我爹妈看我性子急，就给我起了这么个名字，想搞点综合平衡。这样直言快语，一看就知道是个训练有素精明强干的角色。

张弛看上去年纪在我和知之的年龄之间，剪着齐耳根的短发，行动敏捷，话锋犀利。她说她一直是跑文教口的，这两年主要是报道落实知识分子政策问题，这样的新闻事件很多，也很复杂，她是个急性子，抓到一条新闻线索，等不到事情的结果，就去找当事人作深度报道，当事人说的情况，常常与有关部门了解到的情况不符，弄得双方都很被动。

领导就跟她说，落实知识分子政策是一个很复杂的历史问题，要有耐心，不能性急，更不能马虎从事，要做深入细致的调查研究。现在是科学的春天，科教兴国，知识分子的现实问题，也很重要，你不妨也花点功夫了解一下知识分子的现实生活和工作状况。

刚好前几天有人向她提供了这条新闻线索，她就想来实地了解一下。

又对知之说，以前在我编的文艺副刊上，发表过你的诗，还记得吗？就是那首轰动一时的《被包裹的维纳斯》，不过，那时我还不认识你，也是你们学校的学生爆的料。

见张弛说明来意，我心里就怪这回爆料的人多事，也觉得张弛有点小题大做，无事找事，就不等知之开口，轻描淡写地把事情的经过，简单地向她介绍了一下。

谁知就是这样极简的介绍，张弛也听得全神贯注，义愤填膺，还时不时发些感叹，加些点评，弄得我也不得不随声附和地应付一下，听上去就像在讲对口相声。

再看知之，也在一旁听得入神，仿佛自己不是事件的当事人，而是在听发生在别人身上的故事。说到关键处，他又插进去补充了许多细节和群众反应、现场气氛，结果真像一个前方记者在报道新闻现场。

张弛见知之的热情很高，后来又来过学校几次，拉着知之一起去搜集背景材料，不久便写出了一篇报道，题目是《弱书生"怒鞭"房管》，搞得像话本小说一样，还加了个副标题，叫"记某高校教师和房管员的一次冲突"，虽然没点具体的学校和人名，但明眼人一看便知。

张弛的报道发表后，很快就引起了强烈的社会反响，不少读者给报社来信，就这件事发表意见和看法，有的说，这房管员也太不像话了，该打；有的说，有理说理，动手打人总是不好；有的说，是房管员动手在先，礼尚往来，总不能要人家打不还手，骂不还口。

也有人给报社写文章，把这件事上升到落实知识分子政策，改善知识分子待遇和尊重知识、尊重知识分子的高度，说这都是当前国家政治生活中的大事，不能掉以轻心，有的还要求所在学校惩办肇事者，改善住房条件，切实保障教职工权益。

本来是一件小事，却闹出这么大动静，我就埋怨知之不该火上浇油，扩大事态，也建议他不要再跟张弛接触，免得给各方面增加压力。

我说，什么事都得慢慢来，不能性急，饭要一口一口地吃，路要一步一步地走，大到落实知识分子政策，小到改善住房条件，都不是哈口气就能办得到的，要体谅国家和学校的难处，像这种小事情，日常生活中难免，相互担待一下也就过去了，不要搞得这样剑拔弩张的，好像真的发生了什么大事一样。

知之似乎听不进我的话，他不但照常跟张弛来往，而且见面的次数更加频繁。邻居告诉我，我不在学校的时候，那个女记者经常和胡老师关在我们住的宿舍里，两人好像有说不完的话，那个女记者有时候待到深夜才走，邻居还问他们是不是在谈恋爱。我说，不是，年龄差距太大。邻居说，也是。

有一天，中文系有个老师对我说，知之最近在报上发表了一首长诗，名字怪怪的，好像是《装在筒子里的人》。那老师说，我以前读过契诃夫的小说《装在套子里的人》，现在，我们的大诗人胡知之先生又写了个《装在筒子里的人》，看来又一篇世界名著就要诞生了。语气中明显带着挪揄和讽刺。

《装在筒子里的人》还是发表在张弛编的文艺副刊上，张弛又当记者，又当编辑，两副担子一肩挑，新闻报道事实，文学抒发感情，相互补充，相互为用，所以她在读者中影响很大。

知之的诗很长，占了一整个版面，张弛特意用了通栏大字标题，看上去十分醒目。

与《被包裹的维纳斯》相比，这首诗的题目虽然也是脱胎于世界名著，但与契诃夫的意思刚好相反，《装在套子里的人》是说一个胆小怕事的小知识分子别里科夫，用种种的观念和行为，把自己装在一个封闭保守害怕变革的套子里面；《装在筒子里的人》的意思，是说一群朝气蓬勃积极进取的青年知识分子，被困在一个狭小的生存空间里面。一个作茧自缚，一个想破茧而出，两者的差别还是很大的。

以我在课堂上学到的新诗知识和有限的解读现代诗的能力，我觉得知之这首诗用的是象征的手法，把筒子楼作为一个整体的意象，来象征这群青年知识分子的生存处境和精神状况。

与《被包裹的维纳斯》的直抒胸臆不同，在这首诗中，知之用了大量曲折隐晦的隐喻，如娘胎巨人、螺壳道场、砧板葱花、铁锅鱿鱼、罐中沙丁、瓶里蚯蚓等等，来表现这群青年知识分子生存空间的逼仄，日常生活的琐碎和人际间距的拥挤。说这种尴尬的生存状态，与他们追求广袤的知识和自由的精神是相悖的，因而他们的存在是荒谬的。

......

河流，在地上划出道道

白线。

山峦和田野，沙漠和草原，

煤球和蜂窝煤，炉灶和碗柜，

都在忙着寻找自己的站位。

越位意味着天崩地裂，墙倒灶歪。

思想和葱花一起，切成碎末。

逻辑在铁锅里弯曲如鱿鱼的卷。

你的嘴唇冲着我的嘴唇，

你的呼吸碰着我的呼吸，

罐中的沙丁，瓶里的蚯蚓

永恒的吻，纠缠不清的体气。

母腹蠕动，准备

孕育一个远古的巨人。

螺蛳壳里，法器敲响

正开始一个亘古未有的道场。

……

作品发表后，大多数读者都说看不懂。有的读者说，除了疯子和醉鬼，没人这样说话，更不用说写诗；有的读者还开玩笑说，建议附近的精神病院查一下，最近是不是走失了病人。

看得懂的说，这首诗的思想倾向和艺术趣味，都有问题，作者用这种灰暗的虚无主义的眼光，看待现实中正在通过改革，逐步解决的住房问题，受了腐朽的资产阶级存在主义哲学的影响，艺术上也中了西方现代派的毒，故作高深，晦涩难懂，严重脱离人民群众，还批评报纸的编者，不应该发表这样的作品，要清除作者散布的精神污染和消极影响。

此后，便接二连三地有批评这首诗的文章在报上发表，张弛也发表了检讨文章，有些文章还被省外的报刊转载，差不多形成了一个全国性的事件，连塞壬的外公也在报上发表文章说，西方的存在主义不能解决中国的现实问题，解决中国问题的有效途径，只有改革开放，同样，西方的现代主义也不能正确地反映中国的现实，呼吁诗人端正方向，尽快回到正确的创作轨道上来，还直言不讳地说，他不喜欢这首《装在筒子里的人》，喜欢《被包裹的维纳斯》和写那首诗的胡知之。

这年职称评审，知之本可以申报讲师，系领导接到申报表后，却跟他做工作说，你看看，你的老师有的还没当上讲师，你好意思跟你的老师竞争？以前积压的问题多，你还年轻，这次就让一让，下次再报，还跟他开玩笑说，谁叫你长着这样一张娃娃脸，看上去也不像个讲师。

大家都知道真正的原因是什么，只是都不好当面说破而已。

十四

正当知之被这些事搞得五心烦躁焦头烂额的时候，有一天，艾羽突然和她的老师流沙来学校看他。

自从那次笔会以后，知之和艾羽就再也没有见过面，开头还通过几封书信，后来知之见艾羽在信中说话吞吞吐吐畏畏缩缩，知道是那件事让她感到尴尬，就不好再跟她多回信，加上留校后诸事繁忙，渐渐地便断了音讯。

知之留校后，就做了陆教授的在职研究生，同时，还兼着陆教授的助教。陆教授是湖南邵阳人，不会说普通话，他讲课的时候，用的是邵阳话，虽然很不好懂，但听久了，多少能听懂一点，但如果他在讲的过程中，要举一个例子，比如说要念徐志摩的一首诗，却又别着普通话，结果这普通话，听起来比邵阳话还难懂。

遇到这种情况，知之就得用标准一点的普通话，把这首诗再念一遍，所以，知之这个助教跟别的教授的助教相比，又多了一项工作，就是要跟陆教授学习邵阳话，不但要学习，还要与普通话对接，以便在学生听不懂的时候，随时翻译，用知之自己的话说，我自己的普通话也不怎么样，这等于是让我多学了两门外语。

有这些事忙着，知之留校后，倒也过得十分充实。有时候，忙完了一天的工作和杂务，晚上睡到床上，也会想起艾羽，想起那次笔会，想起高唐观那一夜的荒唐。但这时候，飞扬又总是跑来打搅，不是拿眼睛瞪着他，就是嬉皮笑脸地跟他开玩笑，知之对飞扬无可奈何，又不想对艾羽造成伤害，夹在这两个他都爱着的女孩中间，不知道该怎么办才好，后来干脆就不想了，清静倒是清静了，却又常常觉得心里空落落的，没有个抓挠。

有一次，知之把这个苦恼跟我说了。我说，你的毛病就在于泛爱，到处留情，这下好了吧，掉进感情的漩涡里了吧。

又说，你也老大不小的了，不能老这样浪着，该找一个对象成家了。

知之说，成家，也要有人愿意跟我呀。

我突然想起张弛，就说，那个女记者怎么样，她对你好像有那么点意思呐。

知之说，我们是惺惺相惜，同病相怜，我俩在筒子楼事件上，意见相同，看法一致，我挨了批评，她写了检讨，我们是一对患难姐弟。

我说，不如就汤下面，顺水推舟，做一对患难夫妻吧。大几岁不要紧，你正好要个姐姐管着你。

知之说，看样子她倒是有这个意思，只是，我还是放不下飞扬和艾羽。

我就跟他开玩笑说，还有塞壬吧，我知道你就这个德行，见一个爱一个，见一对爱一双，塞壬和飞扬你是够不着了，你就死了这条心吧，艾羽倒还有这种可能，她这次既然来了，你就找机会试探一下，看她还念不念你俩当年的那一夜旧情。

十五

艾羽这次跟她的老师流沙来找知之，是为了创办诗歌刊物的事。

流沙毕业于当地的一所师专，像知之一样，在学生时代，就是一个诗歌爱好者，也发表过一些诗歌作品，毕业后，当了中学教师，仍然在坚持业余诗歌创作，在诗坛上，也小有名气。

与现在的诗坛不同，20世纪80年代，诗歌的发表和传播是双轨制，一个渠道是正式出版的报刊，另一个渠道，则是写诗的人自办的刊物和报纸，属非正式公开出版的报刊。这后一种类型的诗歌报刊，往往被后来的研究者称为民间刊物或地下刊物。

这种双轨制，不是上面定的，而是自然形成的。一些尚未成名，且作品的思想和艺术倾向，都不那么合乎主流要求，甚至有点离经叛道的作者，往往自己聚集在一起，自办油印的或铅印的报刊，发表自己和同仁的诗歌作品。

这样的自办报刊，在流沙所在的省份，已渐成气候，有的还以这些报刊为阵地，形成了一些诗歌派别，这些诗歌派别虽然各树一帜，标新立异，但给人的总体感觉，是与知之那一代诗人在唱对台戏，所以这新一代的诗人又被称为新生代诗人。

流沙母校的校园诗歌创作十分活跃，一些校园诗人，也想创办这样一个诗歌刊物，刊物的名字暂定《江流》。因为流沙已有诗名，就想请他这个学长出任主编，流沙却觉得自己的名气还不够，就想到与艾羽的关系非常特别，与自己的关系也很特别的一个人，于是就生拖硬拽地拉上艾羽来找知之。

艾羽本不想再见知之，也反对流沙跟知之见面。那天晚上的事，纯出自然，也纯属偶然。事后，她想，她跟知之这种不期而遇的一夜情，就像神女和楚王那样，最终是不会有结果的，她只能把这短暂的幸福，封存在高唐观，自己该怎样生活，还是照以前那样生活。

她知道自己喜欢知之，知之的长相，天生就让人喜爱。那次知之找她要通讯地址，见到知之那张娃娃脸，她的心就怦怦乱跳，连巫山的巫字都写掉了一个人，后来，知之又帮她修改作品，把她的作品介绍到报刊上发表，更加深了她对知之的好感。

渐渐地，在不知不觉中，就有一种朦胧的感觉，在她身上出现。以后写诗，总觉得知之就站在她的身边，一边看着她写，一边在她的脑子里，帮她斟酌词句，她也时不时抬头望望知之，从他的眼睛里寻找回应和默许。这样的幻觉次数多了，有时候她也在问自己，你是不是爱上了这个年轻的大学教师。

她知道知之也喜欢她，但知之的喜欢，与她不同，他那种喜欢，是城里人欣赏山野小花，看多了大红大绿、异卉奇葩，山野小花的简单朴素、清新自然，很容易形成反差，但这种反差，充其量只能换来即时的赞叹和片刻的亲近，不可能留住观赏者行色匆匆的脚步。

她知道，知之只是她生命中的一个过客，她以前没有想过，现在也不会想，她和知之之间会有什么爱情发生。知之曾经是她学习诗歌创作的导师，给了她许多鼓励和帮助，现在虽然疏于音问，但她依然爱读他的作品，依然把他当作心目中的导师。

他们注定只能隔水相望，纵有相思，也是一厢情愿。想起这点旧情，艾羽常常记起曾经读过的宋人的词句，觉得那境况，跟她有些相似。

> 我住长江头，君住长江尾，日日思君不见君，共饮长江水。
> 此水几时休，此恨何时已。只愿君心似我心，定不负相思意。

只是，她连"只愿君心似我心"的想法都不敢有，她能想的，只有

"日日思君不见君，共饮长江水"。

艾羽的这些想法，也合乎世俗的情理，连神仙帝王遇到这样的事，都不能终成眷属，何况她这样的肉体凡胎。只是有一层，也是艾羽这个肉体凡胎没有想到的，那就是，她很快就发现，她怀了知之的孩子。

起先，她只把这件事告诉了几个亲近的同村姐妹，姐妹们就劝她不要声张，偷偷地到医院去做了算了，反正又没有出生，还谈不上母子感情，等到生出来了，你一个姑娘家，拖着个不明不白的孩子，别说嫁人，走到哪儿都要被人戳脊梁骨。

艾羽也这样想过，却又于心不忍，只要一想起自己肚子里的这个胚胎，就要变成一摊血水流出来，她就情不自禁地会想起知之的那张脸。也许，她肚子里的胚胎，也会长成这个样子，以后写诗，就不用想象知之站在身边了，有个小知之陪在身边该有多好。

艾羽于是决定就这样瞒下去，反正一时半会儿也看不出来，实在要出怀了，到时候再说，天无绝人之路，艾羽相信老天是不会让她就这样灭了小知之的。

说来也巧，正当艾羽一筹莫展的时候，这些时，艾羽家里正催着她跟已经订好的一门娃娃亲完婚。男方的父亲和艾羽的父亲，都是三峡的纤夫，在两个孩子还不满三岁的时候，两人拉完了纤，坐在江滩上，一边喝着苞谷酒，一边就把这门亲事定下了。

艾羽总共只见过那男孩两次，一次是上学的路上，邻村的孩子打架，有同村的姐妹就指着那个打赢了的男孩说，诺，那就是你男人。又有一次是放学的路上，邻村的孩子偷人家的西瓜，同村的姐妹又指着那个被人追得满坡跑的男孩说，诺，那就是你男人。

那男孩不愿意上学，从小就在村里到处惹是生非，后来又听说他家里承包了一片山地，种苞谷酿酒发了财，便拿着家里的钱到处胡作非为，听说还吃上了一种药，吞一粒进去就浑身发抖，乱摇乱摆。

这样的男人，艾羽当然不愿嫁，就要她爹去退了这门亲事。她爹说，这种事就像地上的唾沫船板上的钉，吐出去了，钉上了，哪能随便收回来，再说，这些年，也没少收人家的财礼，现在说退就要退，你叫我这张老脸往哪儿搁，你还要不要你爹娘在这块地面上做人。

逼急了，艾羽便使出她已经想好了的一招杀手锏，把怀孕的事说出来了。她爹娘一听，顿时都傻了眼，想不到自己这么规矩听话的姑娘，又识文断字通情达理，竟干出这等没脸面的事情来，当下就逼问那男的是谁。艾羽却说，是谁也比那个打架偷瓜吃摇头丸的要强。

见艾羽咬紧牙关不说，她爹娘就扳着指头一个一个地猜，把所有平时与艾羽接近的青年男子都猜过了，最后便锁定了流沙。她爹说，是他，一定是他，他以前教过小艾，是小艾中学的语文老师，比小艾大不了多少，还帮小艾在报纸上登过她写的作文，小艾参加工作后，也没少拉小艾去开会，还经常在一起说些写诗的事，树老成精，日久生情，不是他还能是谁。

话虽是这么说，但这种事，没有个十拿九稳的把握，怎么好随便栽到别人头上，再说，就算真的是他，又能怎样，是打他一顿，骂他一顿，还是像现在某些人那样，动不动就要人家赔偿精神损失什么的，这样做，也可能会出一口气，但最后丢丑的还是自家人。

万般无奈，艾羽的爹娘只好回过头来求艾羽，说，既然你一定要这样，爹娘也就认了，你就堂堂正正地跟他结婚也行，现在奉子成婚的也不少，也不算太丢人。

听爹娘这样一说，艾羽还以为他们真猜出了什么人，就说，结婚，你们要我跟哪个结婚呐，你们说的是啥子人啰。

艾羽的爹见艾羽还在装马虎，就说，啥子人，就是你那个叫啥子流沙的高老师，都到这时候了，还在装，啥子流沙，我看就是个流氓。

听爹把话说得这么重，艾羽就说，你不要随便栽赃诬陷啊，我的老师是全国有名的诗人，不是啥子流氓，你要我跟他结婚，只怕他还不情愿呢。

事情闹到这种地步，父女俩已经有点僵持不下，正好这天流沙又来邀艾羽去参加一个诗歌活动，艾羽就把流沙叫到自己房里，说要跟他说一件事。

艾羽的爹娘见状，就想听个墙根，想弄明白他们之间，到底有没有那回事。谁知听了半天，除了听见里面不时爆发出阵阵笑声，什么头绪也没有听出来。

没听出名堂，艾羽的爹娘就想离开。正在这时，房门大开，艾羽和她的老师一前一后地从房里走了出来。

艾羽的老师见艾羽的爹娘站在门口，就恭恭敬敬地朝他们一点头说，伯父伯母说的事，容我考虑些时，再作答复。说完，朝走在身后的艾羽看了一眼，就向外走去，弄得艾羽的爹娘仓促之间，不知道如何回答是好，艾羽望望她的爹娘，也觉得莫名其妙，不知道老师说这话是什么意思。

这以后，艾羽的爹娘就见艾羽的老师常到家里来约艾羽出去，有时很晚才送她回来。艾羽回来的时候，有时心事重重，有时又喜笑颜开，有一次竟把自己关在房里大哭了一场，不知道是伤心还是高兴。

事情到了这一步，艾羽的爹娘也就由着他们折腾，懒得再管，心想，那孩子如果真不是艾羽的老师的，他要接这个盘，两人都要过几道坎，不是那么容易；如果是那老师的，就是现在结婚，也得有个商量，做点准备；总之是，既然艾羽的老师说要考虑，总会有个答复。

果然，没过多久，艾羽的老师就托人正式上门求婚，接着就把结婚的日子定下来了。艾羽的爹只好厚着脸皮去退了那门娃娃亲，男方的爹娘倒也通情达理，知道自己的儿子配不上艾羽，没有为难艾羽的爹娘。这事就这样尘埃落定了，因为孩子还没有出怀，结婚的时候，也没有人看出什么异样来。

成了一家人之后，有一次，已经做了谭家女婿的流沙就对艾羽的爹娘说，艾羽肚子里的孩子的事，二老不用多问，这是我和艾羽的事，我们会处理好的，不会让二老操心。

又过了些日子，孩子出生了，是个男孩，一家人欢天喜地。流沙给孩子起了个名字，叫高唐，村里人都说，到底是读书人，起个名字都不一般，心气高，有学问。

就有人开玩笑说，高老师厉害呀，给儿子起个名字，就把高唐观给承包了；又有人笑那开玩笑的说，谁叫你不姓高，偏偏要姓个牛，那就只有一辈子让人用鞭子抽了。

转眼间，高唐就三岁了，正跟着艾羽在航运站上幼儿园，他们这次来找知之，心里都预感会有什么与高唐有关的事情发生。艾羽临走时抱着高唐亲了又亲，在心里对儿子说，好儿子呀，等着我，我这就去帮你认那没见过面的爹。

十六

出发之前，流沙和艾羽都商量好了，想趁这个机会，把这以前的事，都告诉知之，孩子都三岁了，毕竟是他的亲骨肉，再不让他知道，于情于理，都说不过去，至于何时见面相认，是继续由艾羽抚养，还是回到知之身边，那都是以后的事。

俗话说，树怕剥皮，人怕抵面。有些话在背后想得好好的，当了面却说不出口；有些事，在背后想得妥妥的，当了面却做不出来。流沙和艾羽这次见到知之，就是如此。

几年不见，艾羽和知之都觉得对方变了，知之说艾羽似乎长胖了一些，艾羽说知之比以前瘦了一点。两人正这样说着见面寒暄的套话，流沙却插进来说，一个胖了，一个瘦了，看样子，你们两个都比以前成熟了。两人觉得流沙说得有理，都禁不住笑了起来。

艾羽向知之介绍流沙的时候，说，这是我的老师，也就是那个把我的作文改成诗的语文老师，后来我又被他改了一次，这一次，是把我由他的学生改成了他的老婆。

知之就想起了塞壬说自己是上天为飞扬准备的一首诗，现在这首诗已被自己改得不成样子了。就说，这不是越改越好吗，散文改成了诗，学生改成了老婆，总比我被改得姥姥不疼舅舅不爱要强。

艾羽和流沙听不出知之话里的另一层意思，都以为知之还在为他那首诗挨批生气，就安慰他，要他想开一些，不要老放在心里。

流沙说，这就是当代实验探索诗歌的命运，稍微曲折隐晦一些的诗，就说看不懂，就接受不了，还要往政治上扯，上纲上线，要像这样，诗就只能是顺口溜，是政治口号，连五四时期的白话诗，太过浅白了，后来还出来个象征主义诗歌补救一下，现在怎么就不能做点实验探索呢。

艾羽见流沙说得这样义愤填膺，就打断他的话说，不说这个啦，人家知之是大教授，比你懂得多，你就不要班门弄斧了，你这不是有事来求知之的吗，说正事，说正事。

流沙不好意思地冲知之笑了笑，就把来意跟他说了。

知之说，这个主编我不能当，据我所知，你的那些新生代的诗友们也是反对我们的实验探索的呀，说我们的诗，太追求崇高，太讲究意象，觉得太过悲壮，太过隐晦，太过笨重，他们想把诗写得日常化一些，口语化一些，我们是两股道上跑的车，我怎么能当这个主编呢。

流沙说，你说的都是实情，他们当中还有人提出要 PASS 你们呢，但这只是一种宣言，一个口号，实际上，你们两代诗人，算上我这个中间物，都是割舍不断的，你们的实验探索精神，是一脉相承的，你们用象征和意象，来表现存在，他们用口语和日常，也是表现存在的一种状态，戴望舒的《雨巷》受象征主义影响，讲究音乐和画面的暗示性，他在《我的记忆》以后的诗歌创作，就很重视口语和日常。

见艾羽拿眼睛横他，流沙知道自己又禁不住技痒了，就停下不说，只等着知之表态。

知之说，你这样说，也有点道理，事物的发展，都要经历一个否定之否定的过程，我们用象征和意象，否定了清浅直白的诗风，新生代诗人嫌我们隐晦笨重，想用日常和口语，否定我们的意象和象征，最终可能在一个否定之否定的更高层次上，回到自由诗所追求的"我手写我口"的明白如话的状态，我们都是中国新诗这个实验探索链条上的一个环节，要这样说，我愿意当这个主编。

见知之最终答应担任主编，流沙和艾羽都松了一口气，本想在接下来的时间里，再说说高唐的事，知之却在学生中专门为他们组织了一个座谈会，说现在新生代诗人的诗，像当年的朦胧诗一样，在校园里也十分火爆，他想让学生听听他们对新生代诗歌的感受和看法，让他们也长长见识。

又对流沙说，你们都是来自新生代诗歌创作活跃地区的诗人，一定有很多话说，我记得当年讨论朦胧诗，艾羽的一首《我对神女姐姐说》，就引起了轰动，这首诗还是你帮她改写的呢。

流沙说，不是改写，是改排，我不过是帮她的作文分分行而已。

知之说，分行也很重要哇，当年，要是没有《晨报》副刊的编辑给冰心的散文分行，也就没有诗人冰心。

艾羽知道新诗史上的这段逸事，1921年，冰心把自己写的一篇名为《可爱的》的短文寄给《晨报》，编辑在发表时，把这篇短文分行排列，结果就成了一首诗。

虽然自己没有像冰心那样成为著名诗人，但一篇中学生的作文，被一个诗人变成诗，又受到另一个诗人的称赞，而且这两个诗人，一个现在是自己的丈夫，一个是孩子的父亲，都与自己有千丝万缕的联系，有很深的情感纠葛。想到这一层，艾羽就觉得自己十分幸运，也有一种说不出的温暖的感觉。

直到他们和知之挥手告别，也没有找到一个适当的机会，把高唐的事告诉知之。只好在回到家里以后，由艾羽用一封长信，详说事情的经过，虽然他们都觉得，失去这次机会十分可惜，但又觉得这样也挺好，省去了一些当面言说的不便和尴尬。

这封信，艾羽本来在怀上知之的孩子的时候就打算写的，但又怕引起知之的误解，她和知之虽然相互都有好感，但毕竟没有恋爱关系，因为那样的一夜情，就说自己怀上了他的孩子，很容易落下话柄，给人以要挟之感。

后来是流沙在父母逼婚，孩子将要出怀的节骨眼上，向她表露了深藏已久的感情，才让她走出了困境，她那时也不想把这件事告诉知之，免得又扯出孩子的事，让知之误解流沙是乘人之危，亵渎了他纯真的感情，再说，她也不愿意知之知道了孩子的事以后，节外生枝，造成麻烦。

现在，一切都尘埃落定，无论是流沙，还是她自己，都能平静地面对。这时候来写这封信，把这件事情告诉知之，再好不过。

在这封信中，艾羽既没有隐藏她对知之的好感，也明确地表示，他们的结合，绝无可能。同样，在那种情况下，她接受流沙的求婚，既为流沙的仗义和真情所感动，也不否认，她从学生时代到走出校门，参加工作，通过诗歌创作，已经跟流沙结下了很深的友谊，有很深的感情基础。她说，她相信知之能理解他们的感情，不论高唐以后跟谁生活，她都希望知之珍惜他们之间的这种缘分。

十七

知之接到这封信的时候，正有一件事，需要他做出决定。

这件事说大也大，说小也小，说大，事涉婚姻，是人生大事；说小，双方的意思都已经有了，条件也已具备，就差一方的当事人点个脑袋。

果然不出知之所料，张弛对知之，确有那个意思。

起先，她只认为知之有才，是个才子，不光诗写得好，课也讲得好，很受学生欢迎，是学生喜爱的校园名嘴，也是许多学生，尤其是一些女生崇拜的偶像。知之天生丽质、玉树临风，本来就是一块当偶像的材料。

接触多了，交谈深了，便发现知之还是一个长于思考，很有思想，很有见识的青年学者。

那些年，思想解放，域外的各种文学思潮，包括诗学主张和各家各派的文学创作，纷至沓来，知之都了如指掌，说起来如数家珍，对国内一些人学习借鉴的成败得失，也有自己独到的见解。

张弛是个新闻人，对这些自然充满了兴趣，也有较多的了解。两人有筒子楼事件的交往，于是一见如故，相逢恨晚，只要我不在宿舍，他们在一起谈起来就没个完了，有时甚至通宵达旦，饿了就在煤油炉子上煮碗面条充饥，困了就在我和知之的铺上随便歪一下。邻居都觉得这两个人好生奇怪，怎么就有那么多话要说。

我那些时正在办我爱人的工作调动，学校说现在招生多了，规模大些，可以考虑把你爱人安排到后勤部门工作。因为忙着办各种手续，回宿舍的时候少，张弛实际上已经代替我，做了这间房子的女主人。

像知之这样在智力方面聪慧早熟的青年，往往有一个致命的弱点，就是生活自理能力较差。念大学的时候，过集体生活，混在一起，彼此彼此，反差不大，看不出来；留校后过单身生活，虽然依旧有两个人住在一起，但跟我这个成了家的人比较起来，知之的生活就显出了它固有的脏乱差。

我曾经把知之的日常生活编了一个顺口溜，起床不叠被，饭后不刷碗，衣物满床丢，乱书杂剩饭，早洗晚不洗，夏换冬不换，开门闻袜臭，对镜见蓬首，坐地论诗道，扪虱说自由。

这个顺口溜中，只有两句需要作个注释，就是"早洗晚不洗，夏换冬不换"，前一句是说知之早起虽然洗脸，晚睡却不洗脚，后一句是说夏季有汗换衣，冬季无汗不换。

无论是我这个老大哥，还是知之身边的同事，都觉得需要有一个人来帮知之打理日常生活，知之本人也觉得自己的生活能力差，要有人来管管他，父母来信催得更急，说他早到了该结婚的年龄，得赶快找个老婆成家。

张弛便这样适时而至，应运而生，在知之需要结婚的时候，把这个人生大事摆到了他的面前。

结婚的事，是有一次他们在一起的时候，张弛主动提出来的。张弛给知之的，只有一个星期的考虑时间，说我喜欢你，想跟你结婚，不藏着掖着，你愿不愿意，也给个痛快话，愿意，我们就赶快把婚事办了，完了好各忙各的，现在都在大干快上，谁也没有闲工夫精操细办，不愿意，也不要紧，我们还是朋友。

知之总共只谈过一次恋爱，还没有到谈婚论嫁的时候就夭折了，哪里见过这种架势，当下就被张弛的气势吓住了，只好唯唯诺诺地说，好的，我考虑，我考虑，一个星期，一个星期。

过后，知之就把这事拿来跟我商量。我说，好呀，快刀斩乱麻，速战速决，我喜欢这样的作风，我爸妈结婚的时候，把两个单人铺板往起一拼，给同事撒把喜糖就算成了，哪有现在这么多名堂。

知之似乎没有受我的情绪感染，依旧犹豫不决，接着又从口袋里掏出一封信，一把塞给我，口里嘀嘀咕咕地说，你看，那，这怎么办，你说这怎么办，偏偏在这种时候。

我接过信，匆匆忙忙地看了一遍，虽然心里感到吃惊和意外，口里仍然不忘给知之打气。我说，好哇，你小子，有你的呀，又做新郎又当爹，这简直是双喜临门哪，大喜呀，大喜。

知之依旧嘀嘀咕咕地说，什么大喜，大麻烦还差不多，只怕张弛不干。

我说，她干不干，是她的事，你只管做好结婚的准备就是。

知之无可无不可地说，其实也没什么准备的，我们早在一起做了夫妻了，结婚不过是个形式。

这次又轮到我意外和吃惊了，我说，原来你小子是在耍弄我，早就是一锅熟饭，还装模作样地要我添柴加水。

知之说，也不是装模作样，没有这事都好办，发封电报跟家里说一声，父母知道就行，用不着一个星期，三天我就可以答复她，像我这样的人，要找老婆结婚成家，没有比张弛更合适的了，现在凭空添了一个孩子，又不是张弛怀的，一结婚就成了后妈，再婚不是再婚，填房不像填房，你叫张弛怎么想。

听知之这样一说，我拿眼睛盯住他看了半天，说，想不到你小子还一套一套的，满脑子封建思想，以前飞扬总说我，都什么年代了，我现在也要拿飞扬这句话说你，都什么年代了，还填房填房的，你当你是地主老财，一房一房的老婆，死了一个又填一个。

知之就笑，说，这倒不是，先前我只跟张弛说了我跟艾羽的事，没说孩子，现在突然出现了一个孩子，张弛不会说我是故意隐瞒吗？

我说，你不也是现在才知道的吗？

知之说，现在才知道也说不出口。

见知之有点犯难，我说，这事好办，你先表态，然后我再去做她的工作，保管无事。

有我这个老大哥愿意出面，知之的眉头才舒展开来。

等知之和张弛确定了结婚的事以后，趁一个星期天，我让知之把张弛约到我和他合住的宿舍来。

张弛一进门，我就自我介绍说，我是知之的大学同学，现在又是一个系的同事，也是他的老大哥，我今天是代表知之的家长来和你见面，想跟你商量一下你们结婚的事。

张弛说，你就说你是知之的大哥吧，加个老字碍事，大哥有什么话只管说，都快是一家人了，一家人不说两家话。

我扫了一眼房间，顺着张弛的话说，这间小房被你收拾得还真像个家的样子，是你收拾的吧，知之绝对没有这个能耐，我跟他住了这么些时日，他把屋里搞得像狗窝一样。

我故意把话说重点，把可能是他们心目中的新房说成狗窝，话一出口，又假装失言，连忙纠正说，言重了，言重了，我说狗窝，你不介意吧。

张弛说，说狗窝还算轻的，简直跟猪圈差不多。

我说，那我就跟着知之做了一回狗，又做一回猪，可见我们哥俩的缘分不浅哪。

说得张弛禁不住哈哈大笑起来。

见气氛已经轻松，我就把张弛叫到一边，跟她说了高唐的事，也给她看了那封信。

张弛看完信后，表情很平静，她一边把信递还给我，一边说，知之跟艾羽的事，我知道，是他亲口跟我说的，孩子的事，我没听他说过呀。

停了一会儿，又说，既然知之也是现在才知道的，就不为过，反正我们也得要孩子，他的孩子，我的孩子，都是我们的孩子，大哥，你放心，没事，我接受得了。

又补了一句说，艾羽也不容易。

见张弛这么痛快，我故意提高声音，冲着知之那边说，这下好啦，万事俱备，只欠东风，看来还真得委屈你们在这个小房安家了。

知之一听我的话音，就知道事情妥了，赶紧凑过来说，那你呢，总不能我们有了新房，让你露宿街头吧。

我说，放心，不会的，到街头露宿还得走一段路，学校已同意我爱人调入后，把家搬过来，就住你们隔壁，隔壁的老师升了副教授，要搬到家属区那边去了，你们就在这个小房结婚，以前我跟知之床对床，以后我们跟你们两口子门挨门，还是一家人。

知之说，你怎么不早说呢，昨天我们还在愁新房的事呢。

我说，学校房管部门也是昨天通知我的，我就把你没房子结婚的事，顺便跟他们反映了一下。房管科的人说，你不是要搬出来吗，就让那个胡老师在那间房结婚。

知之顿时千恩万谢，作合掌叩头状说，多谢房管大人开恩，我胡知之今生今世，没齿不忘。

我说，你先别忙着谢，你知道说这话的是谁吗？

知之说，谁？

我说，就是被你拍了一扫帚的张科长。

知之说，张科长？不会吧，那怎么可能呢。

十八

知之结婚成家后，果然跟先前大不一样了，张弛不但把他拾掇得里外一新，还叮嘱他出门要注意穿着，不要邋里邋遢的，有损大学教师的形象。

知之于是每天出门上课，就穿上他那套结婚礼服，西装革履，头发梳得整整齐齐，皮鞋擦得锃亮锃亮，右手还提着个黑皮包，除了差根文明棍，就像电影里留洋归来的大学教授那样。

听学生说，胡老师最近上课，老爱用左手做手势，无名指上戴的结婚戒指金晃晃的，像指头缝里夹着个萤火虫。

看惯了知之的邋里邋遢，他搞成这样，我还有点不大习惯，就跟他开玩笑说，有老婆跟没有老婆，到底不一样啊，真是眼睛一眨，老母鸡变鸭，你小子搞得这么人模狗样的，就不怕我认不出来你了。

知之就笑，说，有你认不出来的时候，你就走着瞧吧。

果然，这以后，知之就好像变了一个人。早晨，我一家人还没有起床，他就把他和张弛的早点从食堂买回来了，等到我们开始吃早餐，他已跑步送张弛去赶公交车，张弛的报社在江那边，上班路上要转几趟公交车，等他送完张弛又跑步回来，坐下来备课写文章，我们才慌乎急忙地送孩子上学。

张弛的晚饭在家里吃，我看张弛弄饭的时候，知之也在旁边打下手，帮忙生个炉子，择个菜，端个盘子，递个碗的，忙得不亦乐乎。

休息日，两口子还要在筒子楼门前的空场子里打打羽毛球，夏天到湖边的露天游泳池里游游泳，冬天在学校的操场上堆雪人打雪仗，整个筒子楼的住户都羡慕这小两口，连夫妻吵架，也要拿他们做正面榜样，一边吵一边会指着对方说，你看看人家，看看人家，都要求对方向他们学习。

有那知情的，知道他们是因为上次跟房管员发生冲突那件事走到一起的，就开玩笑说，难怪人家说，美人爱英雄，英雄爱美人，胡老师要不是上次出头英雄了一回，像他这样的诗呆子，那个漂亮的女记者哪能看得上他，现在好了，诗呆子也会爱老婆了。

筒子楼的人都知道知之爱写诗，背后都叫他诗呆子。

只是好景不长，不久，张弛就发现自己怀孕了。起先，尚无太大的妊娠反应，知之的那点生活本领，还够照顾的，无非是每日里将茶水饭菜送到张弛手上，家务事尽量不要她动手，一下班就要她靠在床上休息静养。用知之的话说，他是把张弛当皇后娘娘侍候。

只是时间一长，问题就来了，不是知之的服务热情减退了，而是张弛渐渐发现，他们的新房又要变成狗窝猪圈了，知之也日渐现出了他的邋遢本相。

张弛本想恢复旧制，家务事自己亲自打理，无奈妊娠反应日益加重，一吃就吐，不吃也吐，弄得知之不知如何是好，只好不断地向我爱人求助，动不动就跑到我家来，像房子着了火一样，说，嫂子，快去看看，快去看看，张弛又吐了，又吐了，口里还要嘀咕着说，什么毛病，老是在吐，还没完没了啦。

我爱人只好放下手里的事，跑过去救火，等我爱人安抚完张弛，回到家里，还未坐定。知之又跑过来，嫂子，嫂子，又吐了，又吐了地一气乱喊。

有一次，我们一家人正围着桌子吃饭，知之砰的一下推开我家的房门，说，嫂子，快来，快来，张弛又吐了，这回吐得更厉害，红的、黄的、绿的、白的，吐了一地，从我的肩膀上吐下去，搞得我满身都是。还把他身上沾的秽物一点一点地指给我们看，一股刺鼻的气味顿时扑面而来，我爱人只好放下筷子，跟着他又跑了过去。

好不容易不再呕吐了，不知为什么，张弛突然爱上了吃辣，道道菜里要加辣，餐餐要爆荷包大椒吃，弄得整个筒子楼就像个辣酱作坊，辣焰炎炎，辣气熏天。

邻居们都有意见，但碍着张弛是个孕妇，又不好发作，只好找知之抱怨。一回两回，知之还知道为张弛辩护，说她是个孕妇，特殊情况，特殊情况，大家多多担待，多多担待。次数多了，就有人说，只听说孕妇喜酸，没见过孕妇爱辣，这纯粹是只图自己的嘴巴快活，不顾别人的死活。

终于有一天，积聚已久的矛盾爆发了，这矛盾不是爆发在外部，而是爆发在内部，外因通过内因在发生作用。

这天晚饭时分，张弛下班回来，正躺在床上喘大气，等着知之给她爆荷包大椒吃。张弛的妊娠反应加剧后，晚饭也是在食堂买着吃，食堂没有爆荷包大椒，知之只好学着做。

做荷包大椒有一道关键工序，是用油炸，炸软了再放豆豉进去才好吃，油炸又是一道出辣的工序，随着哧的一声辣椒入锅，楼道里便咳声四起，像一声长号响过，就开始了一场急管繁弦的演奏一样。

偏偏这几天，对门李老师的老母亲正患感冒，没有什么刺激都咳得一塌糊涂，哪里经得起这辣风呼啸，当下就咳得从床上滚了下来。李老师无奈，只好出来与知之商量，说，能不能让你爱人这几天就不吃辣，等我老母亲感冒好了再吃。

换个人听了李老师这话，会觉得这人好没意思，好歹我去年还为你家的事出过头，现在轮到我爱人吃点辣的，还是个孕妇，你就不能担待一下。

知之是个惯于内责的人，这话自然是说不出口的。听李老师这样一说，觉得让人家的老娘咳成这样，也确实是太不像话，就赶快把锅里的辣椒铲起来，一边铲，一边还要说，对不起，这就好，这就好。然后就把铲到盘子里的荷包大椒端进屋里，塞到张弛手上，说，吃吧，吃吧，人家李老师的老娘都滚到地上了。

张弛一时间没有反应过来，不知道李老师的老娘滚到地上，与自己有什么关系，就关切地问道，怎么啦，好端端地睡在床上，怎么就滚到地上了呢？

知之没好气地说，怎么啦？还不是因为你。

这一说，张弛就更加不解，说，因为我？我怎么啦？

知之说，被你的辣椒呛的，这下该知道了吧，又补了一句说，就吃这一回啊，要吃，等李老师老娘的感冒好了再吃。

听知之这样一说，张弛怎么想怎么不是滋味，怎么啦，合着我吃个辣椒，还要看谁家有没有人感冒，人家的老娘从床上滚到地上，我还得承担责任，你一个大男人，不为自己的女人作个解释，想办法平息人家的抱怨，反而胳膊肘朝外歪，回来责怪自己的女人，你还算不算个男人哪。

又见知之的脸色不好，说话呛人，心中的那股无名火禁不住腾的一下蹿起老高，当下就把手中的辣椒盘子啪的一声摔到地上，说，好了，我不吃了好吧，我也用不着你服侍，你去服侍人家的老娘好了。

李老师找知之打商量的时候，我正在门口炒菜，见知之挂着个脸把辣椒盘子端进去，就知道这事惹起的火星子会溅到张弛身上。等我听到响声跑进知之的屋里一看，只见张弛面朝里半躺在床上，知之面对一地的瓷盘碎片和辣椒残骸，不知该如何是好。

帮知之收拾了残局，我就把我爱人叫了过来，要她劝劝张弛。起先，怎么唤她，她都不理，后来经不住我爱人轻言细语地劝说，又碍着嫂子的面子，才翻身坐了起来，这一坐，便如受了委屈的孩子见了娘，一下子扑到我爱人怀里，放声大哭起来。

哭完了，脸上还挂着泪珠，便开始一点一点地数落知之，从她不计较知之和艾羽的事说起，说到后来的接受高唐；从自己拿出全部积蓄操办婚事，连知之的那身新装都是自己置办的说起，说到知之每个月的工资大半都寄给了父母，自己的工资却全部用于家庭开支；从知之大事小事都以自我为中心说起，说到知之无论说个什么事都要跟她对着干，从来不知道迁就和退让，等等；中间还夹杂着许多具体的事例和细节。我和知之站在一旁，就像在听一个有冤屈的原告在向法官哭诉和举证。

好不容易让张弛平复下来，回到自己屋里后，我跟我爱人感叹说，想不到张弛跟知之这么你恩我爱的，肚子里还装着这么多苦水。

我爱人说，你们这些学中文的，就记得托尔斯泰那句话，幸福的家庭都是一样的，不幸的家庭各有各的不幸，其实幸福的家庭也不都是一样的，就算是表面一样，也各有各的难言之隐。

我说，你倒是比托翁还通人情世故，但愿他们把那些难言之事都放在心里，还是不要说出来为好，否则有损他们这对恩爱夫妻的形象。

我爱人就笑，说，幼稚，这是由得你想的？有了初一就不愁十五，你看吧，以后有的是架吵。

我爱人一语成谶，果然，这以后，知之和张弛便争吵不断。小吵小闹，我们都装着没有听见；动静大了，怕张弛动胎气，我们就放下手里的活，跑过去救火。往往是，我爱人去劝哭得一把鼻涕一把泪的张弛，我则把还在不依不饶地说理的知之，一把拖到外边，拿出亲大哥的架势，开口就骂，说，你小子怎么这么臭不懂事，人家是个孕妇，再不看，也要看她肚子里的孩子的面子，怎么，你小子不想当爹啦？

我这样一吼一骂，知之才把那些他认为是放之四海而皆准的道理，强忍着吞到肚子里去，可是，过了没多久，他又想办法在别的事情上找补回来，新的战火又起。我们这两个住在隔壁的大哥大嫂，差不多成了他们家的消防队。

好不容易熬过了十月怀胎，张弛在医院里顺利地产下了一个女婴，知之给女儿起了个名字，叫半月。张弛知道他是取了胡姓的一半，就问他为何不叫满月，知之说，半月无论上弦下弦，都很好看，都在走向圆满，满月太实，像个面饼，俗话说，月满则亏，好景不长。

张弛待产的那几天，知之还算是尽了一个丈夫和未来的父亲的本分。妇产科的床位紧张，待产的孕妇两人一张床，平时接待家属的地方，也腾出来做了待产室，候产的家属就只好在走廊里待着，随便弄点吃喝对付。张弛待产的时间长，知之就这样在走廊的水泥地上睡了两个晚上。

第三天早晨，张弛终于进了产房，知之赶快跑回家去，在高压锅上炖了一锅鸡汤，在汤里加了一把面条，又往里面打了十个鸡蛋，就匆匆忙忙地端到医院。等我们随后赶到的时候，只见知之一个人在走廊里吃得呼呼喇喇哦嗬喧天，问张弛呢？他用挂满面条的嘴巴一挑，含含糊糊地说，里面。然后又埋头下去用筷子挑面。

张弛和新生婴儿并排躺在床上，一脸幸福的模样。

我爱人说，你也不吃点。

张弛说，你看他弄的，那是鸡蛋面条吗？鸡不见鸡，蛋不见蛋，面不见面，疙疙巴巴的一锅羹，就像他写的一首朦胧诗，看不明白，也吃不下去。

我爱人就知道知之会弄成这样，出门之前，特意另外准备了一份鸡汤面。她一边把她带的鸡汤面条从保温瓶里往一个碗里倒，一边说，这几天也难为知之了，就让他吃点好的吧，慰劳慰劳。

张弛就笑，说，要不人家说，女人坐月子，男人长肚子呢，我这月子还没开始坐，他就开始敞开肚皮吃了，只怕到我满月的时候，他要吃成个猪八戒了。

十九

半月三岁的时候，高唐就到了该上学的年龄。有一天，知之收到艾羽写来的一封信，说她和流沙认真商量了一下，觉得高唐都快七岁了，该让他上学了，只是他们那儿的办学条件差，流沙虽然是个老师，但教的却是中学，附近都是些民办小学，没有公立的小学可送，就想把高唐送到知之身边来上学，也想借此机会，增进他们之间的了解，培养培养亲情。至于经济问题，艾羽说，长航系统的收入较高，他们暂时没有孩子，可以贴补一下，只是张弛和知之已经有了半月，又给他们添累，于心不忍。

又说，这孩子从小娇生惯养。因为当地人后来也知道了他的身世，自己怕人家骂他是野种，在外面受人欺负，总是没来由地护着他，流沙更把他看作心肝宝贝，从来不对他说一句重话，家里的老人也都宠着他，所以，高唐从小就跟航运站的那帮野孩子混在一起，爬藤上树，穿山钻洞，泅水过峡，打架骂娘，什么顽劣的事都干，只怕到了他们身边之后，要格外操心。

艾羽让他们管严点，尤其希望张弛不要有什么顾忌，该骂的骂，该打的打，不要怕他记恨，孩子再不教育就晚了。她和流沙想把高唐送到城里来读书，也是想让他改变一下环境，接受严格一点的家庭和学校教育，说如果他们没意见，下学期开学就把高唐送过来。

艾羽平时很少跟知之通信，自从那次和流沙一起来请知之当主编之后，就再也没有见过面。知之跟张弛结婚的事，知之后来在信中都告诉她了，两人都很平静，以后就各过各人的日子，两个家庭四个大人之间，从来没有发生过好事的小说家写的那些扯皮拉筋的事。光阴如水，岁月静好，人生原本也可以这样，只不过那些写小说的人动多了心思，要写得那样争风吃醋，钩心斗角，你争我夺罢了。

接到这封信以后，知之和张弛都觉得艾羽说得有理，他们考虑得周到，都同意把高唐接过来上学，只是接下来如何运作，两人都没有经验，就坐下来郑重其事地商量办法，还把我们夫妇俩叫到一起，也想听听我们的意见。

我见他们难得这么平心静气地坐下来商量一件事，也乐意参加，更何况与高唐有关的事，我是知情见证人，好歹还算是他的大伯。帮知之他们出出主意，想想办法，也是名正言顺。

我说，高唐到你们身边来读书，其他的事情都好办，当务之急是睡觉的问题，你总不能让一家人挤在一张床上吧，再说，高唐已经是个大孩子了，跟你们挤在一起，也不合适。

张弛就撺掇知之赶快打报告，请房管科考虑他们家的实际情况，增加一点住房面积。

知之当下就写了一个报告，兴冲冲地送到房管科，还没等我们散场，他又跑回来了，说，不行，不行，解决不了。还把张科长说的话，跟我们学了一遍。

张科长说，我的个胡老师吧，实在是对不起，不是我不给你面子，也不是我记仇，实在是没有住房面积可以增加，学校的房子都是按职称分配的，你要增加住房面积，好办，赶快当副教授，当上了副教授，搬到家属区那边，两室一厅，就宽敞了，包你住得下。

我说，这个张科长也是的，就不能变通一下，职称问题，是这么好解决的吗？老讲师还在排着队，新讲师已经接着排，等当上副教授才能改善住房条件，那还不得到猴年马月。

知之说，不急，不急，我的条件都够了，下次应该能上的，总不能还说我年轻，又要我等一等，让一让吧，我已经是个当爸爸的人了，再等再让，我就该当爷爷了。

见问题解决不了，我爱人就说，不如想个办法暂时过渡一下，等知之评上副教授再说。

就给他们出了个主意，叫他们把现在睡的床垫高，然后在靠墙的一头，成直角插进一张竹床，晚上拉出来，让高唐睡觉，白天推进去，也不影响室内活动，像安了个抽屉一样。

事到如今，也别无他法，就照我爱人说的意思，我们帮着他们两口子，在他们睡的双人床下，另加了一个活动的抽屉式竹床，算是解决了高唐的睡觉问题。

说话间，开学的日子就到了，艾羽和流沙都没有亲送孩子过来，而是由艾羽的一个表姐从长航的客轮上带过来的。艾羽的这个表姐在这艘客轮上当服务员，可以享受一点免费带人的福利，有时也带艾羽一家免费出行。艾羽的这个表姐很喜欢高唐，高唐也大姨大姨地叫着，格外亲热，跟亲母子没有区别。

艾羽没有把高唐和知之的真实关系告诉高唐，也叮嘱她的表姐不要跟孩子说。临行前，艾羽只跟高唐说是送他到城里读书，住在一个伯伯家里，让他管知之叫伯伯，管张弛叫伯妈，还说伯伯家有一个小妹妹叫半月。

开头一段时间，因为有新鲜感，高唐很快就喜欢上了校园里的生活。校园很大，有山有水，放学以后，他可以像在家里一样，自由自在地玩耍，只是伯伯和伯妈都不准他下水，说不安全。高唐就把校园里的山林，犄角旮旯都钻了个遍，无洞不入，无树不上，连树上的枯藤也不放过，上学放学，都要在上面打几个秋千，像孙大圣从花果山被放逐到蟠桃园，校园成了高唐新的乐园。

筒子楼的孩子都喜欢高唐，在校园里圈养大的孩子，只在图画书上见过孙大圣，现在，真的孙大圣来到了自己的身边，那还不跟着上天入地地嬉闹一番。高唐因此无论上学放学，身边都跟着许多筒子楼的小伙伴。

知之和张弛都很高兴高唐很快就适应了新的生活，自从有了高唐，筒子楼的孩子对他俩也格外亲热，出门进门都叔叔阿姨地喊着，他俩觉得自己突然成了这些孩子的家长一样。

只是过了一些时，知之突然发现，这些孩子看他的眼光有些异样，有时见面了连招呼都不打，就低头走过去了，有一次，还发现有个孩子在他后面伸舌头，做鬼脸。

知之的心里十分纳闷，就把这个发现对张弛讲了，张弛也留心观察了一下，确实是这样，就跟知之说，可能是高唐跟这些孩子闹了别扭，小孩子家的脸，六月的天，阴一阵，晴一阵，没什么大不了的，不要搞得这么敏感。

又过了几天，知之发现筒子楼的大人也有些异样，以前见面虽然也只客气地打打招呼，点点头，这些时却发现他们跟他打招呼时，脸上常常挂着一抹诡秘的笑容。有一次，一个常在一起打球的球友见了他，张开嘴似乎想说些什么，又笑一笑，摇摇头，说，算了，算了，不说了，不说了。弄得知之像俗话里说的，丈二和尚，摸不着头脑。

有一天，这件事情终于露底了。

这天，我爱人下班回来说，看来知之的房子问题，确实是要赶快解决了。

我说，你这不是废话吗，谁说不要赶快解决了，这不是在等着知之当副教授吗。

我爱人就把她说这话的缘由跟我说了。

学校的后勤部门，不论哪个单位，都是信息的集散地。但凡学校发生的大事小事，大到校领导层的决策，小到普通教职工的家庭琐事，很快就会在这些单位的大小圈子里传播开来。有一天，我爱人见他们单位的几个女同事围在一起嘀嘀咕咕，还时不时朝她这边望一眼，不像戒备，却像暗示她也过去听一听。我爱人就放下手里的事，也走过去旁听，一会儿，这圈子里便爆发出一阵古怪的笑声，我爱人却沉着脸走了出来。

原来是知之和张弛的房事被人当作趣闻在外面传播，爆出这隐私的，不是别人，却是高唐和他的那群小伙伴。

事情还是出在住房窄小的问题上。

像高唐这个年龄的孩子，正处在要开知未开知的年龄，浑浑噩噩，懵懵懂懂，既不谙男女之事，又对这类事充满好奇。高唐睡在知之和张弛的床头，有时候，半夜里冷不丁被一阵响动惊醒，就欠起身子四处查看，这一看，就不免要看到知之夫妻正在进行的房事，初看不以为意，睡下去又禁不住好奇，就又欠起身来偷看，看的次数多了，竟成了一种习惯，有时竟为了这习惯，要硬睁着眼睛熬到夜半。

小孩子家不知事情的轻重利害，上学放学的路上，高唐就把他夜半所见，都当故事讲给小伙伴们听了，有时还要添加一些细节，少不了还有一点不经意间的夸张。这些小伙伴回去以后，又禁不住要告诉他们的家长，虽然一次不会说得太多，但经不住家长的追问，最终还是吞吞吐吐地全说了出来，家长中有那长舌的，免不了就传了出去。像人类初民的传说，经过传言者的想象加工，小孩子嘴里的这些原始素材，慢慢地就成了完整的私房故事，结果一传十，十传百，最后竟无人不知，无人不晓，成了大家茶余饭后的谈资和笑料。

听我爱人这样一说，我就感到大事不好，男人脸皮厚，知之知道了，想必还能对付，倘若让张弛知道了，遭此奇耻大辱，又是知之和艾羽的儿子惹下的事端，照她那脾气，还不要把知之生吞活吃了。

我就跟我爱人说，你先别声张，等我找个合适的机会，跟知之说一下，叫他们晚上做那事时注意一点。

话是这样说，但等到真要对知之张口，却不能这么直露，就想办法隐去了"做那事"这个动宾结构，只留下"晚上注意一点"这个无头无脑的短语，知之当然不明白是什么意思，就追问晚上什么注意一点，我只好和盘托出，把这事跟他说了。

知之听了，倒是淡然一笑，说，这小子，人小鬼大，看我不揍他个屁股开花。

我说，你千万别这样，这事只能无风自散，不能搞得动静太大。

倒是有几天相安无事，但一天半夜，知之的屋里突然发生了剧烈的骚动，中间还夹杂着知之的吼叫和高唐的哭声。

知道是那包炸药被引爆了，就想过去看看，我爱人一把拉住我说，你别动，我去，就穿上衣服过去了。

过了一会儿，那边平静下来了，我爱人回来说，这个知之也是的，叫他不要打孩子，他硬是忍不住手痒，还得意洋洋地说，他抓了个现行，把孩子也吓着了。

我爱人说，张弛前几天得知这事后，本想发作，又不好出口，就忍住了，还叫知之就这样不声不响地过去算了。现在好了，这层窗户纸捅破了，你叫她以后怎么在孩子面前做人，我爱人说，不是我过去，两口子又要吵得天翻地覆。

第二天上午，我本来想在下课后找知之谈谈，谁知我还未进家门，知之就把我拦在半道上，火急火燎地说，不好了，不好了，高唐不见了，早上上学还好好的，放学就不见了。

我心里轰地一下，也升起了一团火，说，找哇，赶快找哇，就跳起脚来跑进筒子楼，发动在家的邻居，帮忙到校园各处去找。

从中午找到下午，从下午找到晚上，高唐可能去的地方，都找了个遍，还是不见人影。

第二天下午，知之接到艾羽的一个电话，说高唐已回到巫山，让他放心，说还是他那个大姨带他回来的，他记得大姨的船名，也记得大姨的船停在哪个码头，从学校出来到江边没有多远，一下子就找到了。艾羽说，你看你儿子有多能。

知之本想解释几句。艾羽说，等他在家住几天，我再让他大姨带他回去。

又说，我把他的身世跟他说了，说你就是他的亲爸，要他好好听你的话，都这时候了，孩子也大了，再不告诉他，他总把你当外人。说完，不等知之答话，就把电话挂上了。

二十

这年的职称评得晚，评职称之前，发生了一件事，又把知之推到了悬崖边上。

知之的新诗课上，有个学生叫肖小兵，大约他出生的时候，正闹红卫兵，他爹看着当红卫兵是赶不上趟了，指望他长大了以后，当个红小兵，所以就给他起了这么个与小小兵谐音的名字。

谁知这肖小兵长大以后，对穿着假军装，戴着红袖标，跟在红卫兵后面当拖尾巴蛆的红小兵，不感兴趣，却因为一个偶然的机会，迷上了写诗。

肖小兵的爹是个收旧货的，割资本主义尾巴以后，不让搞了，就歇了旧货挑子，在生产队里参加劳动。

挑子是歇了，可那点恋旧癖，却一时改变不了。出门上街，遇上他觉得可以换钱的废旧物品，还是禁不住要捡了回来，尤其是那些年破四旧，许多稀罕的旧物虽然被砸了烧了，里面却有些没有完全砸烂烧透的残留，还能派得上用场，心想等天下太平之后，这可是一笔不小的财富，就都从灰烬残渣中扒拉出来，像宝贝一样藏了起来，家里的废旧物品于是堆得像小山一样。

这天晚上，肖小兵的爹从镇上回来，手里没拿别的东西，却抱着一包字纸。一进门，便把儿子拉到房里，闩上房门，神秘兮兮地跟儿子说，今天他在镇上碰到了一件怪事，说是先看到一些人，戴着黑袖箍，像跟人吊孝，一边流着眼泪，一边往墙上贴大字报，有的还把带来的花圈挂到电线杆子上，过了一会儿，又来了一群人，手里都拿着粗木棍，一上来就劈头盖脸地打那些贴大字报的人，又把贴好的大字报从墙上扯下来，把电线杆上挂的花圈也扯下来砸烂了，然后就散了。还顺带念叨一句，你说怪不怪。

肖小兵的爹识字不多，就把那包字纸摊在床上，让儿子看看里面写些什么东西。

肖小兵这年十岁，在镇上的一所小学念三年级，教他语文的老师，是他的一个表哥。表哥除了平时上课，课后还跟他开些小灶，所以肖小兵的学习进步很快，作文成绩一直在班上名列前茅。

肖小兵的表哥喜欢写诗，常拿些诗歌作品当课外教材，教小兵阅读，跟着表哥，肖小兵也爱上了诗歌。

见爹把一堆揉得皱皱巴巴的字纸摊开在床上，肖小兵就走近看了一眼，但见纸上的字一行一行地排着，看上去像表哥教自己读的诗，但看了半天，却看不太懂诗里面写的意思，有些字还认不出来，就跟爹说，我拿去给表哥看看。

到了镇上，却见表哥的宿舍门窗紧闭，敲了半天，表哥才把门打开。

进门以后，见表哥脸上贴着胶布，手上挂着绷带，肖小兵吃了一惊，就问表哥跟谁打架了。表哥把他按到椅子上坐下，就说了事情的原委。

原来表哥也在他爹看见的那些贴大字报挂花圈的人当中，也挨了那些拿木棍的人的打，至于他们为什么要上街去贴大字报挂花圈，那些拿木棍的人为什么会打他们，表哥说了半天，肖小兵却似懂非懂，似乎是说一个叫周总理的人死了，他们要写诗挂花圈悼念，那些人不同意，就拿棍子打他们，也不是那些人要打他们，是上面有人要他们来打的，说北京和全国都有这样的事。

见肖小兵听得懵懵懂懂，他表哥就从抽屉里拿出一个笔记本，让他看里面的诗，说这些诗，都是当大字报贴在天安门广场上的，是他在北京上大学的中学同学，在广场旁边的电话亭里现场念给他听，他记下来的。

这些诗里面，有新诗，也有古诗，其中有一首诗，他表哥说，写得最好，写出了人民群众的心声，也最有战斗性。

欲悲闻鬼叫，
我哭豺狼笑。
洒泪祭雄杰，
扬眉剑出鞘。

肖小兵对国家大事懵懵懂懂，但对表哥解释的诗中的意思，却一点就通。他说他知道了，这首诗就是写乡下人闹丧，人家家里死了人，正在办丧事，有人却跑来大吵大闹，打人砸东西，如狼似虎，你悲他喜，你哭他笑，这样的人天理难容，猪狗不如。

他说，他在村里见过人闹丧。

表哥说，你说的也对，只不过这些人不是哪一家人的私敌，而是人民的公敌，我们跟他们的斗争，是正义与邪恶，光明与黑暗的斗争。

一边说，一边又用那只没缠绷带的手握紧拳头，压低声音一字一顿地念道，欲悲闻鬼叫，我哭豺狼笑，洒泪祭雄杰，扬眉剑出鞘。念到最后，突然一挥手，真的像从剑鞘中抽出一把斩妖剑一样。

这一刻，让一个少年的心灵如触雷受电，轰然有声，火花四溅。一时间少年灵魂出窍，神游周天。

肖小兵从此迷上了写诗。

肖小兵学习写诗的时候，正是"天安门诗歌"浪潮之后，朦胧诗逐渐兴起的年代，凭他那一点少年的激情，既写不来北岛、江河、杨炼那样沉郁凝重的作品，也写不出舒婷那样含蓄隽永的作品，只好向这些有代表性的"朦胧"诗人中，年龄跟自己比较接近的顾城学习，写些童年的梦想和青春的感伤之类的诗。中学时，他表哥已帮他在报刊上发表了一些诗歌作品，到了上大学的时候，肖小兵已被他周围的人称为朦胧诗人。

肖小兵的表哥在一次诗歌笔会上见过知之，肖小兵上大学后，他便把肖小兵介绍给知之，所以知之从一年级便认识这个爱好诗歌的肖小兵同学。

知之的新诗课一般是从二年级开始的，每次开课，选课的人都很多。那时候，新汉大学正实行开放性课堂改革，允许别的学校的学生来校选课，有些爱好诗歌的社会青年，也来蹭课，所以知之的课堂总是人满为患，有时连门口和教室外的窗台上，都站着趴着听课的人。

肖小兵是知之的新诗课的课代表，课内课外都很活跃，帮知之收发课堂作业，组织课堂讨论，有时也为外校听课的同学，做点简单的辅导答疑，就像学校给知之配的助教一样。

那时候的大学老师上课，虽然也有指定的教材，但在课堂上讲的时候，多半还是依托自编的讲义，讲义的容量有限，一般也不发给学生。

文科的老师要在课堂上分析一些作品或案例，就得另外选编辅助材料，知之的新诗课要分析的诗歌作品很多，选编辅助材料的任务，就免不了要肖小兵这个课代表协助。

这项工作虽然并不复杂，但工作量却不能算少，那时候没有复印设备，也没有别的复制手段，唯一的办法，是用蜡纸把老师选定的作品刻写下来，再拿到学校印刷厂去油印，然后装订成册发给听课的学生。

肖小兵的任务，主要是刻写蜡纸和联系印制，协助老师干这项工作，他倒也尽职尽责，只是他觉得为外校的选课生服务，多少有点委屈，就背着老师向这些学生收取一点成本费，用来购买蜡笔蜡纸，剩下的就跟同学们买些点心分吃了。

知之的新诗课结束之后，肖小兵继续编着这种辅助材料，只是不再为了老师的教学服务，而是觉得这事有利可图。

那时候的出版印刷业没有现在发达，各种条件的限制很多，远远不能满足思想解放和文化教育事业发展的需要。于是，一种地下的和半地下的出版物就悄然兴起，地摊上到处都可以见到这种地下的和半地下的出版物。

诗歌的爱好者众多，又处在洪波涌起、新潮激荡的时期，正式出版和报刊上发表的诗歌作品，就更加不能满足读者的阅读需求了。有些眼光专业一点，品位高一点的读者，又希望能读到一些少而精的选本，一些研究者也有搜集更完整的研究材料的需要。

肖小兵喜欢逛书店，也喜欢浏览报亭和个体户摆的地摊，有事无事都要找卖书刊的聊聊，这样的行情，让肖小兵觉得，自己帮老师编辅助材料练就的本领，有了新的用武之地。

过了不久，地摊上就出现了肖小兵编的各种诗歌选本，有新潮诗歌的，有朦胧诗的，也有天安门诗歌和落实政策后复出诗坛的归来诗人的，方兴未艾的新生代诗人的诗，除了正式报刊上公开发表的，他又从地下的和半地下的诗歌报刊中，选择了一些作品，合在一起，编辑成集。因为编得用心，又有一点专业眼光，所以肖小兵编的诗歌选本，大受欢迎，肖小兵很快也就由一个穷学生，摇身一变成了校园里的万元户。

肖小兵是在知之那次为流沙和艾羽组织的座谈会上，认识流沙的，后来因为选编新生代诗人的诗，又找过流沙。流沙跟新生代诗人熟，联系广泛，手上有很多新生代诗人自办的诗歌报刊，给肖小兵提供了很多方便，肖小兵就想进一步把这些地下的和半地下的诗歌报刊，拿来翻印，利润与编者分成，由知之任主编的《江流》自然就成了他的首选。

那时候，版权意识不强，法制观念淡薄，又因为本身就是地下的、半地下的出版物，知之只担个主编的名分，并不参与《江流》的编辑印制工作，所以在翻印的时候，流沙也就没有想到要知会知之，就自己做了主。直到有一天，公安局和工商管理部门的人找到学校，说贵校有个老师参与非法出版活动，还与某个地下组织有些瓜葛，正在立案侦查。又是经济问题，又是政治问题，学校追查下来，知之才知道自己惹上了大麻烦。

放在平时，也许写个说明，做个检讨，交点罚款，也就过去了，这次偏偏撞在知之要申报副教授的节骨眼上，在审查知之的师德师风和政治表现的时候，自然就成了一个问题。虽然系领导依旧以年轻为借口要他等一等，让一让，但又语重心长地说，你也老大不小了，都三十多岁的人了，怎么就这么没脑子呢，以后做事要多个心眼儿。

二十一

副教授没评上，知之自然是窝了一肚子的气，倘若是水平不够，也就罢了，栽在这种莫名其妙的事情上，要多倒霉有多倒霉，要多晦气有多晦气。问题是，这倒霉和晦气，还怪不了谁，不能怨流沙，当主编是自己答应了的，自己平时本来就不管印制发售方面的事，他翻不翻印刊物，怎么翻印，自己都管不着；也不能怪肖小兵，他不过是想赚钱，并不想坑害老师，那就只能自己认了。想想，还是领导说得对，自己太没头脑，做事缺个心眼儿，到底还是年轻。

对一般老师来说，能评上副教授，自然是一件很荣耀的事，但对知之来说，比这荣耀更重要的，是能改善住房条件，副教授既然没有评上，家属区那边的两室一厅，自然就没有指望，高唐回来后，睡觉依旧是个问题，万般无奈，只好硬着头皮再到房管科去找张科长，希望他能帮忙想想办法。

原以为张科长又要拿评副教授堵他的嘴，没想到这一次却格外爽快，不等知之开口，张科长就迎上前来说，你们家的事，我都听说了，已经给你们想了一个办法，园林科有一间工具房，腾出来给你们几家的孩子做个公房，大家共用，就在那里睡觉做作业，免得跟大人打搅，离你们住的筒子楼也不远，方便。

听张科长这样一说，知之简直不敢相信自己的耳朵，他上学没拜过孔夫子，这一刻，他恨不得当场就对张科长磕头下拜。

张科长见他木头木脑地站在当地，一时没会过意来，就走过来亲切地搂着他的肩膀说，以后做那事动作小点，听说被子都掀到地上了哇，赤身露体的，也不怕冻了屁股。旁边就有人嘻嘻嘻嘻地笑。

知之从未听过这等粗俗的玩笑，当时就拿眼睛横着张科长，还没等他发作，张科长又用搂着他的手拍拍他的肩膀说，开个玩笑，你别生气，别生气，年轻人，精力旺盛，可以理解，可以理解。

从巫山回来，住进了公房，跟几个一般大的孩子在一起，高唐也很高兴。每日里，在家里吃了早饭，几个孩子相邀着一起去上学，放学后回家吃了饭，又一起到公房去做作业，做完作业一起玩耍，一起睡觉，整天在一起出出进进，好得就像亲兄弟一样。

只是这样的好日子没过多久，高唐又惹出了事端。

原来房管科给的这间公房，虽然离筒子楼不远，却靠近生物系的一个实验室，实验室旁边有一排小平房，平房里养着一些用于做实验的小白鼠，这几个孩子上学放学都要从这排平房经过，见工友提着鼠笼进进出出，免不了都要凑上去看个稀奇。

看上瘾了以后，有时候也会乘人不备，爬到实验室的窗户上，看里面的实验人员解剖小白鼠。别的孩子看了一次就不敢再看，高唐却看了一次又一次，下来后还要跟别的孩子吹嘘说，要是有小白鼠，我也敢。

原来高唐在巫山的家里，就解剖过小动物。

巫山脚下的小溪里，出产一种长得跟青蛙差不多的小动物，因为叫的声音听着像喊棒棒棒棒，当地人就把它叫作棒棒。

棒棒长在无污染的溪水里，肉质鲜美，那时候还不是保护动物，是山民的日常佳肴。高唐从小跟着村人到小溪里捉棒棒，看他们剥皮剖腹，觉得十分有趣，就也跟着学习，学会了，便常去捉些棒棒剐着好玩。有一次被流沙看见了，见他的手法这么熟练，还笑着对艾羽说，高唐长大了可以去学动物解剖。

到城里来上学以后，许久没有捉棒棒，剐棒棒了，看人家解剖小白鼠，难免技痒，有一次就向养白鼠的工友叔叔要了一只，拿回公房后迫不及待地用裁纸刀解剖，听到小白鼠吱吱的叫声，同住的孩子吓得四散逃窜，等他们再回到公房，却见那只被高唐解剖过的小白鼠敞胸露腹地被挂在墙上，桌子上血迹斑斑，狼藉一片。高唐还若无其事地说，小白鼠的皮太厚，没有棒棒好剐。

从这次以后，同住的孩子再也不敢跟高唐去看小白鼠了，高唐却还要时不时地带只小白鼠回来解剖，弄得同住的孩子都十分紧张。有一次，有个同住的孩子实在忍不住了，就跑去告诉了知之这件事情。知之吃了一惊，就把高唐叫回家来，问他的小白鼠是从哪里来的，高唐经不住逼问，就把实话说了。

原来他解剖的小白鼠，有的是朝工友叔叔要的，有的是他自己想办法弄的。养小白鼠的小平房，是当年时兴干打垒的时候砌的土坯墙，年数长了，被风雨剥蚀的地方，很容易粉碎，高唐就在上面掏了一个洞，伸手进去用东西挑开小铁笼的门，拿走一只小白鼠以后，又把笼门关上，把洞口掩好。养白鼠的工友有时候发现小白鼠丢了，也感到奇怪，一时又查不出原因，所以事情就一直没有败露。

问完了高唐以后，知之就跑到学校保卫科去代高唐投案自首，保卫科的人让他带上高唐，到现场看了看，又向高唐了解了一下情况，就对知之说，这事论性质，属于偷盗国家财产，破坏科学实验，是很严重的，只是孩子太小，我们也不能把他抓起来坐牢判刑，只能由家长进行批评教育，以后不能再犯。

知之去保卫科投案自首的事，很快就传开了。筒子楼的邻居就有人说，这个胡知之，真是个书呆子，生物系实验室养的小白鼠多的是，又不是个个都用得着，小孩子家，懂个么事，就图个新奇好玩，批评教育一下也就行了，搞这么大动静，犯不着，别把孩子吓着了。

我和张弛也觉得知之做过了头，都建议他接受上次的教训，平心静气地跟高唐谈谈，他们父子平时又缺少交流，不要搞得高唐的怨恨太深，对立情绪太大，小时候留下了心理阴影，他们父子以后就更难相处。

知之就在一个星期天把高唐叫到房里，想跟他好好谈谈，知之本就不善跟人交流，跟孩子谈心，更不知如何下手。他一坐下来就跟高唐分析偷拿小白鼠的严重性，把保卫科的人说的话，又说了一遍，说你现在还小，要再大点，就要负法律责任，就要坐牢判刑，就要当劳改犯，就上不成学了，就见不到我们，也见不到你妈妈和高老师了。

前几天，知之带保卫科的人找高唐了解情况的时候，高唐本来就受了惊吓，听了知之这番话，就更加紧张，没等知之把话说完，高唐就跳起来指着知之说，我知道你不喜欢我，你不是我真爸，我是野种，是你丢了不要的，我没有爸，高老师才是我爸。边说边拉开房门，大声哭着跑了出去。

我和张弛都在楼道里炒菜，见高唐哭着往外跑，不知道发生了什么事，丢下锅铲就追了出去。见高唐跑远了，我对张弛说，你去把炉子都关了，我去追高唐。

心里一边想着，这个知之，跟孩子谈个话都谈不好，真是成事不足，败事有余。

二十二

转眼就到了第二年春天，校园里的樱花开了。每年到了这个季节，校学生会照例要举办一次樱花诗赛，知之是诗赛的评委和指导老师，组委会事先就把征集到的诗歌作品，送到知之这儿，让他先看一下，到时好主持评审，发表评审意见。

樱花诗赛是新汉大学的一个传统，从 70 年代末开始，一年一次，从来没有间断。知之当年参与过这个诗赛的创办，是这个诗赛的资深评委和指导老师，在学生中很受尊重，每次诗赛评出的前几名，有的毕业后成了著名诗人，还要尊知之为师。

知之也很看重这个诗赛，觉得这个诗赛是当代诗坛的一个风向标，一块晴雨表，所以每次主持评审，也很慎重。评出来的结果，最后都要由他在会上做一个讲评，他的讲评往往在现场博得阵阵掌声，他赞赏的作品，日后也就成了一个时期校园诗歌的创作样板，引导一个时期校园诗歌的创作风气，所以学生背后都称他为樱花诗坛的坛主。

组委会这次送来的作品，数量很多，参赛的，似乎也不限于本校的学生，还有外校的诗歌爱好者。知之此前似乎也听诗赛的组织者肖小兵说过，他们想扩大诗赛的规模和范围，他本人也希望这个诗赛，成为全省乃至全国的大学生都能参加的一项赛事，通过比赛，为当代诗坛输送更多的诗歌新人。

知之喜欢集中一个时间阅读参赛作品，靠上课备课之余的时间，今天读一点，明天读一点，形成不了一个整体印象，也很难读深读细。他把阅读参赛作品，看作是一种享受，从这些年轻的作者身上，他看到了自己业已逝去的青春年华，也看到了自己在那个青葱岁月的热情和追求，想到当代诗坛如大海的波涛，高潮迭起，汹涌澎湃，他常常为自己置身于这个诗歌的汪洋大海而感到自豪。

连续看了几天作品，知之感到十分疲乏，不是身体的疲乏，而是心灵的疲乏。不知为什么，阅读这次组委会送来的作品，怎么也唤不起他以往阅读参赛作品时的激情，也很少有以往所经历的意外和惊喜，除了少数作品还差强人意，多数作品，不是感情苍白，无病呻吟，就是词意艰涩，故作高深，更不用说表现的方法和技巧，既不用传统的赋、比、兴，也不用现代的隐（喻）、意（象）、象（征），而是一种寡情寡意无智无识杂乱无章的句子的随意堆积。

知之是一个心直口快的人，在评审会上，他就把他的这个看法，直接跟几位评委说了，评委中有学校的老师和外面请来的诗人，也跟他有类似的看法，就请知之代表评委会在讲评时说一下，虽然不能以此抹杀这次诗赛的成绩，但这样的倾向，不利于校园诗歌的健康发展，应当适时予以纠正，樱花诗赛虽然是一个校园诗歌赛事，却要为当代诗歌负起这个责任。

这本来是一个极平常的赛事总结，谁知知之在讲评会上把他在评委会上说的意见刚一讲完，会场上就有个年轻人站起来发问。这人说，我研究过哲学，我想请教老师三个问题，诗是什么，诗是从哪里来的，诗要到哪里去。

这是著名的哲学三问哪，一上来不谈诗赛上的事，也不涉及老师的讲评，却拿这个诗歌的终极问题来问老师，这显然是有备而来，还带点有意刁难的意思。知之一听，就知道来者不善。

这些年，校园对社会全方位开放，不但常有校外的人到学校来蹭课，学校举办的一些专业活动和学术研讨会，也常常有一些外面的人不请自来。这些人往往喜欢发言，但因为没有受过专业训练，或对所谈问题知之有限，研习不精，往往无的放矢，言不及义。这样，就免不了要跟正在接受专业训练的在读学生，发生争执，有时甚至弄得面红耳赤，伸胳膊撸袖子的，不可开交，闹琼瑶热和金庸热那阵子，为琼瑶和金庸作品中的一些人物和情节，争得都动手打起来了。

知之本想对提问者的问题，作个简要的回答。主持人肖小兵却抢在他前面说，敢问这位先生高姓大名，请您把问题提得具体一点好不好，这样抽象，老师不好回答。

提问者倒也配合，说，你不用问我的姓名，我不是代表我个人来的，我背后有一大群人，我们有很多流派，合起来是一个群体，我们主张无拘无束，自由自在地写诗，我们办了很多报纸和刊物，也印了很多诗集，主流诗坛不接纳我们，我们自己要开辟一片诗歌的新天地。

然后就介绍他们如何开辟这块诗歌的新天地，这新天地里有哪些派别，有哪些诗人，写过哪些诗歌作品，得到了哪些人的赞赏，他们打算以后还做些什么，等等，像一个社会团体在发表宣言，又像一个推销商在推销产品。

肖小兵见他越扯越远，就不客气地打断他说，请这位先生对刚才老师的讲评发表意见，别扯远了。

提问者横了肖小兵一眼，顿了顿，说，我是针对老师的讲评哪，老师说的意见，我都不同意。老师说，有些诗感情苍白，无病呻吟，苍白也是一种感情的色彩呀，为什么所有的感情都要是火红的呢，诗者，志之所之也，在心为志，发言为诗，诗是发自内心的声音，只要是发自内心的声音，有病可以呻吟，无病为什么就不可以呻吟几声呢；老师说，有些诗词意艰涩，故作高深，那是你没有看懂，怪不了诗人，我读老师的《装在筒子里的人》，起先也觉得作者的词意艰涩，故作高深，后来看懂了，才觉得诗里面有深意存焉；老师说不讲方法技巧，不用赋、比、兴，也不用隐、意、象，那是因为这些东西都过时了，再用下去，就落入前人的窠臼，毫无新意可言，我们不走前人的老路，我们不写毫无新意的诗，我们的生命回到原初状态才有自由，我们的诗歌也要回到它原初的起点，从起点出发，才是真正自由的诗歌。

又转过身去，提高了声音对着全场说，诗是自由的精灵，把你们心里想的，都写出来吧，想写什么就写什么，想怎么写就怎么写，让那些压抑诗束缚诗的清规戒律都见鬼去吧，一切阻碍我们无拘无束自由自在地写诗的东西，全都踏倒它，我们要自由地做人，自由地写诗，我们要写自由的诗。

这最后一段话，几乎是当着诗念出来的，也是当着口号喊出来的。提问者的话音刚落，就博得了一阵热烈的掌声。

对这种带有点神经质的发言，肖小兵很不以为然，碍着主持人的身份，不好发作，也不让老师回答问题，就借口开饭的时间已到，轻描淡写地用几句场面上的话敷衍过去了。

回宿舍的路上，肖小兵怕老师有想法，就宽慰老师说，这样的人，狂妄自大，自以为什么都懂，其实什么都不懂，还要拿哲学三问吓人，从诗歌的本体上发问，我看他这是无话找话，吃饱了撑的，还这样长篇大论的，以为我们要请他来做演讲。

知之听任肖小兵一路絮叨，眉头紧锁，一言不发，直到分别的时候，才回过头来，对着肖小兵说，你不觉得他讲的有些道理吗？又径直往前走去。

肖小兵望着老师远去的背影，半天不知道老师说这话是什么意思。

二十三

过了几天，知之就接到家里拍来的一封电报，电报上只有四个字，父病盼归。

知之拿着电报怔了半天，起先一惊，以为是父亲病危，后一想，又没听说父亲生病哪，再仔细一看，原来父病两个字后面，不是速归，而是盼归，说明不是生命垂危，才松了一口气。那时候还很少有私人电话，急事都用电报，常常弄得人一惊一乍的。

好不容易请动了假，又是车又是船的，折腾了好几天才赶到家里，父亲拄着双拐，由母亲搀扶着，在家门口迎接他。多年不见，父亲已现老相，但那双眼睛仍炯炯有神，依稀能想见他当年的模样和诗人气质。

坐定以后，母亲就向知之说了父亲缘何受伤，顺带着又说了他最近几年的情况，母亲的陈述多有数落的意思，父亲却坐在一旁微笑，一言不发，只偶尔调整一下坐姿，把手边的双拐挪动一下。

知之出来上大学后不久，父亲就因为落实知识分子政策，从中学被调到县文化馆工作，还当了个馆长，他受到过不公正的处理，加上又会写诗，这个馆长也就非他莫属。

知之的父亲当了馆长以后，就名正言顺地把他的诗歌创作，从副业转到主业上来，而且还可以利用职务之便，下去采风，深入生活，搜集创作素材，丰富创作资源。

知之的家乡是鄂西北大山里的一个小县，县虽小，却古老，秦汉时便有。学者说，东西南北的文明，都向这大山里辐射，所以文化积淀很深，民风古朴淳厚。

这里的山民喜欢唱歌，白天黑夜都唱，白天劳动时唱的叫阳歌，夜间守孝时唱的叫阴歌。这一带的阴歌，后来发现了一部号称汉民族史诗的《黑暗传》。阴歌一般由专门的歌师演唱，阳歌则无论男女老少，张口便来，唱的内容，也五花八门，从田间劳作到日常生活、节日喜庆、婚嫁寿诞、男欢女爱，什么都有。

知之的父亲在县志上见过《黑暗传》的记载，因为在一个光明的社会，沾着黑暗二字，就无意追索，却由于一个意外的机会，对一些阳歌的抄本，产生了浓厚的兴趣。

这些阳歌的抄本，十分特别，虽然看上去与一般民歌无异，唱法也大体在这一带民歌的曲调范围之内，细读诗句，却不难发现，这些抄本中的民歌，与中国最古老的一部诗歌总集《诗经》，有着千丝万缕的联系。

这年冬天，还在中学教书的知之的父亲，从中学抽调到县里一座水库工地上搞宣传。有天晚上，工地的指挥长把他叫到指挥部，给他看一些政工干部从工棚里收缴上来的材料，说，看来你们的宣传工作，还得加大力度，你会写诗，要发动你那帮人，用红色诗歌去占领思想文化阵地，压倒那些淫词滥调，鼓舞社员的干劲，增强社员的斗志。

知之的父亲接过来一看，原来是些民歌抄本，再细看里边的内容，大多是民间传唱的一些情歌，虽然有些打情骂俏，不够严肃，也有的直白浅露，过于肉麻，但这都是常情常性，工余饭后，唱唱无妨，不至于影响干劲，消磨斗志。他对指挥长的话，回应得就不那么干脆利索。

指挥长见他态度不够坚决，就又指着其中的一堆唱本说，你看看，你看看，还把一些封建主义的东西扯上了，淫词滥调加封建糟粕，不禁止不行。

等到知之的父亲再翻开这堆唱本，没看过几页，就大吃一惊，原来这堆唱本中的诗句，大多是从《诗经》中脱胎出来的，有的是以《诗经》的句子开头，有的是以《诗经》的句子结尾，有的是把《诗经》的句子嵌在中间，有的干脆就是《诗经》中的句子，原封不动地抄到歌本里面。

指挥长说的封建流毒，就是指这些半文不白的诗句的片段。

那时候，对古典文化的态度有点简单粗暴，只要是用古文写的东西，在下面的有些干部看来，都是封建主义的，都是糟粕，都要严加禁止。

工地的指挥长是知之父亲的中学同学，因为没考上大学留在家乡务农，后来就当了公社的干部，见知之的父亲还在那儿翻来翻去地看歌本，一点也没有配合的意思，就有点生气，说，你这个大秀才，难道连这点问题也看不出来吗，我看你也是被那些封建糟粕迷住了眼睛。

知之的父亲见指挥长发急，这才从唱本里抬起头来，满脸笑意地对指挥长说，我的大指挥长，不是我不配合你，这些唱本都没有问题，不但没有问题，叫我说，还是我们这儿的一个重大发现，你要处理不当，小心犯错误。

听知之的父亲这样一说，指挥长果然息了脾气，转过头来和颜悦色地问知之的父亲，此话怎讲。

知之的父亲就把他从一些诗友那儿听到的，毛主席在成都会议上关于新诗问题的讲话精神，跟他说了一下。知之的父亲说，毛主席说，新诗要走古典和民歌相结合的道路，这些唱本里的诗，就是古典和民歌结合而成的，你说的那些封建流毒，都是《诗经》的诗句，《诗经》是中国最早的一部诗歌总集，是中国文学的源头，《诗经》是古典的，《诗经》中的诗句和现代的民歌融合在一起，连在一起唱，这不就是古典与民歌的结合吗。

指挥长没读过《诗经》，只知道有这本书，知之父亲讲的意思，他似懂非懂，但说是毛主席说的，他就不能不高度重视，弄不好真怕犯错误，就顺水推舟地说，既然是毛主席说的，你就看着办吧，只要不影响工程进度就好。

有了这支鸡毛令箭，知之的父亲钻工棚就钻得更勤了，几乎每天收工以后，晚上都混在各村的民工中间，听他们唱当地的民歌，讲当地的民间故事，尤其是关于诗经民歌的来历，更让他听得入迷。

说是在《诗经》诞生的年代，当地有一个叫尹吉甫的人，是周朝的太师，他能文能武，辅佐周天子，把天下治理得井井有条。

尹吉甫的家乡人喜欢唱山歌，他从小听着山歌长大，觉得这些山歌好听，又有意思，就也跟着学唱，长大了不光自己会唱，还要写些新词，供乡民传唱。

唱得多了，听得多了，便觉得这些山歌，既唱出了老百姓的心声，又能考见当地的风俗人情和老百姓对朝政的看法。当了太师以后，就有意派人下去搜集这些山歌，又鼓励读书人学写，把这些歌词搜集拢来以后，他亲自动手选择编辑成书，又请乐师谱成曲调，让人唱给周天子和王公大臣们听，让他们从中了解风俗民情，为政得失，听取老百姓的心声，采诗唱诗在当时就成了一种风气。

尹吉甫去世之后，他搜集整理的民歌和读书人写的诗歌作品，后来又经过删减整理，就成了《诗经》，虽然朝廷里已渐渐地没有人唱了，他家乡的老百姓却一代一代地辗转传唱，直到今天，长盛不衰。

老百姓在传唱的过程中，把《诗经》里的诗句和当地流行的民歌歌词，巧妙地穿插在一起，除了古今语言上的一些差别，感情和曲调都水乳交融，浑然一体，看上去，既是《诗经》，又是民歌，听起来，既像诵诗，又像唱歌，是古代的《诗经》和现代的民歌的完美结合。

从此以后，知之的父亲就对这种诗经民歌分外着迷。水库修完以后，就利用星期天，有意识地下乡搜集，不久，因为一些原因，搜集工作被迫中止。

当了文化馆馆长以后，知之的父亲就有一个宏伟的计划，想把在尹吉甫家乡传唱的诗经民歌，尽可能多地搜集起来，编成一部诗经民歌总集。他虽然很赞赏郭沫若和周扬编的《红旗歌谣》，但又觉得离他理想中的诗歌，似乎还缺少点什么，现在他终于明白了，这缺少的东西，就是与古典诗歌的结合。既然毛主席说，中国诗歌要走古典与民歌结合的道路，他就要为未来的中国诗歌编撰一部古典和民歌结合的样本。

因为条件好了，又有各方面的支持，这次搜集工作，收获很大。知之的父亲对搜集来的材料，进行了认真细致地甄别、选择、归并、删削、修订、提炼，又按题材和唱法，分成不同的类别，经过十来年的努力，他理想中的这个民歌总集，即将大功告成。

知之的母亲说，本来都快编好了，前不久，有人说，山里又发现了一部唱本，比以前找到的都全，你爸就又像掉了魂，立马带人赶去山里，下山的时候天黑路滑，从山崖上掉了下来，被人抬回来，结果就成了这个样子。

知之的父亲笑笑说，值，值，就是摔成了残废也值。

这天晚上，父子俩坐在客厅里，一直在谈论诗经民歌的事。知之的父亲说，我叫你回来，是想把这部诗经民歌总集交给你，找一个出版的地方，把它正式印出来，这是我一生的心血，是众人智慧的结晶，也是《诗经》的一点种子，你要好好地把它传下去。

知之接过父亲手里的书稿，心里觉得沉甸甸的。

二十四

在家里住了几天，见父亲的伤势日见好转，知之就动身回校。

初春的山野，到处一片新绿。知之坐在长途汽车上，从车窗看出去，漫山遍野的茶树，像一圈圈年轮，从山脚环绕到山顶。

正是采摘春茶的时候，年轻的女伢子，一边麻利地掐着嫩绿的叶尖，一边小声地哼着山歌，有时候，也会突然直起腰来，疯吼几句，引得山上山下的姐妹们哈哈大笑。这笑声，便如崎岖的山道，在山野间穿行。

路不平，车行得慢，女伢子吼出的歌声，知之在车上听得一清二楚。

关关（呐）雎鸠（哎）往前（呐）走（喂），

在河（哦）之洲（哎）求配（呦）偶（喂），

窈窕淑女（呦）洗衣服（耶），

君子好逑往拢绣（哇），

姐儿（哎）见了（喂）低下（呦哦）头（喂），

……

听到这些用熟悉的乡音唱出的民歌，知之禁不住笑出声来。没等他
回过神来，耳边又有歌声响起来了。

关关雎鸠（哎）一双鞋（呦），

在河之洲送（哦）起来（咿呦），

窈窕淑女（呦）难为你（耶），

君子好逑大不该，

（我）年年难为姐（呦）做鞋（咿呦）

知之转头一看，见身边坐着一位中年妇女，大约也是被车外的山歌
弄得喉咙发痒，随口唱了出来。看衣着打扮和说话的语气神态，知之猜
想，一定是个老师。一问，果然是县中的老师，还是父亲教过的学生。
她见知之听得这样入迷，就问，你也会唱？

知之说，不会，听得懂。

女老师就说，听得懂，那我就考你一考，"往拢绣"是么意思，"大
不该"是么意思，"难为你"又是么意思。

知之说，这个我懂，"往拢绣"就是往拢凑，也就是靠近的意思，
"大不该"，就是太不应该，"难为你"，也就是难得你，多亏你，带
有感谢的意思。

女老师说，看来你还真懂，你父亲当年是我们的班主任，农忙时，常常带我们下乡劳动，帮社员采茶，一边采茶，一边听姑娘嫂子唱山歌。胡老师说，山歌只有用土腔土调唱才好听，才出味，想唱就唱，张口就来，这些诗经民歌能传到今天，就是后人在里面加进了许多土腔土调，这样唱起来才像今天的民歌一样有味。

一个普通的中学老师，谈起诗经民歌来，一套一套的。这让知之十分吃惊，看来，诗经民歌在家乡的这块土地上，还真是根基深厚，难怪父亲这么着迷，舍得一辈子与它相守。

就又想起樱花诗赛上那个年轻人的提问，诗是什么，它从哪里来，要到哪里去。

是那个年轻人说的，来自内在的情志？还是这里的山民唱的，来自自由的天性？

最后都要到哪里去呢，是这样想唱就唱，想写就写，想怎么唱就怎么唱，想怎么写就怎么写？还是要有点讲究，有所规范和约束，像前人说的戴着镣铐跳舞？

一路上，知之的脑子里就在琢磨这些问题，直到车子把他颠得睡着了，也没想出个头绪来。

二十五

知之回到学校的时候，筒子楼已人去楼空，跟我们前后留校的青年教师，这几年先后都提了副教授，因为新提的副教授人多，学校房管部门就对全校的住房，统一进行了一次调整：原来住在家属区的副教授，提了正教授，就搬进新修的教授楼；暂时没有提的老副教授，有一批解放前的教授楼整修好了，先住进去，这些房子虽然旧点，但都比较宽敞，结构和外观也都不错，以后提了教授搬不搬，住房都可以达标。这样，就腾出了一批空房，安置新提的副教授。

我因为这次也提了副教授，就跟着大家一起搬出了筒子楼。

人都搬走了，筒子楼自然就显得冷清，好长一段时间，知之和张弛都不习惯。没有同龄的孩子，高唐和半月，也显得孤单。张弛说，知之的话比以前少多了，有时候一天听不到他说一句话，张弛怕他憋出毛病来，就让我找机会跟知之聊聊。

一天到晚忙上课、忙工作，聊天的机会不多，我就趁星期天休息，经常把知之叫到我家来喝酒。

知之的酒量不大，但喜欢喝，喝到一定的时候，醉态就上来了，但听他说话，又很清醒，似乎没有真醉，有时候也沉默不语，就望着我笑，那笑容十分诡异，看上去有点瘆人，有一次，我爱人上菜，只看了一眼，就把她吓了一跳。

吃喝完了，说声走啦，也不跟我爱人打个招呼，把剩下的酒揣到怀里，把花生米用报纸一包，起身就走，就像从街头的小饭馆出来一样。

我爱人说，知之怎么变成这样。

我说，他心里有苦，说不出来。

这天，朋友送我一瓶新版的黄鹤楼，我又把知之叫过来，让我爱人炒了几个菜，就你一杯我一杯地喝了起来。

我知道他还在为职称的事情怄着气，就劝慰他说，怪只怪你现在成了名人，在社会上招人注意，你以为你的名字是好用的，你不在乎，人家用了你就得负责任，要不，怎么说为名所累呢，你这回就被你的名气拖累了。

又说，以后离肖小兵这种学生远点，现在的社会很复杂，干什么的都有，别以为人家是为了诗跟你亲近，人家是冲着你的名来的，别被人卖了，还要帮人家数数，卖了多少钱。

我说这话的时候，知之一声不吭，光顾闷头喝酒。我说，吃点菜，

吃点菜，空口喝酒容易醉。

知之这才放下酒杯，又像往常醉酒那样望着我，用手一顿一顿地点着我说，老大哥说得对，为……为……为名所累，社……社……社会复杂，离……离……离远点，数……数……数钱。

我见他有节奏地重复我话里的关键词，知道他还没有全醉，就说，你也别太在意，以后注意点就是，副教授是迟早要当的，反正你已经让过这么多回，再迟一年早一年也无所谓。

谁知我的话音刚落，知之突然从座位上站起来，一手拿着酒杯，一手提着酒瓶，用拿杯子的手指着我说，老大哥说这话，我就不爱听，什么叫无所谓，有所谓，很有所谓，很……很……很有所谓，你知道吗，筒子楼里现在只剩下我这个老讲师，鹤立鸡群，新住进来的都是些刚留下来的青年教师，昨天还是我的学生，出门进门的虽然都喊我胡教授、胡先生，背后还不知道怎么说我呢，你叫我心里好受吗？

我知道戳着了知之的痛处，就去接他的酒杯，说，算了，算了，不喝了，喝茶，喝茶。一边叫我爱人泡杯茶来。

等我爱人端着茶杯过来，却见知之已溜到桌子底下，身子靠着沙发，拿酒瓶的手还在不停地向杯子里倒酒，从杯子里溢出来的酒，洒满衣裤，流了满地。

我见知之真的醉了，就赶紧走过去扶他起来，又叫我爱人拿点醋来醒酒。

我爱人说，知之没醉，他只是心里委屈，不舒服。

我说，醉成这样，还说没醉。

我爱人说，真醉了能说这么多话吗，都是些心里话。

我们说的话，知之显然都听见了，这时候突然插进来说，嫂子说得对，我没醉，没醉，我心里明白着呢。

又顺势拉着我从地上站起来，用手指着我的鼻子说，你不是说我迟早要当副教授吗，这个副教授我还就不当了，管他娘的迟哇早哇，我不当这个教书匠，也像别人那样下海去还不行吗。

说完，就冲着我和我爱人怪模怪样地哈哈大笑。

听说知之要下海，我和我爱人都吃了一惊。我就问知之，你这不是醉话吧？

知之说，你说我这是醉话吗？还是嫂子懂我，我看你这个老大哥是白当了。

我说，下海，下海，下哪个海，你个教书的，就这点吃开口饭的本事，充其量再会写几句歪诗，下海，拿什么下海，只怕你还没走到海边，就要饿死，要不，就被海水呛死淹死。

见我说得这样声色俱厉，知之一反醉态，倒过来把我按到沙发上坐下，很认真地跟我说，我跟张弛商量好了，我真的要下海，学校我实在是待不下去了，为个破职称，搞得人不像人，鬼不像鬼，还不知道下次又会生出什么幺蛾子，我也不能保证我不会再犯别的什么错，我这个人自由惯了，让我做圣人，我办不到。

我见他说得这么认真，就问，你想到哪里去呀？东南西北海，这么多海，你想下哪个海？是自己开公司呀，还是跟着那个肖小兵去倒卖非法出版物哇？

听我提到肖小兵，知之禁不住笑了，说，还真是让你说对了，我这次动心思下海，还真是肖小兵鼓动的，肖小兵毕业后就去了海南，现在自己在办一家广告公司，他给我来过好几封信，说海南建省后，正在搞大开发，需要各方面的人才，我去了也许用得着。

又捎带着挖苦了我一句说，你还要我离肖小兵远点，看来我就要跟他走得更近了。

说完，便拍拍我的肩膀说，算了，不跟你说了，说了你也不能理解，到时候你就明白了。

又朝我和我爱人拱拱手说，大哥大嫂，我这就别过了，谢谢你们的酒，谢谢大哥大嫂这些年来对我们的关照，我会常回来看你们的。

说着便一转身，咚咚咚咚地下了我门前的那几步台阶。

望着知之远去的背影，我突然想起李白的两句诗，仰天大笑出门去，我辈岂是蓬蒿人，心中也禁不住生出一腔豪情。

二十六

知之去海南后的情况，我只有从张弛那儿才知道一点。张弛说，知之去了以后，也不常给她写信，就是写信，也不说具体的事，只说他在那儿一切都好，让她不要担心。

我说，他到底在哪个单位呢，总该有个落脚的地方吧。

张弛说，这个他倒是说了，说是暂时在肖小兵办的广告公司工作，主要是策划一些文案，写些广告词之类的，活儿倒很轻松，收入也不低，我们一年的工资加起来，还比不上他一个月。

我说，他的专业呢，就这样丢了？诗也不写了？

张弛说，这我就不好问了。

又说，他这个人，你是知道的，爱面子，好胜，问这些事，他脸上挂不住。

我以后就很少过问知之的事，跟张弛见面也少。

一晃就一年多过去了，有一天，走在路上，碰到系里的一位领导。领导说，你最近跟胡知之有联系吗？他到底是怎么回事呀？

我说，知之怎么啦？有什么事吗？

领导说，他走的时候办的是停薪留职的手续，说好了一年，一年以后想续，要重新办个手续，不想续，就回来上班，好歹都得有一句话，不能就这么不闻不问的。

我说，好吧，我去跟他爱人说一下。

就去把这事跟张弛说了，张弛说，看样子还得续，他一时半会儿回不来。

我说，怎么啦？

张弛说，你还不知道吧，知之又要走了，这回走得更远，说是要到国外去待一段时间，有个朋友邀请他。

我说，这个知之，怎么能这样呢？好像笼中的鸟儿，飞出去就不想回来了。

张弛说，他也不是去了就不回来，说是看情况，待一段时间就回来。

我说，他到国外去了，你怎么办哪？孩子怎么办哪？他还要不要这个家呀？

张弛说，他也不是不要这个家，这一年，我也去过几次海南，他把他的一点积蓄，都让我带回来了，够我们娘仨过日子的了，半月还小，高唐虽然学习不好，没有他在家，还要乖一些，就是他在家，我也指望不上他，不吼不骂就烧高香了，就让他去开开眼界、长长见识吧，也难为他，这么些年，读了那么多外国人写的诗，还不知道外国诗人长个什么样子。

听张弛这样一说，我顿时觉得知之还像个男人的样子，就又为他担起心来。我说，他把钱都给你了，他自己用什么出国呢，你以为出国是进自家的菜园子，就这么容易，出来进去的都要花银子，我当年就因为买不起一张机票，连去美国留学的机会都放弃了。

听我这样一说，张弛一脸茫然地望着我说，这我就不知道了，他叫我别管，说他自有办法。

我见张弛这样大撒把，也不好再说什么，就带她到系里去办了续签手续。

二十七

这年夏天，系里在湛江办了一个成教班，派我去上一门课。那时候，学校实行两级财务核算，各系都在搞创收，我们没有别的资本，只有这点本钱。上完课后，想到知之就在海峡那边，现在赶过去，要是他还没走，或许还可以见上一面，就央办班的单位派了一辆车，把我送到了海安码头。

坐轮渡过海峡，花了一两个小时的时间，到海口上岸后，叫了一辆三轮车，让拉车的师傅帮忙打听肖小兵的公司。

建省之初，海口的市面还很混乱，人流车流交织在一起，你磕我碰，你冲我撞，汽车的喇叭声和摊贩的叫卖声，响成一片，像突发的山洪呼啸着搅起草木的残渣。多少年后，我走在印度一些城市的大街上，常常想起这样的景象。

好不容易找到了肖小兵的公司，公司的办公地点设在五公祠附近的一个小区里面，名字就叫小兵文化广告公司。那时候像肖小兵这样到海南办公司的，本钱都少，租不起写字楼，当地也没有多少写字楼可租，大多栖身于一些居民小区，肖小兵的公司就设在这个小区一间车库改造的平房里面。

见我来了，肖小兵十分意外，也十分高兴。我和他之间，虽然没有他和知之亲近，但我毕竟也是他的老师，给他上过课，指导过他的论文。除了知之被牵连的那件事，平时我对他的印象，也还不错。

他知道我是来见知之的，坐下后寒暄了几句，就说，可惜您来晚了一步，胡老师前几天刚走，还是我和飞扬老师把他送到机场的。

听到飞扬两个字，我脱口便问，飞扬老师？哪个飞扬老师？

肖小兵说，就是胡老师的初恋情人哪，他们的事，您应该最清楚，我在学校时，也听人说过，我来之前，飞扬老师跟她先生就在海南。

我说，怎么飞扬也在这儿，你跟我说说看，到底是怎么回事，快带我去见见她。

肖小兵见我着急，就笑，说，老师您也太性急了，总得先让我安排您住下来吧，住下来了，我再带您到岛上转转，也让我这个学生尽尽地主之谊，海南以前虽然很穷，但好吃的好喝的好玩的，现在一样不少。

我说，不啦，谢谢你，我只有一两天的时间，后面还要到广西去上课，胡老师既然见不到，你就安排我跟飞扬老师见一面吧。

听说我要跟飞扬见面，肖小兵就说，哎呀，真是不巧，飞扬老师送走了胡老师之后，就和她先生去了菲律宾，她先生是菲律宾华侨，家里是做椰奶生意的，看中了海南的椰子资源，就到海南来办了个分公司，用的是他们家的老牌子，菲椰，他们公司也是我的广告客户。

见他说得这么确定，我只好说，那好吧，那我就在走之前跟她通个电话。

肖小兵说，这个好办，我们公司就能打国际长途，我有她先生家的电话号码。

因为没时间往远处走，接下来的一天，肖小兵就带我在海口市内转了一下，一边转，一边聊着知之来海南后的一些情况。

肖小兵说，胡老师刚来时，豪情万丈，觉得海南像当年的深圳一样，是改革开放的前沿阵地，在这里可以施展自己的抱负，干一番事业，比在学校为职称奋斗强。

他的目标是纠集一帮诗友，创办一份诗歌报纸，在南方开辟一块新的诗歌阵地，他觉得这几年太重视金钱，太追求物质的东西了，他要用诗歌来唤醒人的精神，照亮人的灵魂。

肖小兵说，胡老师刚来那阵子，整天就跟他讲这些设想和大道理，听得他耳朵都起了茧。刚好那时节正在搞人文精神讨论，胡老师就更亢奋了，说什么是人文精神，中国人说，诗言志，诗是表达人的思想感情的，也就是表现人文精神的，振兴诗歌创作，就是重建人文精神。

为了积累办报的经验，知之求职的首选目标，就瞄准了报社，海口的大小报社，他几乎都去应聘过，只是人家一看他的简历，名牌大学的老讲师，又是著名的诗人，家家想用，又都不敢用，找来找去，磨破了鞋底，最后还是没找到一家接受他的报社。

肖小兵就劝他暂时不忙找了，先发挥他的特长，写起来再说，报社不接受人，总该接受稿件吧，你写的诗多了，在报上发表的作品多了，人人都知道海口来了个诗人，自然就会有同道找上门来，再拉点资金，报纸就可以办起来了，经验不经验的，无所谓，干起来再学，边干边学，肖小兵说他知道海口许多报社的老总，当年都是这样起家的。

知之见肖小兵说得有理，就不再到处去碰壁了，而是把自己关在肖小兵给他找的一间房子里面埋头写诗，关了几天，他忽然发现自己写不下去了，不是没有写的冲动和能力，而是不知道写什么，怎么写。以前有许多同行，同声相应，同气相求，知道写什么是自己的志之所之，怎么写是诗坛的潮流所向，现在就像在大海上行船，四顾茫茫。徐志摩有一句诗说，我不知道风是在哪个方向吹。肖小兵说，胡老师当时就是这样的状况。

肖小兵就笑他是典型的失重状态，说王蒙前几年写过一篇文章，叫《自由与失重》，不给你自由吧，你觉得头上像压着块石板，难以承受；没有这块石板压着，放你自由吧，你又觉得自己像浮在半空中，不知道该怎么办才好。

肖小兵就劝他别想这么多，想写什么就写什么，想怎么写就怎么写，不是总讲创作自由吗，你这回就来个真正彻底的创作自由。

知之倒是听进去了肖小兵的这个意见，后来就继续埋头写诗，尝试各种题材，各种写法，有歌颂海南改革开放的，有咏叹海南历史人文的，有试验雅俗古今结合的表现方法的……但这些诗投出去，似乎都效果不佳，人家不是说它抽象空洞，就是说它晦涩难懂，要么就说它太过讲究，学院气太重，弄得他一时间竟手足无措。

海南当时的报纸，也确实不容易侍候，主流的大报不想太有政治性，唱太多的颂歌，非主流的小报或专业报纸，又讲究娱乐性和趣味性。知之在内地虽然是个著名诗人，但到了这个特区中的特区，也没有人认，像这样下去，时间长了，知之对自己也丧失了信心，有一次，竟对肖小兵说，自己已经江郎才尽，以后再也写不成诗了。

肖小兵见他不写诗了，百无聊赖，就说，您不如先在我这儿干一段时间，待有机会了，再去实现您的办报理想。就把他也算作公司的员工，给他发一份工资。

这以后，知之就在肖小兵的公司搞广告策划，干些写文案，编广告词之类的工作。

肖小兵的公司是一家规模很小的平面广告公司，运营的方式十分原始简陋，说白了，就是在报纸上租一块版面，然后去拉广告客户，按客户提供的信息和要求，制作广告文案，编写产品的广告词，然后拿到报上租的版面刊登，从中收取客户的费用，海口的大小报纸多，客户的需求量大，所以肖小兵的公司，开张以来，生意还算红火。

有知之的加入，肖小兵公司的广告质量大为提升，以往的广告文字，都很粗糙，也很简单，无非是介绍一下产品的性质、用途、特点，再加上一些产地、厂家、购运之类的信息，实在倒也实在，就是不能吸人眼球，吊人胃口，刺激人的购买欲望。

知之做的广告文案，充分发挥了一个诗人的特长，产品形象鲜明，效用联想丰富，广告词语动人，让人看一眼就忘不了，念一遍就想买，真是古人说的，入人也深，化人也速，有些广告词很快就流行开来，成为顾客熟知的口头禅。肖小兵的公司顿时客户大增。

飞扬的先生阿普，就是这时候慕名而来，要肖小兵的公司为他的菲椰牌椰奶做广告的。

椰奶并不是什么奇俏的饮品，在东南亚地区，普通得不能再普通。海南地处南海，自然也不例外，只是以前交通闭塞，阻断了其他地方的市场需求，改革开放以后，海南的椰奶产业迅速崛起，竞争激烈。一个外资企业，登陆海南，要想立足，就像一个走江湖卖艺的，到一个新码头摆开了场子，首先就得叫响你的名头。

知之果然不负众望，接下这单活儿后，很快就拿出了一个别具一格的广告文案。广告的正文很简单，不是通常的那种说明性文字，而是一首通俗易懂的五言诗：椰子生南国，果熟有乳汁，劝君常吸吮，时时念母慈。

广告词也是两句七言诗：儿行千里母断肠，口喝菲椰心想娘。

肖小兵和阿普一见，都禁不住拍案叫绝，五言诗是仿王维的《相思》，这是一看就知道的。王维诗中的红豆，也是南国之物，王维的诗，表达的是对朋友的思念之情，知之的诗，表达的是天涯游子的思亲之情。海南建省之初，十万人才下海南，每个人心里都怀着一片思亲之情，当年流行的一首名叫《海南梦》的歌曲，其中有几句就是这样唱的："谁不爱自己的家？谁愿意浪迹天涯？只因为走自己的路，只因为种子要发芽。"

虽然闯海南的大潮已过去多年，但闯海人的那份乡情和亲情还在，看到这则广告词，谁都会情不自禁地想起自己的家乡，想起远方的亲人，都会为之怦然心动，潸然泪下，正所谓一声"心想娘"，双泪落君前。这则广告词恰恰戳着了这些天涯游子的痛处，菲椰牌椰奶也像南国红豆，成了寄托相思之物，喝菲椰牌椰奶，竟成了一种时尚。

对知之的这种无师自通的广告天才，肖小兵佩服得五体投地，就劝他以后就专做诗体广告，为公司创造一个品牌。

做了一段时间，知之的诗体广告，果然产生了很好的市场效应，海口的媒体也把这种诗体广告称为广告诗，把写这种广告诗的作者称为广告诗人。没过多久，知之就成了公司的客户都熟知的广告诗人。

摊上这么一个广告诗人的名分，知之并不以为侮，也不认为是对诗歌的一种亵渎，到这个份上，他实在是弄不清楚诗该怎么写才好，什么样的诗才是好诗。这些年来，原始的诗，实用的诗，随意的诗，讲究的诗，他都见过，也都写过，现在写这种广告诗，他也没觉得有什么好与不好。只是有一层，不是什么产品的广告都可以诗化，都可以用诗来写，有些产品广告，用了诗体，反而不伦不类，甚至闹出笑话，所以，知之的诗体广告，在客户中也常常遭到非议，有的客户甚至毫不客气地声明，拒绝使用诗体广告，这让知之不免感到十分尴尬。

正在这时，有一首诗，让知之从这个尴尬的处境中解脱出来了，也让他真正作为一个诗人，为他的读者所认识。

肖小兵说，说来也巧，这真叫有心栽花花不发，无意插柳柳成荫。胡老师到海南来，专心写诗，却一无所获，谁知无意间写的一首诗，却传遍海口。随后就跟我讲了这个无意插柳柳成荫的故事。

说是有一天，公司的几个年轻人见知之这么辛苦，为公司做了这么大贡献，却从来没见他好好放松过，就想带他出去潇洒一下。

海口的休闲娱乐场所很多，夜生活也很丰富，这帮年轻人就在一个周末的晚上，把知之带到了一个娱乐城。这个娱乐城有一个很大众的名字，叫百事乐，意思是吃喝玩乐，一应俱全，百事可乐。

吃过了，喝过了，到演艺厅去看过演出，到音乐茶座去 K 过歌，已经下半夜了，这帮年轻人还意犹未尽，又把知之带到了一处洗浴中心，说是要让他享受一下洗浴按摩，彻底放松身心。

知之在内地也去过休闲娱乐场所，但对脱衣露体的洗浴中心，却心怀警惕，也听人说过里边的许多名堂和套路，多半是假洗浴之名，行苟且之事，就更不愿涉足。这帮年轻人见他畏缩不前，就跟他打气说，没关系，您放心，她们要您干什么，您就干什么，您什么都别干，只要好好配合就行。

这帮年轻人交代完了，眨眼工夫，就消失不见了。这时候，便有一个年轻的女子走上前来，轻言细语地说，先生，请跟我走。知之就像被人施了魔法一样，跟在这个女子后面，走进一个编了号的房间。

进房以后，这女子就上来给知之宽衣，知之说，不用。

这女子见客人害羞，就说，那您自己脱吧。

知之说，不脱。

这女子又说，不脱咋个洗嘛。

知之说，不洗。

又说，你是四川人？

这女子点点头，没有作声，眼睛里依旧流露出盼他宽衣的神情。

见知之站在那里纹丝不动，这女子就说，那我帮您洗脚吧。

知之说，也不洗，我怕痒。

这女子显然有点着急，但说起话来，依旧轻言细语。这女子说，那嗯个办嘛，啥子都不干，老板要怪罪我，不给我开工钱的。

知之见这女子为难，就在旁边的一把椅子上坐下来，说，既然这样，那你就给我按按肩膀吧。

这女子就从衣架上取下一件睡袍，说，您把这个穿上。

知之只好套上睡袍，任由她在他的肩背上，施展按摩手法。

知之说，我看你年纪轻轻的，干点什么不好，要干这行。

这女子说，我也是没得办法，家里穷，孩子又得了急病，不出来挣点钱活不了，干这行虽说不体面，但比干别的来钱，但凡我有一点办法，也不至于出来丢人现眼。说完，又轻轻地叹了一口气。

知之就顺着这女子的话，一边让她按摩，一边有一句没一句地跟她聊着家常，聊着聊着，忽然听见有人敲门，只说了声"电话"，就没动静了。

知之知道一定是有急事找这女子，不等她开口，就说，你去接电话吧。

眨眼工夫，这女子又回来了，说，好了。就又上来给知之按摩。

知之说，不用按了，我这就好了。

这女子说，不得行的，我还是要给你按一下，一个钟还没到。

知之只好继续让她按下去。

按了一会儿，这女子又叹了一口气。说，就为这一句话，深更半夜的，要跑十几里山路，翻两个山头。像在自言自语，又像是说给知之听的。

知之见她说得没头没脑，就问，什么话，这么要紧。

这女子说，就是打个电话告诉我，我儿子没得事的。

原来这女子出来打工的时候，儿子正害急性肺炎，住在医院，放心不下。本来是她男人出来，无奈公婆年老多病，要人照顾，家里又承包了一块山地，需要打理，所以就让她跟熟人先走一步，她男人把家里的事安顿好了再来。

这女子出来后，就跟她男人约好，让她男人隔天打个长途电话，报个平安。为了省钱，有事无事，就说一句话，无事她就可以放心，有事就赶快回家。她把洗浴中心的电话号码，写信告诉了她男人，又央老板，来了电话，不论什么时候，都赶快通知她。老板心好，交代前台照办，刚才去接电话，听她男人说，没得事的，她才又放心回来按摩。

这女子是四川珙县人，珙县是个山区，这女子的家在一片原始森林的边缘，交通闭塞，信息不通，只有大队部有一部电话，村里人想打个电话，接个电话都要跑十几里山路，翻两个山头。

知之一看腕上的手表，已经下半夜三点了，想着她男人这时候还在为打一个长途电话，说一句报平安的话，黑灯瞎火地在山林间来回奔跑，就觉得不可思议。不等这女子按完，就忽地站起身来说，不按了，到不到，都算一个钟，我去跟你老板说。于是，两人就相跟着走向前台。

老板是个中年妇女，看上去很面善，见他们没到钟就出来了，很是奇怪，正想找这女子问话，却见知之从钱包里拿出一张百元钞票，递到她手里。

老板说，你一个钟的钱，他们预先已经付过了。

知之却指着这女子说，明天麻烦你让她跟她男人打个电话，问问她儿子的情况。说完，就头也不回地走出了洗浴中心。

第二天，那帮年轻人见知之昨晚没到钟就提前跑了，很是不解，就跟他开玩笑说，昨晚把胡老师吓着了吧。又说，这点小荤小腥就把您吓着了，日后要碰着大荤大腥，还不要把您老吓晕过去，本来是买了洗鸳鸯浴和全身精油按摩一整套的，您一个钟没到就出来了，怕是连水珠子都没沾到吧。

知之也不搭话，却把一张字纸往桌上一拍，说，干得好事，你们自己看吧。

听知之这口气，众人还以为出了什么事，围拢一看，却原来是一首诗，就又起哄说，快来看哪，快来看胡老师的新作，胡老师要为洗浴中心做广告了。

没等带头起哄的人把诗念到一半，众人都默不作声，觉得心里沉甸甸的，像压着一块石头。

诗的题目叫《致电话那头的男人》

　　我不敢
　　问你的姓名，
　　也没有勇气
　　说出我的名字，
　　可是，我们却拥有一个共同的名字，
　　男人。

此刻，我的后背有一双手，

正在施展它温柔灵巧的魔法，

可是我，却没有为这魔法所诱惑，

而是整个脊梁骨，连同我的心

都在抽搐。

这是怎样温柔的一双手呀！

它应该在一个叫作丈夫的

男人的身躯上游走。

它应该对准初生婴儿的嘴唇，

轻轻地拨弄乳头。

它应该在恋爱的时节，

拉着爱人的双手。

而后又拉着这双手，

和爱人一起

让青丝变成白头。

这是怎样灵巧的一双手呀！

它会用满山的苞谷做出可口的饭食，

它会用遍地的毛竹编织精美的背篓。

它会在儿子的粗布衣上

缀上一朵用碎布拼成的小花。

它会让老人的山茶

喝出岩蜜的味道。

它的温柔

可以磨平生活的粗粝，

它的灵巧

可以在平凡的日子制造惊喜。

可是，此刻，她正在
出卖这灵巧和温柔！
用的是等价交换的名义，
用的是发家致富的借口。
我讨厌这强加的
冠冕堂皇的名义和借口！
因为，我深知
金钱和尊严不能等价，
富足也不是为了苟活。
当我得知，她时刻在等待
从千里之外传来你的电话，
只为听你
在漆黑的夜晚翻山越岭送来一句话，
仅仅是一句话！
这时候
我才知道什么叫真正的灵巧，
我才明白什么是真正的温柔，
我才真正为她温柔灵巧的魔法所诱惑！
我还是不敢问你的姓名，
也没有勇气说出我的名字，
但我要以一个男人的名义对你说，
有这样的一个女人，
你已经十分富足！

二十八

肖小兵说，这首诗他没有让知之自己投稿，而是亲自送到报社，找到了一个他熟悉的老总。老总看了后，也很感动，觉得在这个金钱至上物欲横流的时代，歌颂人的尊严，表现人的良知，实属难能可贵，当即拍板发表。随后，又配发了一篇记者对知之的采访，知之在登陆海南后，终于发表了他心目中的第一首诗。

飞扬走进肖小兵的公司，是在这首诗发表数日之后。肖小兵平常只跟飞扬的先生打交道，并不了解也不便打听客户的家庭情况。飞扬在政府机关工作，很少过问她先生公司里的事，不知道为菲椰牌椰奶做广告的，竟是知之的学生办的公司，更不知道写这广告词的，就是知之本人，这天读了署名胡知之的诗和记者的采访，才知道她和知之又转到一起来了。

飞扬还是改不了那个爱开玩笑，喜欢作弄知之的习惯，见到知之，没客气上几句，就说，你的普通话现在怎么样了，有长进没有，还要不要我听你念诗。

知之从来招架不住飞扬的玩笑和作弄，不知道该怎么应对，只好望着飞扬呵呵呵呵地傻笑。

等知之笑完了，飞扬就很认真地对他说，你这首诗写得真好，我读的时候心酸得不行，我们单位很多女同志都感动得哭了，读这首诗，让我又想起了你当年写的那首《被包裹的维纳斯》。

顿了一下，又说，不过，也有人说你大惊小怪，小题大做，说照你这样写，海口的洗浴店都要关门了。

知之从没听飞扬这样夸奖过他的诗，也没想到过会有这样的负面反应，就说，我也不是说，洗浴店就不能开了，而是说，人在任何时候，都不能没有尊严和良知。

飞扬就笑，说，你到底还是个书呆子，商业社会，什么都讲究个等价交换，你出卖的是你的劳动，用你的劳动换取金钱，不是要你出卖尊严和良知，尊严和良知是要靠你自己保持的，不过，像你这样的诗人，提醒一下，引起大家的重视，在搞商品经济的同时，不要忘了人的尊严和良知，也是一件好事。

知之半天没听明白飞扬说的这个弯弯绕绕的道理，觉得飞扬现在到底是政府机关的人，说起话来一套一套的，正想申辩几句。站在一旁的肖小兵，见他们谈得热闹，就知趣地走开了。

没走几步，就听见身后传来飞扬的叫声，说，肖小兵同学，能赏脸让我请你们师徒二位共进一次午餐吗，怎么说，我也得好好感谢一下二位为我先生的公司所作的贡献。

肖小兵就回头向飞扬点头鞠躬说，二位老师请便，我就不当这个灯泡了，回头我再找机会请二位老师。

飞扬就上来挽着知之的胳膊走出了肖小兵的公司。

肖小兵说，胡老师自从这次和飞扬老师见面之后，精神状态大变。那天吃饭回来，他就觉得知之有点心神不定，下午上班，不是忘了他交代的事，就是跟客户说话心不在焉。公司的年轻人听肖小兵说，上午来的客人，是胡老师的初恋，就笑他的魂又被他的初恋情人勾走了。

这以后，飞扬又到肖小兵的公司找过知之几次，有一次还是她先生陪着来的，不是为了广告，而像是在跟知之谈什么事，每次都是飞扬请知之出去吃饭，说是要为知之改善伙食，而每次吃完饭回来，肖小兵都发现，知之又有了一些细微的变化，有时是向人家打听出国的事，有时是埋头看书打字，有一段时间，竟像年轻人一样，成天把耳塞挂在耳朵上听音乐，问他听什么音乐，他说，不是音乐，是英语。

肖小兵就觉得奇怪，又不便多问，心想，胡老师这是想跳槽，另找一份工作，想必是飞扬老师这些时正在为他联系单位，没准儿就是她先生的公司，要不，为什么还要听英语呢。想想，也该，让一个著名诗人，又是自己的老师，在自己这么一个小公司里写广告词，确实是大材小用，委屈了他，就算不能实现他当初的办报理想，他也该出去找份合适的工作。

没过多久，这件事就水落石出了，不过不是肖小兵猜想的跳槽，而是到美国去讲学。

接下来，就是耐心地等待对方的正式邀请，而后又紧锣密鼓地办理出国手续，等手续都办齐了，机票买了，就要出发了，肖小兵才有机会把知之和飞扬夫妇请到海口一个著名的海鲜酒楼，说是要给胡老师饯行。到这时候，飞扬才对肖小兵说了事情的原委和细节。

邀请知之到美国讲学的，是还没有毕业就到美国去留学的塞壬。

塞壬出国后，跟我们都不通音信，却一直跟飞扬保持通信联系，后来她们有条件打国际长途了，也常常在一起煲煲电话粥。起先是塞壬向飞扬倾诉自己那次惨痛的感情经历，后来是飞扬向塞壬述说自己跟知之分手的经过，再以后，就主要是聊聊家常，谈谈各自在国内国外的见闻。

那段时间，塞壬常常会有意无意地跟飞扬谈起知之，飞扬就把她跟知之的交往印象和脾气性格，如实相告。她知道，塞壬喜欢知之，在学校，她就看出来了，他们之间的感情，有那么一点微妙，虽然塞壬当初开玩笑说，她这个女妖不会缠上知之，要她这辈子好好地去读知之这首诗，现在，这首诗已经被知之自己改写成另一个样子了，她也就没有什么不好讲的，也没有必要把她对知之的感情和褒贬，再藏着掖着了。

至于知之的近况，飞扬说她确实一无所知，她和知之自从毕业以后，就再也没有见过面，也没有通过信，偶尔跟老大哥写封信，她也不想问知之的事，老大哥回信也没多说知之的情况，听口气好像混得不很如意。

飞扬说她跟阿普结婚后，一时在菲律宾，一时在国内，跟老大哥的通信也中断了，连自己到了海南，老大哥都不知道。

话说到这份上，塞壬觉得往事如烟，旧缘不再，也没有什么好说的了，以后两人就闭口不谈知之的事。

　　忽然有一天，飞扬突然在电话里说，知之到海南来了，又简单地说了一下知之的近况。让塞壬既感吃惊，又颇为担忧，以后，这两个女人便又燃起了关心知之的热情，再以后，又紧锣密鼓地商量起帮助知之脱离困境的办法。

　　结果，便是塞壬要飞扬转告知之，想邀请知之到美国来讲学，说是她任教的康奈尔大学，有一个很小的诗人团体，她也是其中的成员，听她介绍了知之的创作情况，说他的创作，经历了从朦胧诗到新生代的全过程，在各个阶段，都有一定的影响和代表性，又在大学任过教职，还把知之发表的作品，出版的诗集，搜集了一些给他们参考，他们当中有些人也读过知之的诗，只是对诗人的情况，还不了解，经塞壬这样一说，觉得知之是个很好的学术交流对象。

　　那时节，已经有很多有代表性的朦胧诗诗人，被国外的大学或研究机构学术团体，邀请出去讲学，康奈尔大学的这群诗人，渴望了解中国当代诗歌情况，学生对中国当代诗歌问题，尤其是朦胧诗和新生代诗歌，也充满兴趣，于是就联合起来，提请学校以客座教授的名义，聘请知之到康奈尔大学去讲学。

　　肖小兵的这次宴请，虽说是为知之送行，席间却没有丝毫依依惜别的气氛，相反，大家都为知之能走出这一步感到高兴。酒酣耳热之时，肖小兵乘兴给大家讲了一则知之初来海南吃海鲜的故事。

　　肖小兵说，也是在这间酒楼，他为刚到海口的知之接风。他说胡老师到底是个诗人，好奇心强，什么新鲜事物，都敢于尝试，都会说好。

　　说是这天上桌坐定，知之见手边有一杯饮料，黄澄澄的，就端起来喝了一口，觉得味道不错，就又喝了一口，三口两口地，竟连气都不喘就一饮而尽，口里还要不停地说，好喝，好喝，海南的果汁到底新鲜。

把他叫来作陪的公司的几个年轻人看得目瞪口呆。

飞扬说，这有什么不对吗，海南的果汁是很新鲜呀。

肖小兵就笑着对飞扬说，不是胡老师说得不对，是他喝得不对，那不是饮料，是洗手用的柠檬水，吃海鲜用它洗手，消毒去腥，都少不了。

飞扬的先生见知之有点不好意思，就说，其实柠檬水也是可以喝的，跟柠檬汁是一回事，只是加水的多少不同。

飞扬就指着肖小兵的鼻子说，还是我们家阿普老实，你小子专门欺负老师。

第二天，肖小兵就开车和飞扬一起，把知之送上了去美国的飞机。

二十九

离开海口之前，我在肖小兵的公司，跟飞扬通了一个长途电话，我在电话中感谢飞扬和塞壬做了一件功德无量的事，说知之离职下海，如果就这样竹篮打水，两手空空地回去复职，日后的处境更难，日子更不好过。

飞扬说，其实这件事，还是知之自己说起头的，那次我到肖小兵的公司去见他，中午请他吃饭，他听我说塞壬现在在康奈尔大学，就十分兴奋，说康奈尔大学跟中国新诗缘分不浅，吃饭的时候，就跟我大谈胡适在康奈尔大学留学时，如何跟他的同学讨论中国文字问题，又如何由文字问题，转到文学问题，由文学问题转到白话文学和白话诗问题，各持己见，争论不休。对胡适说白话可以作诗，要作白话诗的主张，意见分歧更大，反对的人更多，争论的结果，便产生了胡适的文学改良主张和他尝试的白话诗。

我说，文学史上虽然对这个过程，没有写得这么具体，但从胡适自己写的回忆文章中，也可以得知，这些争论大多发生在康奈尔大学，所以，说康奈尔大学是中国新诗的发祥地，也不为过，知之能到那里去看看，也是一件幸事。

飞扬说，我也是看他有这个意思，才把这个意思在电话里跟塞壬说了，谁知塞壬说，巧啦，我们正想邀请知之来康奈尔讲学，两下一拍即合，这件事就这样成了。

又补了一句说，我知道知之也想去见塞壬。

我说，正常，正常，你不是也想见见吗。

飞扬说，那是，那是。

离开海南，到广西讲完课后，我就回到了学校。一回到学校，就听我爱人说高唐的中考没有考好，上不了高中，又说艾羽来信说，他这样的分数可以到长航系统去读个技校，毕业后可以回巫山航运站工作。高唐又不愿去，他说他本来就不想读书，这下好了，什么书都不用读了，就吵着张弛，要她去给他找份工作，他说他想去当园林工，说他上学放学的路上，看见园林科的师傅在砍树种树，觉得这工作挺有意思。张弛被吵得没法，就说，你爸快回来了，等你爸回来再说。

没过多久，知之就从国外回来了。知之回国的时候，学校正在搞定岗定编，本来像他这样当年停薪留职的，这次都要清退，但系领导爱才，又看他还在美国讲学，就跟学校商量，保留了他的人事关系，不过，回国后要尽快入职，参加考核，职称也要尽快上去，不能老是个讲师，上不上，下不下的，系里的工作也不好安排。

知之以前在教学之余，就不大喜欢写研究文章，觉得大学老师的本分，就是把课上好，教好学生，专门的研究工作，是学术部门的事。20世纪80年代，我们留校后，也是这样要求的。

20世纪90年代后，情况发生了变化，科研不但成了跟教学一样重要，甚至比教学更重要的一项工作，同时还是考核教师的一个主要指标。

那时候的学术刊物，虽然没有实行C刊制度，也没有后来那么严格的分类，学术著作的出版部门，也没有等级的区分，但无论学术论文的发表，还是学术著作的出版，在评审时，还是有许多讲究。

知之此前连一般刊物的学术论文，都很少发表，也没出版过学术著作，仓促之间，就很难创造奇迹，满足考核和职称评审的要求。系里的考核，总要把他作为特例，向学校打专门的报告，说明他是全国著名诗人，也有国际影响，他在教学之外的主要精力，都用于诗歌创作，希望以他的诗歌作品代替科研成果。

这样的报告打得多了，学校主管部门也就顺水推舟地把他作为特例处理，但到了职称评审的时候，竞争激烈，就没有那么好说话了，知之的职称仍不免像下海之前那样，陷入蹉跎。

所有的人都为知之惋惜，说像他这样的中年教师到现在还没当上副教授，实在不该；也有人说，只怪他先前上得太慢，又下海，又出国，活生生地硬给耽误了。到这时候，知之才明白，先前总说他年轻，要他等一等，让一让，等到他等也等了，让也让了，反倒像一个好说话的路人，竟被自己站在路边上给耽误了。

换一个人，遇到这种情况，会奋起直追，所谓亡羊补牢，犹未为晚，偏偏知之是个犟性子，拼着这个副教授不当，也不愿去硬着头皮写论文，攒著作。教学之余，他照样我行我素地写他的诗，乐此不疲地参加校内外各种各样的诗歌活动。

这段时间，知之到我家来喝酒的次数越来越多，下午没课的时候，中午基本上都泡在我家的饭桌上不走。张弛说，我干脆把知之的伙食费交给嫂子，省得他在你家我家之间来回跑。

这天，趁着酒兴，我劝知之说，你就把你的创作经验，你对诗歌问题的想法，梳理梳理，整合整合，写出来不就是一篇论文吗，这对你来说能有多难呢。

知之还像往常那样似醉非醉地望着我说，是不难哪，可是，有些东西，是不能梳理整合的，就像一个人的一头乱发，看上去杂乱无章，可是，它有特点哪，有个性哪，还有那么一点独特的美感，你要是拿梳子梳理梳理，再打点发胶整合整合试试，看看是个什么样子，油光水滑的，你不觉得恶心死人吗？

又嬉皮笑脸地说，海里的浪花，你能梳理吗？天上的星星，你能整合吗？让它们自由地飞溅，自然地闪烁，不是更好吗？

我见他扯远了，又在作诗，就换了一个话题，说，你在康奈尔讲学，也是这样胡说八道的吗？

知之说，是，那帮人就喜欢我这样胡说八道。

我说，塞壬也喜欢吗？

知之说，喜欢，塞壬也不是当初的塞壬了，当初的那个塞壬喜欢戴望舒的古典美，迷恋《雨巷》的音乐性和画面感，现在她觉得那样写，太过做作，太多人为的因素，诗是生命的诉求，灵魂的呼喊，就应该赤裸裸地不加修饰地把内心的声音表达出来，中国人讲"在心为志，发言为诗"，就是这个意思，所以她现在特别迷恋美洲和大洋洲土著居民的民歌，搜集了很多不同版本的民歌作品，跟我谈起民歌来，像我父亲一样着迷。

我说，那不正好吗，我记得你上次回家，带回来一部你父亲整理的诗经民歌书稿，塞壬对这个一定很感兴趣。

知之就说，哦，我还忘了告诉你，我父亲整理的那部诗经民歌书稿，塞壬已经帮我在美国翻译出版了，不光她有兴趣，她那个小团体中的诗友，也都有兴趣，这帮人号称后意象派，说以前的意象派，讲究人对外物的注视，说意象是人在注视外物的一瞬间出现的理智和情感的复合物，他们觉得这样说，把意象弄得太玄，他们讲究原始的意象，也叫原初的意象，包括人发自本能的情感呼号，民歌中许多没有意义的表示情绪的语气词和感叹词，他们认为就是这种情感的原始意象。

因为跟塞壬的观点相近，所以这帮人也热心参与诗经民歌的翻译工作，帮助塞壬联系出版，还常常把我拉在一起，讨论翻译过程中的问题，要我介绍诗经民歌和我父亲搜集整理诗经民歌的情况。

我跟塞壬不算太熟，在学校时，没有多少直接的交往，只是在知之和飞扬送她出国时，在一起吃过一顿饭，为她的感情遭遇，操过一点闲心。虽然我也听飞扬说过，塞壬和知之的感情有些微妙，但既然她那天当着大家的面，说知之是上天为飞扬准备的一首诗，要飞扬一辈子好好去读知之这首诗，说明她无意在知之和飞扬之间插足，更何况她后来远涉重洋，到美国留学，就算当初有那么一点意思，天长日久，怕也早就淡漠了。

只是这次知之到康奈尔讲学，在一起厮混久了，保不准会前缘再续，旧情重燃。我就随口问了一句，开了一个玩笑说，塞壬现在怎么样了，她这样关心你，又帮了你这么大的忙，你小子跟她该没有什么故事吧。

知之端起酒杯，轻轻地抿了一口，朝我笑笑说，老大哥想到哪儿去啦，你是不是听多了出国的人在国外找野鸳鸯，组成临时家庭的故事，我可没有这个贼心，也没有这个贼胆哪，再说，人家早已结婚成家，连孩子都有了。随后就跟我说了塞壬出国以后的一些情况。

知之说，塞壬出国之初，是抱着一个单纯幼稚的念头，想把中国的诗歌艺术和西方的诗歌艺术结合起来，实现闻一多的中西艺术结婚产生的宁馨儿的理想，她选择康奈尔大学，就是因为胡适当初在这儿提倡白话诗时，受过意象派的影响，意象派又从中国古代诗歌中得到很多启发，就想沿着这条路线，探讨中西结合的途径。

塞壬说，她的先生是她的英美文学教授，教她的英美诗歌选读，曾在中国留过学，与她的外公还有一面之缘，比她的年纪大很多。她的先生见她这么执着于中西诗歌艺术的结合，就提醒她说，不同民族的诗歌，要真正实现完美的结合，产生你们的闻一多先生说的宁馨儿，是很困难的，像庞德这样的意象派诗人，从中国古典诗歌中受到的启发，往往是在翻译中，对中国古诗的误读，胡适也只是接受了意象派的观点，并没有把意象派的方法，用于他的白话诗创作，还给她举了很多例子，耐心地指导她阅读诗歌作品，一来二去的，她就跟教授好上了，用她自己的话说，中西诗歌还没有结婚，我就跟教授结婚了，不久，还真的产下了一个中西结合的混血儿。

我就跟知之开玩笑说，塞壬这也是以身试法呀，难得她对诗歌艺术有这样的献身精神，不论怎么说，她帮你把你父亲的书出出来了，就是天大的好事，这下子，中国的诗经民歌也就名满天下了，你父亲见到这本书，还不知道有多高兴，他老人家的心血也算没有白费。

知之说，是呀，我准备把我回国来接手的课上完后，就回家一趟，让老爷子好好高兴高兴。

知之这天谈得很兴奋，酒喝得也有点多，出门的时候，已是站立不稳，我想送他回家，他却挣脱我的手，说要自己走。正在这时，我突然发现高唐就站在我家门口，心想，还是张弛有心，怕知之喝多了，叫孩子来接他，就招呼高唐说，快来，快来，快把你爸扶回去。

高唐却不吱声，依旧站在原地不动，口里却咕囔着说，他帮我到园林科找份工作，我就扶他回去。

我说，你这孩子怎么这样，你以为你爸是什么人哪，说找就找到了，你以为园林科就是这么好进的。

高唐仍然犟着说，他就是不想帮我去找，人家的爸爸为什么一找就找着了，人家说他不是我亲爸，对我的事一点也不上心。

我正想着，现在的孩子怎么都这样，一点事情不满意，就不依不饶的，数落起人来，像个小大人。

谁知知之却一步跨上前去，一把揪住高唐的耳朵说，什么，你说什么，我不是你亲爸，我不是你亲爸，谁是你亲爸？你这工作我还就不给你找了。

高唐见自己的耳朵被知之揪住了，就奋力挣扎，挣脱了耳朵，又狠狠地推了知之一把，把已有几分醉意的知之推到地上，摔了个四脚朝天。

我只好把知之从地上扶起来，一路上搀着抱着把他弄回他家，又跟张弛说了事情的经过，叫她不要怪孩子，也不要埋怨知之，这事就这么过去算了。

张弛说，这孩子也是，知之从国外回来以后，这些时为了工作的事，硬是缠着不放，知之走到哪，他就跟到哪，连到你们家吃个饭，还要到门口蹲守，你说这孩子，怎么这样。

我就笑，说，我还以为是你贤惠，怕知之喝醉了，派孩子来接知之。

张弛突然爆了一句粗口说，贤惠个屁，在这个家里，老娘想贤惠也贤惠不起来。

我说，高唐的事，你别着急，我来想办法，听说园林科现在的科长，就是原来房管科的那个张科长，我们教研室有个老师跟他是老乡，有点交情，我再意思意思一下，应该没问题，只是孩子这么小就出来工作，没读到书，将来怎么办。

张弛叹了一口气说，碰上了这个小冤家，有什么办法呢，只能走一步说一步，艾羽把孩子交给我们，我们没有把孩子教育好，把孩子的事弄成这样，我总觉得对不住艾羽和流沙。

我说，也不能全怪你们，你也不要自责，现在的孩子难管，你已经尽力了，知之这些年不在家，也难为你。

又说，那就这样吧，我先帮他在园林科找个临时工干着，没准儿工作一阵子，尝到了辣头，他又会回心转意，那时候，再让他去读书还有机会。

又叮嘱她告诉高唐，以后不要再缠着爸爸了，进园林科的事，伯伯替他想办法。

三十

高唐进了园林科以后，知之总算安静了一阵子，就想静下心来写点东西，还一些出国之后积压的稿债。

最近一段时间，他老觉得自己有点心力交瘁，从下海到出国，这些年，东跑西颠，生活没有规律，精神压力大，仿佛耗尽了他所有的生命积蓄，不光体力不如以前，连思路也没有以前通畅，出门丢三落四，遇事着急上火，体检时，医生说他的心脏也不太好，血压血脂血糖都严重超标。医生叮嘱，人到中年，要他格外注意。他也想趁这个机会，好好调整一下自己的身心，尽快回到正常的生活轨道上来。

这天早晨，知之正趴在书桌前写稿，家里新装的电话突然响了，电话那头传来的，是知之母亲的声音，声音压得很低，知之却听得十分清楚。他母亲说，知儿，你父亲等不到你回来，刚刚撒手走了。接着就没有声响。

知之手拿话筒，怔在那里，半天没动。过了片刻，正要出门上班的张弛，突然听见身后传来一声大叫，然后又听见扑通一声，像有什么东西倒了下来。等她冲进房间一看，只见知之倒在地上，口吐白沫，浑身抽搐，他胯下的坐椅，发出哆哆哆哆的响声，跷起来的四脚，把他的双腿架得高高的，像倒立着一样。

张弛从知之手里接下话筒，就手给校医院拨了个急救电话，请他们赶快派救护车过来，又招呼在家的邻居过来帮忙，等众人七手八脚把他搬上救护车，送到校医院，医生一看症状，就对身边的医护人员说，脑梗，快准备急救。

抢救的结果，命总算是保下来了，只是住院期间的景象，却惨不忍睹，面部歪斜，嘴角流涎，神志昏迷，口齿不清，有时连亲人都认不出来。看着知之那一头浓密的黑发，变成一堆乱草，那一张漂亮的娃娃脸，变成一个歪戴着的傩戏面具，我们都心痛如绞。

张弛本不想雪上加霜，把知之的事告诉他母亲，想想又觉得于情理不合，就打了个电话，先跟知之一个在武汉开公司的堂弟说了一下，叫他堂弟婉转地转告知之他妈，不要吓着她老人家。

从医院出来之后，知之就吵着要回乡奔丧，张弛只好找他堂弟要了辆车，让我陪她一起送知之下乡，本想把高唐和半月也带上，又怕山高路险的不安全，就把他们交给我爱人帮忙照顾。

我和张弛都担心知之回家后，悲痛过度，再发脑梗，一路上就再三叮嘱他，见了母亲，要克制自己，不要惹老人家过度伤心。知之倒也听进了我们的话，到家之后，在父亲的灵前上了香，就趴到地上，一边拼命地叩头，一边喊着，爹呀，爹呀，不孝子回来了，我回来迟了，我回来迟了哇。

叩完头后，我们便扶他起来，跟他母亲一起，坐在他父亲灵前说话。

知之的母亲说，他父亲患肺癌已经好些年了，一直没有告诉他，这些年，为了那部书稿，他没有好好休息过一天，已经熬得骨瘦如柴，油尽灯枯，知之上次回家后，之所以急着把书稿交给他带走，就是觉得他自己已经没有多少日子好活的了，怕他去世之后，书稿没人接手，他一辈子的心血白费，也对不起他的那些手下。

知之就把父亲的书稿在美国翻译出版的情况，简单地跟母亲说了一下，又说，等我病好了，我还要在国内找一家出版社，出个中文版，中国人的书，总要让中国人读才好。

知之的母亲说，你们读书人的事，我不懂，你觉得好，就一定好，你把你父亲的书出出来了，就是对你父亲尽了大孝，他要是知道，一定说你是个孝子。

第二天，我们就去给知之的父亲上坟，在坟前焚烧了一部知之带来的英文版的《中国诗经民歌总集》，以告慰知之父亲的在天之灵。面对知之父亲的坟头，想想一个为这片山野的歌声献出生命的诗人，又让自己的生命回归这片山野，我心里既感悲伤，又觉得欣慰。

因为知之要吃药打针，我和张弛都要上班，都不能久留，过了两天，我们就告别知之的母亲回校了。

又是一个早春季节，一路上，到处都可以听到采茶姑娘的歌声。

关关（呐）雎鸠（哎）往前（呐）走（喂），
在河（哦）之洲（哎）求配（哟）偶（喂），
窈窕淑女（哟）洗衣服（耶），
君子好逑往拢绣（哇），
姐儿（哎）见了（喂）低下（哟哦）头（喂），
……

知之半躺在汽车后座的沙发上，跟着歌声的节奏，也在轻轻地哼唱，虽然病后依然吐词不清，但那哎呀哟喂的感叹呼号，我们却听得分明。我就跟他开玩笑说，看来，你现在才真正得了民歌的真传，你不是说，民歌中的这些感叹呼号，都是情感的原始意象吗，你现在唱出来的，不就是这些原始意象吗。

知之说，是呀，我能唱的时候，上天让我五音不全，唱不好也不敢唱，我不能唱的时候，跟着别人瞎哼哼，你却说我得了民歌的真传。

又乜着眼睛望着我说，其实诗也是这样，光有这些哎呀哟喂的，人家说不是诗，挖空心思写出来的诗，又有人嫌它不是诗的本色原味，人和诗都难两全。说完，便望着我苦涩地一笑。

这是我最后一次听知之谈诗，也是我最后一眼看他的笑容。知之回校后，就发生了大面积脑梗，这次梗在脑干上，位置不好，校医院不敢手术，就把他转到校外的医院。他手术住院期间，我去看过他几次，也跟他的主治医生交谈过，医生说，手术虽然比较成功，但像他这种情况，最后很难挺过去，接下来就可能有脑水肿发生，危及生命。

这天半夜，我刚睡下不久，就听见楼下传来狗叫声，楼下的住户养了一条狗，以前夜里从来没听见它叫，这天却汪汪汪汪地叫个不停，而且一声比一声急促，一声比一声凄厉，叫得人心里发毛，我就拉亮了电灯，和我爱人一起走到阳台边上，朝楼下的阳台看了一眼，觉得声音好像是从那儿发出来的，就这一眼，楼下的狗就不叫了，我俩就又回去睡觉。

几个小时后，我就接到了高唐打来的电话，说他父亲走了。

知之走后，我有一天和楼下的邻居闲聊，说起那天半夜狗叫的事。邻居说，没有哇，我们家的团团夜里从来不叫。